沈没船で眠りたい

「ロボットとかも
女性代名詞
ですけど」

学食、講義室、
並木道のベンチ、
彼女は至る所に
出没する。

険悪な沈黙が
訪れないように、

「部品が変わってもさ、
本物だと思う？」

「ああー
惜しい」

「みんなばかだよ。
愛していることに
気付いてないんだ。」

悠の言葉はいつだって、私を取り換えていく。

『正解は
その逆です』

「特別なのかな、
船って」

鬱陶しくない程度に、それでいて
険悪な沈黙が訪れないように、
慎重に、穏やかに。

脚、腕、胴と、まるでなにかの
境界を探しているような——。

「眠ることすら怖い。起きたら私じゃなくなる気がするの」

ぐっと目に力を込めるも、
雫は一滴も頬を流れない。
制御された身体は、
痛みを排出してはくれない。

「おやすみ。悠」

「おやすみ。千鶴」

「あなたを想う
機械がいるとしたら、
殺せるのかって
聞いているんです」

ふいに頭上で
色が弾けた。

最低だ。私。

「そうだよ。みんなどうせ、
ちょっとした変化なんて
すぐ慣れるよ」

私も頷いて、
言葉を返す。

「千鶴は
私と居て、
幸せ？」

「天国って、ここよりも良い
居場所なのかなって」

「私もいつか
呼ばれるのかな、
sheとかherとか」

短く答えて俯いた。
俯くほかなかった。

「ここでいいのになぁ。
私今のままでいいのに」

「私は、機械なんか捨てていません」

装　画
かもみら

装　幀
AFTERGLOW Inc.

沈没船で眠りたい

現在——2044年

現在―２０４４年　１月

右腕が枯葉の上に転がっていた。前腕部のみで二の腕がない。肌は白く、夜露に濡れてしっとりと輝いている。

海からびゅうと一陣の風が吹き、力なく開かれた掌に、一枚の黄葉が収まった。

その様子を黒いコートを纏った男が見つめていた。

男は――上沼《かみぬま》駿《しゅん》は艶めく腕から目を逸らすと、胸ポケットから警察手帳を取り出した。頭上を舞う警備ドローンが、手帳に埋め込まれたＩＣチップを瞬時に読み取る。目玉のようなランプが警戒の色を解くと、警報の鳴る心配も失せた。

「冷えるな」

保全された現場へ足を踏み入れ、上沼は、誰に言うでもなく呟いた。

現場は品川《しながわ》区八潮《やしお》の埠頭公園だった。狭いながらも小綺麗な見栄えではある。だが、園全体を眺めていると寂寥《せきりよう》を覚えてしかたがない。

目前に広がる東京湾は黒く凍てつき、海上を走る風は冷気を含んでいやに鋭い。潮の薫りのなかには都会特有のガス臭さが微かに紛れている。燃料からくるものではない、下水やヘドロから湧いた硫化水素ガスのにおい。

上沼は鼻頭を刺す寒風に耐えかね、ついに顔を背けた。夜露に濡れた右腕が再び目の端に飛び込んでくる。剝き出しになった空圧駆動の人工筋肉に青い配線が絡まっていた。機械とはわかっていても、気分がいいものではない。これもあの事件の影響だろう。考えると上沼の眉間には自然と皺が寄った。

　年末に起きた事件だった。上沼が現在立つ八潮から京浜《けいひん》運河を挟んで西に約二キロ。品川区東大井《ひがしおおい》の先進工業地帯を中心に行われたそれは、世間では「ネオ・ラッダイト運動」と呼ばれている。若者を中心とした機械の打ち壊し運動だ。

　機械の打ち壊し自体はここ数年、めずらしいものでもない。進んだ科学技術が人々から雇用を奪って久しく、労働者の恨みつらみは、度々デモの形で発散されてきた。その中でも、年末のあの騒動は異質だった。死傷者を出し、自爆テロじみた凶行に及ぶ者もおり、まさに暴動と呼ぶほかない事案だった。おかげで上沼も年末年始の休暇は返上。年の瀬の街を署内から見下ろしつつ、ＡＩが精査した都内各地の監視カメラの映像や、携帯端末の使用履歴をもとに、関係者と思しき人物の照会作業を続けた。除夜の音がいつ鳴ったのかも定かでない。

　発展した技術と捜査員の献身のおかげか、首謀者も関係者も年明け間もなく洗い出されたのだが、それにしても腑に落ちない点がいくつか残っていた。

　首謀者ともくされる男、有村康生《ありむらこうせい》は都内の大学に通う四年生だった。裕福な家に生まれ、学業の成績も悪くない。たしかに反機械運動に傾倒はしていたが、集団の中でも対話重視の穏健派とされていた。そんな男がなぜ、死傷者を出す暴動を起こしたのか。自爆テロを伴う抗議に舵を切ったのか。関係者からも不審の声が多くあがっている。有村はある時から、人が変わったように強硬路線に移ったのだという。

早急に有村の蛮勇の謎を突き止めねばならない。必然、署内の意見はそのように形成されていった。さもなければ、有村の意志を継ぐ者が、第二、第三の暴動を起こす恐れがあった。

上沼としても、それだけは止めなければならないだろうと考えていた。

だが同時に、結局世間の流れはこのまま変わらないのかもしれないという諦観もつきまとった。終わらない。終わってやるものか。俺たちの意志を、怒りを、このまま絶やしてなるものか。そうした怨念じみた熱が有村の起こした暴動からは滲み出ていた。世間もその狂気に、次なる騒動を期待しているようにも思えた。

実際、ＳＮＳでは有村の行動を讃える者すらいる始末だ。

白い息を吐き、オイルドジャケットの襟を寄せあげた。口には出さないまでも、雇用を奪い続ける機械連中に一矢報いた有村を英雄視する大衆心理は、上沼にもわからないでもない。

気分の落ち込むままに膝を屈めると、耳に掛けた小型インカムがぶるりと震えた。蝸牛《かぎゅう》に響く骨導音が、神原義嗣《かんばらよしつぐ》からの着信だと伝えている。上沼はかちかちと奥歯を二回鳴らした。振動を受けて、通話が繋がった。

「どうしました、義《よし》さん」

『上沼か。おまえ今、コンテナ埠頭だよな？』

　耳の奥で低い声が反響する。

「はい。そうですけど。なにかありましたか？」

『いや、なに。ちょうどそこで見つかった女の取り調べをはじめるんだが、今朝おまえ、そいつと少し話しただろ？　どうだった？』

「どうだった……そうですね……」

　先輩刑事からのぞんざいな問いに、上沼はしばし考える。

　容疑者は奥平《おくひら》千鶴《ちづる》という二十二歳の女子大生だ。騒動の首謀者とされる有村康生をついに取り逃がした警察は、現在有村と交友のあった人物らを洗っており、彼女もそのうちのひとりだった。奥平は大学四年の春から、ネオ・ラッダイト運動に関与している。

　彼女は事件当日、この公園で一体の機械《ヒューマノイド》を抱き、海に飛び込んだとされている。警邏を行っていた警察官に救助された彼女は、後に不法投棄犯として逮捕された。別件逮捕は今なおめずらしいことではない。

　彼女が海に投棄した機械《ヒューマノイド》は精巧かつ特殊な造りをしており、オーダーメイド品であることはすぐにわかった。破損さえしていなければ、中古の義体として高値がついていたことだろう。しかし反機械運動の徹底ぶりは見事だった。接続端子を覆うすべての防水蓋は剥がされ、代わりに微量の爆薬が詰め込まれた形跡があった。おかげで外見はひどく損傷。内部も海水に侵されており、一日でスクラップ認定されてしまうような状態だった。

それでもなにか手掛かりは残っていないか。四肢に刻まれたロゴから開発元のメーカーに問い合わせたところ、残念ながら映像や音声を記憶していたメモリも壊れていることが判明した。証拠品としての能力はないことが証明され、運動で破壊された市街の機械《ロボット》ともにそのままメーカーからの引き渡し要請に応じた。メーカーはこれらの機械を溶かし、再利用する腹積もりだろう。なにせこの国は資源に乏しい。機械《ヒューマノイド》にはレアメタルが多く使われている。

上沼が気に掛かったのは、なぜ奥平が機械《ヒューマノイド》と心中のようなことをしたのかだ。

団体関係者から聞き出した奥平の印象は、物静かだが熱意のある人物で統一されていた。しかし今朝、実際に会ってみるとその印象はまるで違った。他の団体関係者から感じられた熱意や怒りはまるでなく、こちらが反機械運動を腐しても反論さえしてこない。

奥平千鶴は、ただそこに座っているのだ。

暗い海底《うなぞこ》のような雰囲気を纏い、ただじっと。

「頑固なやつです。機械の手には負えませんよ」

悩んだ挙句、上沼はそう告げた。実際、奥平は取り調べに特化したＡＩとの対話でも尻尾を掴ませない。

それを聞いた神原はわかりやすく、『そうか、そうか』とやる気に満ちた声を漏らした。上沼は音を出さずに笑った。五十を過ぎても未だ刑事盛りの神原は『じゃあ、俺が口説き落とさないとな』とスピーカーの向こうで鼻息を荒くしている。

「頼みますよ」

言いつつ、昔気質の先輩刑事との通話を切った。

顔を上げると、荒涼とした光景が広がっていた。

その光景に、上沼はふと思い出していた。駆け付けた警備ドローンが捉えた映像。冬の海水に揉まれ、意識を失った奥平の表情。泣いているのか。笑っているのか。悔やんでいるのか。どれともつかない彼女の顔。

意識が戻り、健康状態も問題ないとされた奥平は、現在、品川署に勾留されている。今朝取り調べもはじまり、上沼が初回を担当した。彼女は反機械運動への関与も、首謀者である有村との交友関係もすぐに認めたが、ただひとつ、その不法投棄だけは否認し続けている。

唯一、カメラに捉えられたその事実だけを、彼女は否定しているのだ。

あいにく、警察が欲するのは彼女の持つ有村康生の情報であり、騒動の末端にいた彼女の私情などではない。今となっては、機械の破壊や投棄自体はめずらしくなく、それこそ、そこに転がる白い腕もネオ・ラッダイト運動の残滓に違いない。少し視線を高くすれば、港湾には多くの機械が打ち捨てられている様子もうかがえる。

それでも、上沼は思うのだ。

彼女は一体なぜ、海に飛び込んだのか。

○

窓の向こうから乾いた音がした。呼ばれるように振り向くと、禿げた枝がかさかさと揺れている。枝先には小さな膨らみがあった。再び緑が芽吹くのは、あと一カ月ほど先だろうか。奥平千鶴は、しばし枯れた景色を見つめていた。ただぼうっと、窓の外に広がる世界に視線を漂わせていた。白い光が千鶴の顔に降りかかる。零れた幾筋かの光が、鼠色の机をちらちらと淡く照らす。

――あっ。

禿げた枝から、一枚の葉が落ちた。最後まで頑張っていた銀杏《いちょう》の葉は、ひらりと風に連れていかれ、枯葉の絨毯《じゅうたん》に交じることもなく、どこか遠くへ消えて行く。

その光景に、千鶴の胸はじくりと痛んだ。

世界は今日も取り換えられている。毎年、百数名が入れ替わる学校も、潰れては建て変わる町角のテナントも、芽吹き、色づき、枯れ落ちる銀杏並木も、その規則から外れることはない。新陳代謝。あるいは部品の交換。喩えるなら言葉はいくらでもある。それこそ換えの利く表現など数多《あまた》ある。そのどれもが正しく意味を伝えてくれるだろう。

世界は代替可能なものに溢れている。そのことを考えると、千鶴はいつだって呼吸の仕方がわからなくなる。

　いつか自分も取り換えられてしまう。漠然とした不安。

　自分がいなくなった世界がある。確信めいた恐怖。

　この焦燥は、千鶴の記憶の深くまで根を張っている。母親の化粧が、うんと濃くなった日。父親を名乗る他人が、家族になった日。母が自分を呼ぶ声が、「千鶴」から「お姉ちゃん」になった日。嫌っていた母から解放された時にさえ感じた、自分の代わりはいるという怖気。

　現在、彼女の前に座る人間も、今朝の若い男ではない。目の前の男は、神原という壮年の刑事で、肌には活力に滾《たぎ》る油膜が張っていた。

「あなたのような若い方がねえ」

　品定めするような視線。じっとりと生臭さすら覚える目の動き。千鶴は反射的に顔を俯けた。前髪を重力に預け、顔の中央に壁を作りさえした。

　鼻梁《びりょう》を斜めに走る傷痕を、隠したかった。

「改めて、奥平千鶴さん。あなたはあの団体と、有村康生と関わりがあったということでよろしいですね」

「はい。たしかに私はラッダイト運動に参加していました」

「ではなぜ、あなたはデモの当日、ひとり遠く離れた場所にいたのですか。団体にとって、非常に重要な日だったと思いますが」

「あんな運動で死にたくはなかったので」

「なるほど。そうですか」

刑事の視線がタブレットの画面に落ちる。音声認識で綴られていく調書をなぞるように、目が左右に動いていた。

「あんな運動と言うわりに、あなたは組織の幹部だったそうですね。途中から合流したにもかかわらず、短期間にして有村の右腕とも呼ばれる存在になったそうじゃないですか。であれば、有村ともよく話したはずです。彼がなぜあのような騒動を起こしたのか。それだけでもお教えいただけないでしょうか」

「何度もお答えしていますが、私は有村さんではありません。有村さんの考えは、有村さんにしかわかりません」

「……そうですか」

男は顎を撫ぜ、薄型のタブレットを操作した。指に付着した皮脂が、画面に七色の弧を描く。「じゃあ、話題を変えましょう」男は画面の汚れを気にせず、また画面に指を這わせた。

「昨年末、あなたが品川区八潮で行った機械《ヒューマノイド》の不法投棄。こちらについて――」

「違います」

刑事が言い終わる前に、千鶴は否定した。

「私は、不法投棄なんかしていません」

「そう言われましてもねぇ……」

千鶴は刑事を睨んだ。引く気はなかった。

「私は、機械《ヒューマノイド》なんか捨てていません」

「そうですか」

男が唇をへの字に曲げるのに合わせ、千鶴はきつく唇を噛み締めた。

なぜこの人たちにはわからないのだろう。わかってくれないのだろう。悔しさや哀しさが喉の奥の方で疼いてやまない。千鶴は、ただ証明したかったのだ。替えが利く社会のなかで、たしかに不変のものがあるということを。

千鶴は唇を噛む力を強め、自分に言い聞かせた。泣くな。泣いてはダメだ。泣いてしまえば、自分の胸のうちにあるもの。怒りや哀しみ、それらすべてがただの液体に変わってしまう。それだけは世界に許してはいけない。この感情を塩水や音の揺れなんかに変えてしまってはいけない。許してしまえば、三年前から積み上げてきたこの心の痛みすら、なにか別のものに取って代わられてしまう。

それだけは、だめなのだ。

三年前——２０４１年

三年前―２０４１年　５月

「労働を人の手に取り戻しましょう！」

　プラタナスの並木の下で、学生が数人騒いでいる。浅黒い肌のリーダーらしき男子学生が、ひときわ大きな声を上げ、道行く人々に訴えていた。

　彼の隣には浮浪者のような中年男性が立っており、胸の前に『母は清掃業で私を高校まで出してくれました』と書かれた紙を掲げたまま、無気力に虚空を見つめていた。

「機械の労働力は増え過ぎました！　いま、どれほどの職種が人の手にあるでしょう！」

　男子学生が喉を嗄《か》らして叫ぶ。多くの通行人はそうするのが当然のように、無関心のまま通り過ぎていく。歩道清掃ロボットだけが彼らの前で停止する。その足元には落葉や土埃が堆積していた。

　並木道にはベンチが数脚並んでいる。奥平千鶴はそのひとつに座り、前髪の間から覗くようにその活動を睨んでいた。大学のキャンパスはこのところ、いつもこんな調子だ。

　千鶴は舌打ちをひとつ鳴らすと、手に持っていたフルーツサンドから苺を一欠片摘まみ取った。それをベンチの下にそっと落とす。みゃぁ、と掠れた声がして、ささくれだった心はわずかに和む。

「三十年前、アケノフィルムが倒産した時に、人々は気付くべきだったんです。いまやカメラメーカーも写真家もほとんど残っていません。あれから悲劇はずっと続いているんです。断言します。過度な科学の発展は人を救わない！」

耳障りな演説だ。しかし、男の言う「科学の発展は人を救わない」という言説には頷くところもある。

千鶴は顔に大きな傷を持っていた。鼻筋を斜めに裂くように走るそれは、熟れた柘榴《ざくろ》のように赤く、ミミズのような柔らかな膨らみを帯びている。幼い頃に住んでいた都営アパートの脇を走る西武新宿線。その線路横を歩いている時に、どこからか飛んできた花瓶が刻んだものだ。誰が投げたのかは定かでない。いたいけな心を襲った痛みは、今では向け処のない怒りに転身している。

千鶴にとってもう十年以上の付き合いになる呪いのような一筋ではあるのだが、実のところ、この傷痕を完全に消すことは難しいことではない。

二〇三〇年代の量子コンピューター実用化に伴い、科学は学際的に広がり、有機的な繋がりを帯び、飛躍的な進化を遂げた。特に医療技術の進歩は目覚ましく、人類は生物としての限界を打ち破りつつさえある。これを医療革命《RMC》と呼ぶと、千鶴は中学校の公民で習った記憶がある。その中でも日本の担った役割は大きいのだ、とも教えられていた。

かねてよりロボット、サイボーグに対して拒否感の少ない文化を有していた日本において、サイバネティクス――つまりロボット工学と医療の複合領域が指数関数的な発展を遂げたのは、必然であったと言う人間さえいる。

「日本ではスカイネットもE《エ》．D《デ》．I《イ》も生まれなかったが、代わりに機械仕掛けのアスクレピオスを生み出す土壌を有していた」とは、三〇年代を代表する英国の映画監督の言葉である。独特な宗教観に加え、アニメ漫画文化が新世代医療の発展を促したという示唆は賛同も否定も多く呑み込み、鉄砲水の勢いで広がった。

　そしてその発展は、日本が日本であるがゆえ、道半ばで閉ざされる。

千鶴もまた、その発展不良の影響を受けたひとりだった。

　高額な医療費のどこまでを税金で賄うか、どこまでを自己負担にするか、その議論は永田《ながた》町《ちょう》に渦巻く濁流の中で延々と掻き回され、挙句決着を見ていない。脳信号で動かすバイオニクス義肢を筆頭としたBMI《ブレイン・マシン・インターフェース》技術はもちろんのこと、人工網膜、人工臓器などの再生医療も、先進医療技術として据え置かれ、一部症例を除き、ほとんどが自己負担を強いられている。

　科学の発展は貧乏人を救わない。ましてや、日本では。

　その言葉が流行ったのは、つい数年前のことだ。普段、他人の言説に対して否定から入りがちな千鶴も、その言葉だけは否定しなかった。

　平等に救わないのであれば、納得もできる。傷は消えぬもの。そうした共通認識があれば息もできる。けれど、そうじゃない。傷痕という部品は、美醜の問題のみならず、その人が貧困であることさえ世間に暴いてしまう。

自発的な部品の取り換えを簡単に許してくれない世界を千鶴はひどく憎んだ。世界は多くを身勝手に取り換えてしまう。そのくせ本当に取り換えてほしいものは取り換えてくれない。鼻筋の傷は、今では身体に痛みを生むこともなければ、血を噴くこともない。しかし、千鶴の心を日々削っていく。

見た目の修復が目的ではない。心の治療が目的なのだ。

何度訴えても、国は医療費の補助を認めてくれなかった。「美容医療は自己負担です」ただそう返されるだけだった。傷が呼ぶ他人の視線を、傷が生む無用な軋轢《あつれき》を、国は美容の問題と見做《みな》す。その事実が千鶴の心をさらに苦しめた。

美しくなりたいわけではないのに。せめて普通になりたいだけなのに。

それなりの金を出して服を買い、流行りだという紅を唇に塗り、面倒ながらも髪を梳《と》かして生きている。それなのに日々、見られたくない、馬鹿にされたくないと怯えて生きる恐怖を、国や役所はわかってくれない。ブスだの、ブサイクだの。幼稚で直截《ちょくせつ》な言葉を向ける者は、年齢を重ねるごとに周囲から消えていく。しかし、人の視線だけは変わらない。

――顔に傷があるなんて、可哀そうな子。

――こいつとは付き合えないな。

――よかった。自分には傷がなくて。

そうした沈黙の加害は、社会性という膜が厚みを増すにつれ、むしろひどくなっていった。心の相談センターなるものに助けを求めたこともある。勇気を出して電話を掛けたにもかかわらず、返って来たのは月並みな回答のみだった。「周囲の評価に囚われないでいい」「あなたはあなたらしく生きていい」「生きてればいいこともつらいこともある」そんなことはわかっていて掛けたのだとも言えず、空疎な相槌を打ち続けた。

「ありがとうございます。楽になりました」

それ以外、返す余地がなかった。話し相手がＡＩでも変わらなかったと千鶴は思った。いや、機械の方がまだましだった。話し相手が機械であれば、人はここまで他人の痛みに鈍感なのかと失望する必要はなかったのだから。

千鶴は電話の向こうの人物が変わることを願って、誰かひとりくらいはわかってくれる人がいるはずだと信じて、何度か掛け直した。すべてが無駄だった。稀に同情し、泣き出す相談員さえいた。千鶴はその時、はじめて無言で通話を切った。この痛みは憐れまれるためのものじゃない。誰かのために用意した絶望じゃない。千鶴以外がこの痛みで泣くことが許せなかった。

いつしか千鶴は心の相談センターに頼ることをやめた。時間の無駄だと悟った。私のことなんて誰も見ていないという自己否定を拠り所に自己を守るこのつらさは、所詮誰にもわかり得ない。前髪が落とす影を頼りに人生を歩む苦しさは、前を向いて歩いている人間には理解できないと知った。

「おーい」

ふと響いた明るい声に、千鶴はベンチに座ったまま視線だけ向けた。いつの間にか抗議活動を終えていた学生の一団に、ひとりの女子学生が手を振って近付いていく。その姿に、千鶴の胸はどくんと高鳴る。

「遅いよ、悠《ゆう》」

リーダー格の男が口を尖らせた。

「ごめんごめん」

遅れてきた女は悪びれもせず、朗らかに笑んだ。耳にかけられた髪はおろしても肩までは届かない長さだろう。開け放しの耳に揺れるイヤリング型の電子端末は最新のもので、千鶴はそれが、自身のひと月のバイト代よりも高いものだと知っている。

「場所、間違えちゃって」

女の脚は黒いスキニーパンツを纏って細く、対して上半身はゆるいシルエットのスウェットセーターでまとめられている。千鶴が着たら野暮ったい部屋着にしか見えないそれを、その女は見事に着こなしている。

「悠ってそういうのばっかだよな、ほんと」

男が笑うと、あわせて全員が首を縦に揺らした。

悠と呼ばれたその女のことは、千鶴もよく知っていた。本名は美住《みすみ》悠。派手な印象はないのに、どこか存在感のある人物で、性別や学年を問わず人気がある。千鶴と同じ環境工学部に所属する同期生だ。

学食、講義室、並木道のベンチ、彼女は至る所に出没する。池袋《いけぶくろ》にある大学の敷地は、無論、人ひとりを完璧に隠し通せるほど広くないとは千鶴も心得ている。それでも彼女を見かけない日はない。彼女の美しさに晒されない日はない。千鶴にとってそれは苦痛だった。日に何度も端整な顔立ちを拝まされるのは、千鶴にとってハラスメントと相違なかった。

千鶴は常用している鎮痛剤を口に含み、ペットボトルの水を呷《あお》った。いますぐにこの場を立ち去りたい。けれど、足元にいる小さな命の存在を考えるとすぐには動き出せなかった。

まごついていると、彼女と——美住悠と目が合った。

薄い紅の這う唇。ニキビ痕すら見受けられない肌理《きめ》細やかな肌。整然と並ぶ白い歯。アーモンドの形をした大きな目。それらすべてが千鶴に向けられていた。

千鶴は思わずベンチから跳ね上がった。飲み込んだ鎮痛剤が喉につかえ、みっともなく噎《む》せ返る。ベンチの下に隠れていた三毛猫が、怯えたように駆け出していく。

「——待って」

千鶴は去っていく小さな背に思わず手を伸ばしていた。行きかう人々が、そんな千鶴に不躾な一瞥をくれていく。

行き場のない羞恥と怒りが、千鶴に三度、舌を鳴らさせた。

千鶴は、いつも独りでいる。耳に刺したピアス型の電子端末だけが常に彼女の傍にある。好きなバンドのロゴが刻まれたその端末は型が少し旧《ふる》く、もう市場には出回っていない。音質こそ悪くないと千鶴は思っているが、最新型の性能を知らないので比べようがない。また、比べようとも思わなかった。三年前、少ない小遣いを必死に貯め、バンドの公式通販サイトで買ったお気に入りだった。

千鶴は音楽が好きだ。ラブソングは好きではない。叫ぶような、戦うような、そんな歌を好んで聴く。けれど、そのピアスが家の外で音楽を流すことはほとんどない。通りすがる人々の口から零れる声を拾うため、千鶴は音楽を聴いているふりをして過ごす。自分に向けられた嘲笑や哀れみを、絶対に聞き逃したくはないのだ。自分を嗤《わら》うやつは睨み殺すのだと、世界の敵意には敵意で対抗するのだと、心に強く決めていた。

千鶴は他人が嫌いだった。他人もそうであればいいと思っていた。

千鶴は、だから講義もひとりで受ける。友人同士で並んで座るとか、後ろの席でこそこそと会話を楽しむとか、そうしたことはしない。別にどうってことはない。十年以上も前から、こうした環境には慣れている。たったいま受講している海洋資源学も、試験はひとりで対策することになるだろう。他の学生は試験の過去問や対策を共有し、単位取得に群れで挑む。なぜ大学にまで来てくだらない集団ごっこをするのだろう。千鶴は入学当初、ひどく苛立っていた。

「今日も空席が目立ちますね」

二十人規模の小さな講義室に高い声が響く。「まあ、私も学生の時はサボってばかりでしたのでなにも言えませんが」そう語る海洋資源学の若い女講師は、やたらと学生に寄り添いたがる。テスト前の協力についても、「それが人間の社会性だから」と肯定的だ。

「お友達から欠席理由を聞いている人は、講義の後に教えてください。寝坊でもインターンでも構いません。すべてを認める訳ではありませんが、考慮はします。お友達にも、出欠システムへの登録は保留で留めておくよう言っておいてください」

私は機械よりは融通が利きますよ。と、おどける講師に千鶴は唇を噛む。

これは優しさの名を冠した差別だ。独りで過ごす者が不利ではないか。今日だって生理がひどいのを押して来た。良い成績を維持しないと、奨学金の利子率が跳ね上がるからだ。そうなれば卒業後の生活は苦しくなる。いまはどこも機械による自動化が進み、雇い口は少ない。友人などいない千鶴は誰にも頼めないし、休めない。休んだ分だけ、自分の未来が暗くなるという確信がある。

千鶴は右耳をそっと撫でた。ピアスから光が伸び、掌にログイン画面を映し出す。出欠システムに入り、出席をタップして、これみよがしにため息を吐く。この部屋にいる誰かに自分の怒りややるせなさが伝わればいい。伝わって、少しでも嫌な気持ちになればいい。

「やっぱこの講義とってよかったね」

「ね。先輩から過去問もらってるし、ほんと楽勝」

近くから漏れ聞こえた軽薄な会話。それを聞いて、千鶴はなにかの糸が切れた気がした。ぱっくりと開いた胸の奥底から、過激な考えがふつふつと湧いて出る。

たとえば、急に泡を吹いて倒れたら、倒れる直前に叫びを上げたら、この場にいる者たちに消えない傷を残すことができるだろうか。その傷が幸せな彼らの人生を少しでも狂わせるのなら価値があるのではないか。千鶴が決して立てないステージにいる彼らを、引き摺り下ろせたらどれだけ気分がいいだろう。

千鶴は鞄のなかに常備している鎮痛剤をそっと取り出した。弾丸の数を数えるようにアルミ包装を撫でる。九錠、十錠、いやもっと――。このくだらない教室を痛みで塗りつぶすには、どれほどの鎮痛剤が必要だろう。勘定していると、講義室の扉が開く音がした。

――あっ。

思わず、息を呑んだ。遅れてやってきたのは美住悠だった。彼女は視線をきょろきょろと室内に滑らせてから数秒立ち尽くし、おもむろに千鶴の隣に腰を下ろした。

千鶴は手にした鎮痛剤を、咄嗟《とっさ》に箱ごとパーカーのポケットに詰めた。邪《よこしま》な考えはすでに鳴りを潜めていた。

タブレットを横にずらし、彼女との間にせめてもの空間を作った。身体がぴんと強張っているのが自分でもわかる。一方的に敵視をしている人間が、そうとは知らず自分の隣にやってきたことに動揺していた。

　講義の最中も、千鶴は頑なに悠の方を見ないように努めた。悠もまるで隣にいる千鶴のことなど歯牙にもかけていない様子で、ただぼうっと前方を見つめていた。どういうわけか、それはそれで腹が立つ。千鶴は垂らした前髪の隙間から美住悠の横顔を幾度も盗み見た。呆れるほど整った輪郭。傷ひとつない澄んだ肌。照明に輝く艶髪。シトラスマリンの香水。淡い桃色に染められた爪。千鶴は爪を塗る女も、香水を纏う女も嫌いだ。

　だというのに、なぜかそれらが自分に向けられることを夢想し、苛立ち、期待した。

　こいつには私のつらさなんてなにもわからない。わかってほしくない。そう願いながら、対等に笑い合うふたりが脳内に描き出されて、嫌になる。

「ねえ、なんでさ」

　ゆえに、講義終盤にもたらされた呟きに、千鶴は心臓の止まる思いがした。話しかけられているのか、独り言なのか。盗み見ていることがばれたのか。冷や汗が首筋を撫でる。千鶴は自分に言っているのだとは考えないようにして、手元の画面にペンを走らせた。安物の、それも中古品だからか、タブレットの筆圧感知は反応が悪い。画面に這った掠れた線を千鶴は指先で消していく。ペン先を強く押し付け、なんとか線を絞り出す。

「ねえ、なんでだと思う?」

「……なにがですか?」

頬に突き刺さる視線を無視できず、千鶴は思わず答えていた。

「今先生がしてる話。船って、ｓｈｅとかｈｅｒで呼ばれるよね。なんでだろうって」

千鶴は虚を衝かれ、一瞬押し黙った。顔を深く俯け「知らないです」とひとことだけ告げる。すると悠は、「そっかぁ」と、残念そうに呟き、自身のタブレットに指を走らせた。

光沢のある画面に滑らかな線が走っていく。千鶴はその様を横目で見ながら、荒れた呼吸を整えることに苦心した。声が変でなかったか。なぜ早口になってしまったのか。考えれば考えるほど、隣の女が許可もなく話しかけてきたことに怒りを覚えた。彼女が話しかけてこなければ、千鶴は羞恥に苛まれることはなかったのだ。

その後、会話は途切れ、講義終了の鈴が救いの声のように響いた。

学生らが一斉に立ち上がり、千鶴もその流れに乗るように席を立つ。慌てて立った折に、パーカーのポケットから鎮痛剤が箱ごと落ちた。

「はい。どうぞ」

拾ってくれた彼女の顔を見ないように、千鶴は曖昧に会釈する。

「これいいよね。よく効くし。でも、飲みすぎると腎臓に悪いんだよ。過剰摂取《オーバードーズ》だっけ。運が良ければ死ねるらしいけど、ほとんどは苦しいだけだし。私、そういうのは知ってるんだ」

「……そうですか」

「ごめんね、いきなり。でも、箱は新しいのに中身だけ少なかったから」

　宝石のような目をくしゃりと歪めて笑う悠は、ひどく美しかった。千鶴は彼女と目を合わせないよう、鎮痛剤だけ受け取って立ち去ろうとした。

　これ以上関われれば、みじめな気持ちになるだけだと知っていた。にもかかわらず、「ねえ、あのさ」と掛けられた声に千鶴は無意識に振り向いてしまう。

「特別なのかな、船って」

　美住悠は千鶴を見つめたまま穏やかな声音で言った。千鶴は呼吸をひとつ挟んでから「なんの話ですか？」と、たしかめるように訊き返した。

「だから、船の話。ほら、さっき講義で」

　口元を緩ませる悠に、千鶴の息はわずかに上がる。「ロボットとかも女性代名詞ですけど」

　言いながら、落ち着かない視線の着地点を探していた。

「ああ、たしかに。言われて気付いた」

「これくらい常識だと思いますけど」

　早口なまま嫌みをひとつ吐き、千鶴は悠の背後を通り抜けようとする。

「でも、やっぱあれかな」

　続くように、悠も歩き出した。「形かな。曲線美ってやつ？」

「船の話ですか？」

「うん。船の話」

はあ、と千鶴は嘆息した。こういう手合いは無視をするより適当にあしらった方がいい。悪い印象を与えれば、人は勝手に離れていくことを千鶴は経験から知っている。

千鶴は鳩尾《みぞおち》の不快感に耐えながら、俯きがちに捲し立てた。

「たしか、何度もペンキを塗り替えるのが化粧直しみたいとか、あとは昔の船乗りは男だけで、そのパートナーだから女に見立てたとかそんな感じの理由だったはずです。というか、なんでそんなこと気になるんですか？」

「え、なんでだろ。なんとなく。知らなかったし」

「こんなことも知らずによくこの大学入れましたね」

「あー、それは……。小学校からここの付属だから」

精一杯の憎まれ口をからっと笑って返され、千鶴は喉の奥が熱くなる。「エスカレーターで勉強あまりしてこなかったんだよね」と、気恥ずかしそうに笑う悠の態度に、千鶴はついに足を止めた。

「ばかにしてるんですか」

「え、なんでそうなるの？」

廊下に響いた頓狂な声に、千鶴はそっと唇を噛んだ。どうやら目の前の女は本当にわからないらしい。生きてきた世界が違うのだ。価値観もなにもかも違う。小学校から私立に通うような人間とは話が合わない。わかってはいたけれど、ざらついた感情が表情を醜く歪めた。

千鶴は次の講義がある教室に急いだ。悠もなぜかついてきた。講義室の扉に手を掛けながら、「私、次ここなので」と淡白に言い放ち、千鶴は悠に背を向ける。

「あなたも次の教室行ったらどうですか？　ここじゃないですよね？」

「ああ、うん。よく知ってるね」

「……だって」

口ごもる千鶴に、悠は軽く笑ってから、「ねえ、奥平さん」と名を呼んだ。

千鶴は扉に手を掛けたまま硬直した。けれど首だけは素直で、悠の方に自然と回っていた。

千鶴の網膜に、彼女の顔の細部までもが描き出される。それは悠にとっても同じはずだった。

千鶴が隠していたいものが悠の瞳に晒されている。彼女を卑屈たらしめているものが、最も見られたくない人間に見られている。

「アリアドネでしょ、それ」

悠が唇の端を持ち上げた。

「え？」と、千鶴はまたも無意識に訊き返していた。

「その耳の。違う？」

悠の細い指がすらりと伸びる。鼻の傷ではなく、耳たぶを覆う赤いピアス型の端末を指している。その中央に刻印されているのは毛糸玉の絵。糸の尾がひょろりと上に伸び、尾先が髑髏《どくろ》を象《かたど》っている。

それは十年ほど前に一世を風靡《ふうび》したアリアドネというバンドのロゴで、弱い千鶴に言葉の牙を与えた、戦いの象徴だった。

「そう、ですけど……」

千鶴は内心驚きつつ頷いた。育ちの良さそうな彼女がアリアドネのようなアナーキーなアーティストを好むとは到底思えなかった。

「やっぱり。私もね、好きなんだ」

千鶴の驚きを尻目に、悠はセーターの襟をぐっと引き下げる。

「フェイクタトゥーだけど」

微笑む悠に、千鶴はなにも反応を示せない。紫のブラストラップが窓から射す陽に照らされて光り、左鎖骨の下には毛糸玉と髑髏の紋様が刻まれていた。

「さっきの講義さ」

襟から手を離し、悠は続けた。「知り合いいないんだよね、私」

千鶴は悠から目が離せなかった。女神のような微笑みが千鶴の血流を早くした。

「だから奥平さん、また来週」

手を振る彼女を、千鶴は棒立ちのまま見つめるほかない。

「え、もしかして来週休む感じ？」

身じろぎひとつしない千鶴に彼女が問う。千鶴は寸刻の間に深く悩んだ。どう返すべきなのか。どの答えが自分の人生にとって利するものなのか。

悩んだ挙句、千鶴は決断した。

「……行きます、けど」

「ならよかった」

悠は手を振り直し、「じゃ、また来週」と踵《きびす》を返した。

千鶴は思い出したかのように講義室に逃げた。思考は時化《しけ》たまま、まとまることはない。なぜ話しかけてきたのか。なぜ名前を知っていたのか。また来週会うことになってしまった。会った時、なにを話せばいい。考えれば考えるほど、思考は岩礁《がんしょう》に乗り上げ、飛沫《しぶき》と散る。

次の講義はまるで集中できなかった。

それから九十分後、また次の講義室で彼女を――美住悠を見た時、その周りには声の大きい小魚が数匹、纏わりついていた。

千鶴は彼女の視界に入らないよう隅に座った。

ままならないことに、千鶴の視界から彼女を消すことだけはできなかった。

三年前―２０４１年　８月

美住悠は侵略者だった。剣も銃も持たず、ただその微笑みだけで、奥平千鶴の世界を少しずつ、けれど着実に塗り替えていった。

彼女が振るったのは、無遠慮な明るさや、傲慢《ごうまん》な善意などではなかった。むしろそうであれば良かったと千鶴は心のどこかで思っていた。そうした振る舞いへの対処法なら、これまでの人生で嫌というほど身につけてきた。

美住悠は強制しなかった。ただ隣に座り、ただ話しかけ、ただ頷いた。千鶴が急に立ち上がっても、返事をしなくても、憎まれ口を叩いても、悠は千鶴になにかを要請することがなかった。かつての同級生たちのように気安い態度を、教師らのように明るい声音を、親のように正しい笑顔を、悠は決して千鶴に求めなかった。

「美住さんじゃなくてさ、悠って呼んでよ」

女神からのお願いは、千鶴に拒否権を与えない。

「千鶴も休む時言ってよ、私が代返するから」

雲のように掴みどころのない悠の笑みは、いつしか千鶴の毒気を抜いていた。

木曜日の二限終わりに揃って昼食を摂るのが恒例となった。レンガ造りの外観が目立つ第一食堂は学生以外にも人気が高く、いつも混んでいる。喧騒だけでなく、漆喰《しっくい》を纏った瀟洒《しょうしゃ》な壁面や開放感のある高い天井は、千鶴にとって居心地が悪い。悠に誘われなければ、千鶴は利用することなくこの大学を卒業していただろう。五号館の地下にある小さな食堂の方が千鶴の性に合う。

「千鶴、きっとこういう明るいの似合うと思う」

「私、着られればいいから」

「またそういうこと言う。千鶴もほら、スタイルいいんだしさ」

「別にただ痩せてるだけだし……悠だって、細いじゃん」

「まあ、私は痩せてなきゃダメだし」

「なにそれ。どんなプライド？」

　悠は度々メイクやファッションの話をした。千鶴はコスメや服に詳しくない。悠のメイクは元がいいから映えるのであって、それは誰にでも当てはまるものではないと信じて疑わなかった。もちろん千鶴だってメイクの勉強をした時期はある。でも、あるだけだ。いくら頑張っても素材に目がいってしまい、気分が落ち込む。悠にはわからない悩みに違いない。そうした些細な違いを知る度、悠と自分は違う生き物なのだと痛感し、喉の奥がきゅっと苦しくなる。

「あ、千鶴、ちょっといい？」

　悠は食後の習慣にしているという美肌サプリメントを水で流し込むと、食堂の入口めがけ、

「有村くん！」と手を振った。ちょうど学食に入って来たばかりの浅黒い肌の男がこちらを向いた。顔を見て、千鶴はすぐに気が付いた。そいつは以前、プラタナス並木の下で抗議活動をしていた男だった。

「こっち来て、こっち」

悠の手招きに誘われ、男が近寄って来る。胸元にスポーツブランドのロゴが描かれたTシャツを纏い、タイトなシルエットの黒いチノパンとともに筋肉質な身体を強調している。手には紙の本が握られていた。最初から紙で出版される本は記念品以外、今はもうほとんどない。電子書籍をオンデマンド印刷するにしても高くつく。彼も裕福な家庭で育っただろうことが、千鶴には容易に想像できた。

「ねえ、これ、私の友達。ほら有村くん、挨拶」

「ああ、えっと、有村康生です。君は――」

「……奥平です」

「ああ、君が千鶴ちゃんか」

悠から聞いてるよ。と、有村は気安い笑みを浮かべた。零れ落ちそうな白い歯に、笑い慣れた目尻の皺、無駄に大きな声。苦手な人種だ、と千鶴の心が騒ぐ。それだけじゃない。悠が自分の知らないところで自分の話をしていることも嫌だった。

「……どうも」

一言呟いて、さっと視線を逸らした。彼が担いだ鞄には「NO ROBOT」と記された葡萄《ぶどう》型のステッカーが貼られていた。反機械団体『嘆きの葡萄』のメンバーである証だ。

ああ、やっぱり苦手な人種。千鶴は胸の内で舌を鳴らした。

「有村くんめずらしいじゃん、小説なんて。いつも変なビジネス書ばっかなのに」

「え？　ああ。昔のＳＦをちょっとね。前の時代を生きていた人たちが科学をどう見ていたか知りたくて。というか、変なビジネス書ってなんだよ」

彼は手に持っている本を掲げた。

黒い表紙には白抜きの文字で『祈りの海』と記されている。

「ふぅん……ＳＦ、ね。千鶴はこれ知ってる？」

「ううん。私、本読まないから」

「そっか。私と同じだ」

苦手な男を前にしても、悠の手前、当たり障りのないやりとりをしようと努めた。身を裂かれる苦しさに耐えながら、千鶴は慣れない愛想笑いを作り続ける。

千鶴を一番苦しめたのは有村の目の動きだった。彼の視線が一向に落ち着かないのだ。顔の傷を見ないように気を遣っている。目のやり場に困っている。その事実が千鶴にとってなにより屈辱だった。私は腫れ物じゃない。そんな風に扱うな。けれど、まじまじと見つめられるのも嫌でしかたがないのだから、どうしようもない。

「私、次、あるから」

「え、もう？」

逃げるしかなかった。眉を曇らせる悠に「次、六号館だから」と言い残し、ふたりの前から去ることを選んだ。

食堂から遠い六号館まで、千鶴は一度も振り返らなかった。気安く話しかけてくる男。千鶴を気遣わずに友人を呼ぶ悠。すべてに苛立っていた。しばらく歩き、冷静さを取り戻すと、それがただの逆恨みであることに気が付いて、今度は自分の性根の悪さに辟易《へきえき》した。

千鶴はいつもこうだ。後悔の味を知っていながら、それを噛むことしか知らない。吐き出すことも、飲み込んで消化することも知らない。

辿り着いた九号館の講義室では、前の講義がまだ続いている。

千鶴は閉ざされた扉の前で、ひとり項垂れていた。


有村を紹介されて以来、悠が誰かと居る時に千鶴は姿を隠すようになった。幸か不幸か、隠れるのは容易く、気まずい思いをすることは極端に減った。

悠の方も、他の人と居る時は千鶴の姿をあえて探さないようだった。それでいいと思えた。苛立ったり、嫌な思いをするくらいなら、ひとりでいる方が幸せだと千鶴は信じていた。

それなのに、千鶴の瞳はなぜか悠の姿ばかりを映してしまう。悠の姿は日を追うごとに見つけやすくなっていた。思えば、入学当初から千鶴の瞳は悠を映すことに長けていた。

なぜ悠のことばかりが気に掛かるのだろう。その理由に思い至ると、千鶴は哀しみに暮れた。千鶴はよくできた悠を憎みつつも、内心憧れを抱いていたのだ。決して認めてこなかった事実を認めると、気持ちは楽になる反面、みじめになった。

悠はいつも綺麗な服を纏っていた。悠はいつも自然な笑みを湛《たた》えていた。悠はいつも他人に囲まれていた。見れば見るほど、悠は自分とは正反対の人間だった。

〝彼女《あれ》〟になることはできないのだと、日々思い知らされた。

彼女は自分とは違う世界の人間。美住悠は特別で、自分とは相容れない存在。

しかし、そう信じることで保っていた千鶴自身の立ち位置は、悠と接する度に揺らぎもした。話してみると悠は正反対ではあるものの、自分と同じ学生で、機械ではない普通の人間だった。であるならば、悠のように生きられない自分は欠陥品なのではないか。経済格差や文化資本の差、あるいは外見の優劣。それらを盾に逃げ回る自分はただの卑怯者なのではないか。悠もそのうちこの性根の悪さに呆れ、自分の元を去ってしまうのではないか。そうした焦燥が胸底から喉元にかけて胃酸の如く湧き立ってくる。私は、もっと普通になる努力をするべきなのではないか。悠が欠陥品に飽きる前に、せめて普通に。

悠を信じられなくなる時間も増えた。キャンパス内に限らず、街中でさえ視界の端に悠を映していなければ不安になった。そんな自分を気持ち悪いと思うも、ちりちりと灼《や》けるような想いが千鶴を駆り立ててやまない。アパレルショップの店先で、カフェのカウンター席で、ファミレスのドリンクバーで、千鶴は息を潜めて悠を見つめた。

自分のことを陰で笑っていないだろうか。自分よりも親しい友人がいるのではないか。

前者は会話が聞き取れないから確信が持てなかったが、後者の予想は、概ね当たっているようだった。

　八月のある日、千鶴は悠に遊びに誘われた。近県で開催される音楽フェスに行こうというのだ。学外で会うのははじめてだというのに、いきなり遠出を提案されたのは千鶴にとって驚きだった。

「なんでわざわざそんな遠くまで行くの？」

　訊ねると、悠はきょとんとした顔で「え、だって。千鶴、アリアドネ好きでしょ？」と返してくる。そういうことではない。千鶴は焦れる舌先をなだめすかし、平静を装ったまま続けた。

「だからって、ライブなら都内でもあるのに。なんでわざわざ遠くに……」

「まあ、それは、誰もいないからかな」

「誰もいないって、フェスなんだから、たくさん人は来るでしょ」

「いや、そうじゃなくてさ」

悠が困ったように眉を下げる。その表情に千鶴はようやく悠の真意を看取した。悠は千鶴が気まずい思いをしないために、自分の知人がいないであろう場所をわざわざ選んだのだ。

屈辱だった。悠の頬を殴りつけたいとすら思った。馬鹿にするな。気を遣うな。けれど、相反する感情も胸をよぎる。ありがとう。私なんかのために。

「……まあ、旅行がてらいいかもね」

結局、千鶴は頷いていた。怒りをむけるには、隣に座る彼女はあまりに優しすぎた。

千鶴はその日の帰り、めずらしく服屋に寄った。肌の露出が多くなりすぎないように条件付けをしてから、二日分の衣類を店頭のコーディネートＡＩの指示通りに買った。

家に帰り、服を袋から取り出した時、靴下を買い忘れたことを思い出して、深いため息を吐いた。タンスからあまりみすぼらしくない靴下を二日分見繕い、買った服と一緒に洗濯した。香り付きの柔軟剤をいつもより多めにいれて洗濯した衣類は、出かける日まで着ないように並べてしまい込んだ。

千鶴にとって友人とのはじめての旅行だった。回答エンジンへの質問履歴は、いつしか「ひたちなかのおすすめグルメ」のみならず、「旅行のマナー」や「高速バスの乗り方」などで埋まっていた。

浮かれている自分がみっともなく思え、旅先で失敗する未来が脳裏をよぎり、何度か悠に断りの連絡をしようとしたことすらある。無論、実行には移せなかった。断りの連絡をいれる勇気の方が千鶴にとっては幾分か重いもので、結局ずるずると当日の朝を迎えていた。

寝汗をシャワーで洗い流す間も憂鬱《ゆううつ》だった。楽しみなはずなのに気分が晴れない。髪を乾かし、準備していた服を纏う。姿見の前に立つと、ため息が出た。買った時は満足していた服のどれもが、ださくてみっともないものに見えた。

事前に何度も練習した流行りのメイクは、やっぱりやめて、いつものように薄い化粧を施した。どうせ何をしたって自分の容姿に納得できるはずがないのだから、とりあえず外に出て恥ずかしくない程度に仕上げて、家を出た。

実際、待ち合わせ場所で悠と対面すると、さらに気分は落ち込んだ。お洒落をしようと張り切っていた数日前の自分がばかみたいで、悠と対等に歩けると思っていた自分が恥ずかしいとさえ思えた。

「じゃ、行こうか」

悠が背筋をぐっと伸ばしながら言う。気取らないラフな服装。素材を活かしたナチュラルなメイク。あくびを噛み殺す横顔さえ様になっている。

憎らしいほどに、綺麗だ。

そんな彼女をこれから二日間独占できるのだと考えると、千鶴の憂鬱は少しだけ晴れた。

荷物を置きにチェックインした宿は、いかにも安っぽい、ひと昔前のビジネスホテルだった。悠がいろいろ探してくれたようだが、直前での宿探しだったため、ここしか空いていなかったのだという。部屋に入るなり、悠は「せまっ」とわざとらしく嘆き出した。

目当てのバンドは二日目の出演のため、初日は気になったステージを流すことにした。入場ゲートでドリンクカップと、入場証代わりの簡易ＡＲ眼鏡《グラス》を受け取る。プラスチック製のＡＲ眼鏡は軽く、首から下げられるよう紐が付いている。実際にかけてみると、会場のいたるところに仕込まれたＡＲ演出が窺えた。地面に描かれた案内表記。ステージの上空には演奏中のバンドのロゴ。トイレの上には混雑状況すら浮かんでいる。

千鶴はそれらの演出を流し見てから、眼鏡の前で指を滑らせた。千鶴の視界には、製品版の眼鏡やコンタクト型のレンズを買わないか、網膜インプラントを埋め込まないかと、鮮やかな広告が表示されている。情報過多で、くらくらした。

「だるいなぁ。これも自分の端末みたいに、課金して消せたらいいのに」

眼鏡を外しながら、悠は「ね」と千鶴に振り向く。千鶴は肯定もせず、曖昧に頷いた。

「というか、千鶴、なんか気になるバンドある？　私的にはさ——あ、その前に飲み物か」

悠は古めかしいミラーレス一眼カメラを肩に掛け、意気揚々と歩き出した。機体側面には今はもう倒産したアケノフィルムのロゴが刻まれている。写真なら携帯端末でいくらでも撮れるのに、なんでそんな嵩張《かさば》るものを持っているのか。千鶴は不思議に思ったが、あえて訊くような真似はしなかった。

悠は古いものや、寂れたもの、町の路地や、錆びた看板。古着に喫茶店。そうしたものが好きであることを、これまでの会話から学んでいた。

千鶴は悠に置いていかれないように必死に歩いた。肩をぶつけた他人が何を言っているかは気にならない。しばらく歩くと、悠は出し抜けに立ち止まった。目の前には、仮設テントがあり、天幕の下にはドリンクサーバーが立ち並んでいた。

「おー、いいね。アイスティーもある。千鶴はどれにする？」

ドリンクサーバーを吟味しながら、悠が訊ねる。千鶴は「同じのでいい」と言い、悠と同じ列に並んだ。

悠の後ろに並びながら、千鶴は気が気でなかった。事前にネットで調べた情報によると、行列の待ち時間は人間関係を悪化させるという。

「ねえ、悠」

「んー？　なに？」

「今そこでやってるバンドさ、前に映画の主題歌やってたよね」

だから千鶴は頑張って話題を振り続けた。鬱陶しくない程度に、それでいて険悪な沈黙が訪れないように、慎重に、穏やかに。

「あー、やってたね」

「悠はあの映画見た？」

「うん。結構おもしろかった気がする。なんだっけ、主演の人がさ――……」
それでも悠と話していると、この会話、他の人ともしてるんだろうな。私だけの言葉じゃないんだろうなと卑屈になる時がある。千鶴は、それを顔に出さないように相槌を打ち、話題を振り続けた。

空のカップにアイスティーが満ちる頃には、千鶴の喉はからからになっていた。

行列から抜け出したふたりの手の中では、食品メーカーの広告が揺れていた。ＡＲ眼鏡を通して見ると、カップの表面に印刷されたコード情報に従って、注がれた液体に映像が浮かんで見えるのだ。悠は広告の浮かぶカップに口を付けると「商業主義の味がする」と笑った。

「音楽はもう芸術じゃないね。空気を震わせるタイプの広告だよ」

そのジョークに、千鶴は目を伏せる。

近年は個人の嗜好に合う音楽をＡＩが自動生成してくれるから、アーティスト自体の数も減ってきている。今日のような生音での演奏は貴重そのものだ。薄利多売のサブスクリプションサービスも、アーティストを豊かにしたとは言えない。そうした音楽不況の煽りを受けてフェスの規模も小さくなっており、文化的側面を強調しつつ、スポンサーを掻き集めなければ生存競争に勝てないイベントとなっている。参加者も、若い好事家《こうずか》か、千鶴たちよりも年齢の高い生音世代ばかりだ。

千鶴は、しかしそれでもいいと思っていた。いくら商業色に染まろうとも、どれだけ醜く変容しようとも、求める人間が減ろうとも、この文化には生きながらえていて欲しい。これまで千鶴を生かしてきたのは、たしかに音楽の力だった。

「ね？　そう思わない？　ビジネスフレーバー」

悠の顔に千鶴は曖昧な笑みを返し、紅茶で口を塞いでやり過ごした。

いくつかのライブを見て歩いた。好みの演奏を聴いても、ふたりは大きな声で叫ぶことや、腕を振り上げて盛り上がるなどはしなかった。上空を飛ぶ演出用ドローンに目を遣ることもない。楽器の奏でる波にぷかぷかと小船のように浮かぶだけ。千鶴は強く安堵した。鑑賞態度が同じで良かったと心から感じていた。やはり音楽に関しては悠とは馬が合うのだと再確認できた気がして。

ふいに頭上で色が弾けた。千鶴はそっと深呼吸をし、日の沈みはじめた空に視線を向ける。七色の花火が方々で咲いていた。鮮やかに、力強く、千鶴の上で何度も花開いた。立体映像の花火は費用も環境も気にしなくていい。それだけに際限なく打ち上がる。熱のない光。スピーカーから伝わる炸裂音。

千鶴はいつか見た花火大会を思い出していた。たしか親のパソコンでライブ中継を観ていたのだ。どうせ人混みで疲れるんだからと、母は決して現地に連れていってくれることはなかった。一度でいいから、花火を下から見てみたいと思っていた。ドローンが上や横から撮影したものでなく、地面に立ったまま花火を見上げ、降り注ぐ光に包まれてみたいと——。

「演出過多だね」

花火に耽る千鶴の横で、悠がぽつりと呟いた。「見境なくて、ちょっと下品だ」

ねえ、千鶴もそう思わない？　顔を覗き込んできた悠から、千鶴はもはや逃げきれず、「だね」と頷き返していた。ようやく見上げることのできた花火は、その瞬間から千鶴のなかで下品な演出になりさがったが、それでいいのだと思えた。

千鶴と悠は馬が合う。その事実こそが、なにより大切だった。


備え付けのシャンプーのべったりとした香りが煩わしく、ベッドに横たわった千鶴は、寝返りを打っては洟《はな》を啜った。とにかく疲れていた。旅行がこんなに体力を消耗させるものだとは知らなかった。

突然、ぼふっと布団の跳ねる感覚がして振り向いた。髪を湿らせたままの悠が、千鶴のベッドに腰掛けている。千鶴が見上げたままでいると、悠は「ん？　どうしたの？」と微笑んだ。

「ねえ、悠はさ」

千鶴は視線を静かに落とした。ハーフパンツから伸びる悠の脚が目に入り、その艶やかさに寸刻《すんこく》、言葉を忘れた。

「え、なに。黙って」

「だから、悠はさ」

「うん」

悠はさ、なんで私に話しかけてきたの？

ずっと気になっていたことを尋ねようとした。悠のような人間が、なぜ自分のような女に声を掛けてきたのか。一緒にいるのか。もちろん自分の中で理由は考えなかった訳ではない。たぶんアリアドネのピアスだろうと推測もつく。しかしどれも腹落ちしない。自分の心が生んだそれらしい理由は呑み込むには甘すぎて、苦くてもいいから、悠の吐いた言葉が欲しかった。

「悠は」

千鶴はひとつ呼吸を挟んだ。シャンプーの匂いに噎せ返りそうになる。

——悠は、なんで私に話しかけてきたの？

短い言葉を喉の奥に用意して、口を開いた。

「いま、お腹減ってない？」

「減ってる。めちゃくちゃ」

悠がからりと笑うのを見て、千鶴はこれで良かったのだと思い込む。そういえばネットにも、旅先で大事な話はしない方がいいと書いてあった気もする。

「じゃあさ千鶴、私、良いこと考えた。コンビニ行ってぱーっと豪遊しようよ。アイスとかお菓子とか買って。この格好で外食は恥ずかしいし、いまさら着替えるのもあれだし」

「うん。いいと思う」

千鶴はいつもこうだった。自分の中の答えにバツをつけたことがない。また、つける必要性も感じていなかった。これ以上自分を否定してどうなるというのだろう。

Ｔシャツにハーフパンツのラフな装いで、ふたりは暗い夜道を歩いていた。東京とは違い、夜空には星がいくつか張り付いている。

「おー、星だ。カメラ持ってくれば良かったな」

悠がそっと空に手を伸ばすものだから、千鶴も真似て手を伸ばした。濃い夜空に浮かぶ星のひとつが、指先をちくりと刺した気がした。

――綺麗だね。

悠がそう言ってくれないか、千鶴は道中、ずっと期待していた。

「あったあった。やっぱりここらへん、まだ無人じゃないや」

はしゃぐ声に、千鶴は空を見るのを止めた。悠はとっくに道の先の光を見ていた。ガラスの向こうでは店員があくびをしている。都内では八割以上のコンビニが無人に置き換わって久しいが、地方のコンビニバイトは地域雇用のために守られていると聞く。あの青い制服を見ることすら、千鶴にとって久々だった。

「千鶴、現金持ってる?」

悠が顔を覗き込んでくるので、千鶴は「持ってるわけないでしょ」と眉根を寄せた。

実際、千鶴は小学校を卒業して以来、現金を使ったことがない。

「じゃあ、ちょっとしか買えないね。もうちょっと持ってくれば良かった」

悠は愚痴を言いながらも、現金でいくつか酒を買った。電子決済に紐づいた年齢認証をパスするために、わざわざ現金を用意してきたらしい。夜間の割り増し時給が目当ての店員は年齢確認をするような手間はとらなかった。

千鶴は呆れた。ふたりはまだ十九だった。

「溶ける溶ける」

「待って。お酒、炭酸」

千鶴が口を尖らせる。「でも、溶けちゃうからー」と悠は先を行く。

「待ってよ、悠」

足元で砂利《じゃり》が鳴っていた。せっかくシャワーを浴びたのに、また汗をかいていた。整備不良の舗装路は走るには向いていない。道端からは微かに虫の声がする。千鶴は汗も痛みも虫も嫌いだ。けれど不思議といまは不快ではなかった。

目の前で彼女の背中が揺れている。彼女に置き去りにされたシャンプーの匂いが甘く香る。舌先に乗る自分の吐息が煩わしい。空は黒々と深く、肺に流れ込む空気がやけに立体的に感じられた。こうした時間が自分にもあっていいのだということを千鶴は今まで知らずにいた。そして知ってしまうと、淡い後悔が襲ってくるのだ。それは今までの人生の空虚さを知ったこと以上に、悠が目の前から消えた後の世界を想像してしまったからだった。

「待ってよ、悠」

千鶴は追いすがる。

「またなーい」

彼女は前を向いたまま、暗い夜道を走っていく。


フェスの二日目は昼前に起きた。頭ががんがんと痛むのは身体に残った酒のせいだろう。昨夜は天井が回っていた。早鐘を打つ心臓のせいでなかなか寝付けず、千鶴は荒い息を押し殺したまま夜を過ごした。どうやらアルコールが合わない体質らしい。

「なんだ、そんなに美味しくないね」

悠も酒には不慣れなようだった。「でも、やっぱ一回くらいは経験として」と顔を赤くしてチューハイを啜っていた。悠みたいな人間はもうお酒を嗜んでいると信じていた千鶴には意外な事実だった。

悠もその負い目があったから、わざわざ現金を用意してまで地方のコンビニで酒を買ったのだろうか。そう考えると、悠の立っている位置が少し近くに感じられ、嬉しかった。

ホテルの朝食は時間が過ぎていたため、ふたりは近くのファミレスに向かった。広い駐車場には無人の配送トラックが数台並んでいる。悠は車止めの石を踏んでひょいと跳ねた。「二日酔いないの？」と千鶴が訊ねる。「ないこともない」と悠はまたひょいと石の上を跳ねた。

　ふたりはドリンクバー付きのモーニングセットを頼んだ。「私のぶんもお願い」と悠に頼まれ、千鶴はふたり分の飲み物を注いで席に戻った。

「二日酔いにはグレープフルーツジュースとか、ハーブティーがいいらしいよ」

　席で待っていた悠に、千鶴はハーブティーを一杯差し出した。道すがら、「二日酔いに効くものを教えて」と回答エンジンに訊ねておいたのだ。けれど悠は、「私はいいや」と首を振るばかりで、頑なに口をつけない。悠は紅茶が好きなはずなのに、ハーブティーだけは飲まないと言う。

「じゃあ、グレープフルーツは？」

「そっちもいい。私、他のとってくる」

　言いながら悠は席を立った。

　千鶴はせっかくの親切心を無下にされたようで腹の底がむずむずした。結局何も言えず、グレープフルーツジュースを啜りながら、ハーブティーがじんわりと冷えていく様をただ見つめるしかなかった。

　会場に移動すると、周囲には毛糸玉のロゴが描かれたタオルや、Tシャツ、リストバンドを身につけた人々が集っていた。中央のメインステージ前は人で溢れかえっており、千鶴と悠は少し離れた位置にある、小高い丘の上からアリアドネの登場を待っていた。

ミネラルウォーターを口に含み、千鶴はいよいよだと期待に胸を膨らませる。

だが、ようやく出てきた贔屓のバンドはいつもと様子が違っており、悠も千鶴も、周囲の観客も、不穏な気配に息を呑んだ。

「あー、曲の前に説明させてくれ。見ての通り、ドラムのリエはここにはいない。本当は言おうとしたんだ。でもさ、運営に集客に響くからやめてくれって言われててさ。ごめんな」

おどけつつ、ボーカルの男が詫びる。ライブの直前、ドラムの女性が局所性ジストニアという病気に罹ったらしい。脳の指令異常により、身体が言うことを利かなくなる病だ。とはいえ、現代医療では容易に対処が可能なもので、脳の深部に小型の電極を打ち込みさえすれば一発で治る。

しかしその女性は自然派の治療を望んでいるため、当面は活動を中止するのだという。

「でもよ」

動揺が会場に染みていくなか、ボーカルがマイクに叫んだ。

「合成演奏とかさ、生のドラムじゃなくてライブする手は、今だといくつもあるんだ。けどやっぱ俺たち人間の奏でた音がいいから。人の力を信じてるから。そこだけは変わりたくねえから。リエからも許可もらってよ、しばらくはこいつの力を借りようと思うんだ。カモン！　ハルシゲ！」

ボーカルが右手を挙げる。舞台袖から細身の男が現れた。

それは少し前に解散した人気バンドのドラマーだった。

観客は自ずと沸いた。嘆く声よりも、夢の共演だと騒ぐ声の方が多い。

千鶴だけは、素直な反応ができずにいた。

喧騒の中に、悠の小さな冷笑が混じっていたことを聞き逃さなかった。

「ねえ、こういうのなんて言うんだっけ」

悠が千鶴に耳打ちをする。「こういうの？」と千鶴は眉をひそめる。

「部品が入れ替わっても同じ物なのかっていうあれ。えーっと、なんとかの船」

「テセウスの船？」

千鶴が首を傾げると、「そう、それだ」と悠は小声ではしゃいだ。

テセウスの船は、ギリシア神話にまつわるパラドックスだ。ミノタウロスを退治したアテナイの王、テセウス。彼の乗っていた船は記念として後世へ受け継がれるが、建材の老朽化に伴い、古くなった箇所は段々と新しい木材へ置き換えられていく。時を経て、すべての部品が取り換えられた船はテセウスの乗っていた船と同一の船であろうか。あるいはまったくの別物だろうか。という、同一性を問う思考実験のひとつだ。

「悠、思考実験とか好きなの？」

「いや。有村くんがたまーに言うんだよ、そういうの。あの人、小難しいの好きだからさ。たぶん、全然理解してないだろうけど」

そう言って、からっと笑った。悠は本人がいないとき有村を度々貶める。茶化しているのだろうが、自分もそう言われているのではないかと怖くなる時がある。

「ねえ、千鶴は、どう思う？」

悠が顔を覗き込んでくる。「部品が変わってもさ、同じだと思う？」

千鶴は怖かった。間違った答えを言ってしまえば、悠が離れていってしまう気がした。

――私は……。言いかけて、息を呑む。

「私はね」千鶴が答えるよりも前に、悠が口を開いた。

「私は、同じだと思う。あのバンドだって、きっとみんな来年あたりには慣れててさ、あれがアリアドネだってなるんだよ。結局私たち、今が楽しかったり気持ちよかったりすればそれでいいんだよね。だから、私たちがどう感じるかが本物で、物自体には意味がないんだと思う」

「……そうかな」

「そうだよ。みんなどうせ、ちょっとした変化なんてすぐ慣れるよ」

悠の意見に、千鶴は深く賛同できない。「もうはじまる」と話題を逸らして、会話を切り上げた。演奏がはじまった。迫りくる音の波に、ただ身を委ねる。普段聴いているアリアドネの曲と違うと感じるのは、ライブだからか、メンバーが違うからなのか、千鶴にはわからない。

三年前—２０４１年　10月

夏季休暇を終えたあたりから、世間は少しずつ騒がしくなった。千鶴の周りも例外ではなく、破損した機械を見る頻度は日毎に増していた。胴体や頭部が凹んでいるくらいではまだいい方で、腕や脚を折られたものすら見かける。警察も監視ドローンを増やしてはいるが、対応は追いついていない。

千鶴は残暑に熱されたアスファルトの上を走っていた。目の前をサビ猫が逃げている。小さな口が咥える物体を落とさせたくて息を切らせていた。額には汗がにじむ。千鶴の追跡にようやく観念した猫が青い肉片をぼとりと落とすと、千鶴は安堵し、立ち止まった。猫は獲物を一瞥し、口惜しそうに逃げて行く。「よかった」千鶴は呟き、ひとり汗を拭った。

誤飲で息絶える動物の数は年々増えていた。エラストマー材でできた人工筋肉は樹脂よりも柔らかく、ゴムと同程度の弾力を有している。胃液で溶けることのないこの物質を、肉と誤認してしまう動物は少なくない。

エラストマー材はコストの低さと扱いやすさ故に、現代社会で多く利用されている。多くの製品では誤飲防止のために苦味材の塗布も行われているが、それでもすべての誤飲が防げるわけではない。もちろん材料に非があるわけでもない。

多くの工業製品は誤飲するような使われ方はしていないからだ。野生動物の人工筋肉誤飲による被害件数の増加は、ネオ・ラッダイト運動の激化と比例していた。

　つまりは、破壊された機械から飛び出た肉片が犬や猫の命を奪っていることになる。人の命どうこうよりも、千鶴にとってはこちらのほうが一大事だった。

　元凶は『嘆きの葡萄』という反機械団体だ。『嘆きの葡萄』は機械による労働の代替に危機感を抱いた学生らによって二年前に設立され、所属人数は二〇四一年十月時点で千人を超える。ＳＮＳ等で存在を知った各地の若者が地方の都市でも支部を結成しており、構成員は十代後半から二十代前半の若者が中心。今では学生でない者も多数在籍している。機械の破壊という手段こそ非難されれど、その理念自体には社会からの沈黙の肯定が伴っていた。

　みな機械が憎かった。千鶴が着いた学食の席にも、彼らの活動の一端が窺えた。

『NO ROBOT ―私たちは機械の奴隷じゃない』

　テーブルに貼られた葡萄の形をしたシールが、近付いた千鶴の端末に広告を飛ばす。こうしたシール型の通信機器は、主に広告宣伝目的で街のいたるところに貼られている。端末の購入時に有料プランに加入をすれば広告ブロック機能もつけられたが、千鶴にはそうした金銭的余裕はなかった。端末が安価なぶん仕方がないと割り切るも、目障りなことには変わりない。

　千鶴は慣れた手つきで広告を消してから、昼食に買ったバゲットサンドを取り出した。アルミ箔の包装を破り、爪で剝がした広告シールをアルミで包み込む。通信が遮断され、反機械の広告はこれで周囲の人間に表示されなくなった。これで悠が来ても大丈夫だと思った。

千鶴はひとつ息を吐いてから、バゲットを齧る。

反機械なのは自由だ。しかし、それを他者に押し付けないでほしい。

千鶴は「機械は悪」という言葉の真偽よりも、そうしたつまらない啓蒙をすることが、自分の人生における義務だと信じている人間たちが大嫌いだった。これが正義だの、これが正しいだの。わからない人々の目を覚まさせなくてはならないだの。鬱陶しいことこのうえない。

残念なことに、そうした連中は日に日に増えている。ご立派な啓蒙は、興味のない人間にとって雑音と相違ないのだと、なぜわからないのだろう。

「でさぁ、千鶴、さっきの話なんだけど」

減塩のカップみそ汁を片手に戻って来た悠を見て、千鶴は急いで硬いパンを嚥下する。

「有村くんたち、今度また大きなデモやるんだって」

「……へえ」

相槌がついおざなりになった。

「場所はたしか、鮫洲《さめず》とか言ってた。ほら、最近ロボット系の企業が増えてるんだって、あそこらへん。空港も港も近いから輸出とかで都合いいんだってさ。全部受け売りだけど」

「また機械壊したり、会社囲んだりするの？」

千鶴が訊ねると、「たぶんね」と悠は首をすくめてから、減塩のみそ汁を口に運んだ。

反機械運動に加担する者たちの根底には、個人の雇用機会がさらに奪われるのではないかという懸念があるらしい。技術開発を行う企業への妨害行為、サービスの利用を控えるように呼び掛けるネガティブキャンペーンも日に日に過激になっている。

くだらないな、と思う。千鶴はこうした運動が苦手だった。声を上げたらなにかが変わるなんて期待は、ずっと昔に捨てていた。

「茶化しに行くついでにさ、青海《あおみ》の方まで行って海見ようよ、東京湾」

労働者の権利を守る戦い。機械文明に対する人類の反逆。飾る言葉は荘厳で甘美だ。だが、小粋なスローガンの裏では黒い金と政治が渦巻いていることを多くの市民が気付かないわけでもない。喉を嗄らす若者たちは使い勝手の良い広告塔に過ぎないのだ。

無論、これから労働者になる学生が危機感から叫びたくなるのはわかる。けれど、無視するには濃く香り過ぎている仄暗い大人の臭いに、なぜ気付かぬふりをして進んで祭り上げられるのか。成熟間際の若さを搾取され、学生という無垢さを矛にされ、若気の至りを盾にされ、大人にいいように使われているだけの同世代たちが千鶴には理解できない。

運が悪いことに悠の友人である有村は、誰に祭り上げられたのか、『嘆きの葡萄』の代表を務めている。悠は悠で有村の活動をおもしろがっており、茶化しに行くという名目で度々千鶴と連れだって有村の活動を見に行っていた。千鶴はそれが不満だった。夏を終えてからの悠は、千鶴に対しての気遣いを欠いているように思われた。

「ん？　どうしたの、千鶴？」

「別に。なんでもない」

不機嫌を見抜かれた千鶴は、これみよがしに端末を操作した。隣にいる悠に見えるよう、わざと画面を傾ける。悠が「なにそれ」と首を伸ばしてきても、隠すそぶりはあえて見せない。

「整形外科？」と、悠が続けて言うのを待っていた。

「お金、そろそろ貯まるから」

その一言で、悠は感づいたらしい。「え、傷、消しちゃうの？」と丸い目で千鶴を見つめてくる。

「そのつもり、だけど」悠の態度に千鶴は声が震えた。「なんで？」

「いやだって、そのままのほうがよくない？」

「……本当にいいと思って言ってる？」

「うん。なんで？」

悠は嫌みなく首を傾ける。千鶴は胸の内が赤く染まるのを感じた。

「悠にはわからないよ」

千鶴は広告シールを包んだアルミ箔を、ぎゅっと強く、握り潰した。

夜七時。秋だというのに、汗のにおいが鼻をついた。空気は淀んでおり、びゅうと鋭い木枯らしも、頭上を通過するばかりで肌を撫でることはない。それでも千鶴はコートの襟をきゅっと寄せあげる。すれ違う人たちの吐息が首筋にかかるのが不快でしかたがなかった。

「蜜蜂ってさ、こうやって敵を殺すんだって」

隣を歩く悠が突然呟く。「ぎゅーっと集まって、丸くなって、こう、熱で」

「なに、いきなり？」

「だから、今の私たちがさ、そうなんだって。なんだっけ、名前……」

要領を得ない悠の発言を、千鶴は「思い出したら、また言って」と慣れた口ぶりであしらう。悠も「あー、うん」と呑気な声を漏らしながら、ふらふらと歩を進めた。悠の纏う青いコートは、黒い群衆の中でやけに目立っていた。

『道路上の集会は道路交通法違反にあたります。交通の妨げとなることが予測されます。周囲の人々の安全を守るため、すぐに道路から離れてください』

頭の上にふらふらと漂うパンダ柄のドローンが、もう何度目かの注意を告げた。上から延々と垂れ流される中性的な声に、警察も大変だな、と千鶴は他人事のように視線を泳がせる。再開発された東大井地区は、産業機器メーカーを多く誘致しており、見渡せば、多くの有名企業のビルが見受けられた。

ふたりの目の前には、その中でも一層高い白亜のビルが屹立《きつりつ》している。白い社屋の足元を手製のプラカードを掲げた千余名の群衆が黒く染めており、ビルの上階に掲げられた三本線のロゴに千鶴は見覚えがあった。国内では未だ高いシェアを維持している大手医療機器メーカーだ。

「あっ、あれだ」

悠が不意に声をあげる。「思い出した？」と千鶴は訊ねた。

「ううん。見えた」

悠の人差し指がすっと伸びる。声も弾んでいた。彼女の視線の先には、群衆が見渡せる高さのお立ち台があり、壇上には浅黒い肌の男が立っている。

その男は――有村康生は古めかしいマイクを口元に近づけ、

「取り戻しましょうよ」

と震えを帯びた声で叫んだ。

「ぼくたちの手に、生活を取り戻しましょうよ！」

もう一度、今度は身体を折るようにして声を絞り出した。その声に群衆が呼応する。壇上に立つ有村に拳を掲げる者たちを撮影するカメラがある。おそらく全世界に向け配信でもしているのだろう。有村は一拍だけ呼吸を挟み、続けた。

「実業家も、政治家も、ぼくらを残念な思考の持ち主と批判します。人間に恩恵をもたらす機械を金槌で破壊した十九世紀の荒くれ者たちと大差ないと――でも本当にそうでしょうか」

声を掻き消すように警察《ポリス》ドローンの警告が響く。

有村は負けじと叫んだ。

「たしかに科学の発展は国を豊かにしたかもしれない。けれど、ぼくたちはまるで豊かになっていない。職は日毎に奪われ、生きていくのがやっとの有様です。そうでしょう？　今、ぼくらの集会を邪魔する警察ドローンだって、犯罪抑止の点では優秀なのかもしれない。でもそれだって、警備員という仕事を殺したんです。だいたい犯罪なんて、ぼくらみんなが気を付ければいいことじゃないですか？　空から監視の目を光らせるんじゃなくて、みんなが犯罪を起こさないくらい、幸せな国にすればいいだけじゃないですか？」

群衆が賛同の声を上げる。有村は力強く頷き返した。

「僕はついさっき、いまもっとも優秀とされる回答エンジンにこう尋ねました。あなたは人工知能が人間の仕事を代替しないことを誓えますか、と。すると彼女はこう答えたんです」

有村はわざとらしく、手元の端末を読み上げる。

「私は人工知能が人間の仕事を代替する可能性があることを認識していますが、それでも完全に否定することはできません。人工知能は、ルーチンで繰り返されるタスクや、膨大なデータの処理など、人間にとって重労働である作業を高速かつ正確に行うことができます。ただし、人工知能はまだ人間にはない創造性や創造力、感性や倫理観、そして人間らしいコミュニケーション能力などの側面を持っていません。これらの人間的な側面が必要な職種や業務は、まだしばらくは人間が担うことが求められるでしょう。つまり、人工知能が人間の仕事を代替することがあっても、人間として必要なスキルや知識を磨くことで、自らが不可欠な存在となり、より高度な仕事に携わることができるようになると考えます――どうですかみなさん。この言葉が信じられますか⁉」

　煽られた観客がうなりを上げた。

「まだしばらくは、という留保は数十年前のＡＩも言っているふざけた嘘です。彼らはこの留保を掲げたまま我々の仕事を奪っていきました。挙句、人間がもっと優秀になればいいとまで言う始末だ。こいつらは侵略者に他ならない！」

　声に呼応して、千もの拳が掲げられる。

「取り戻しましょうよ！　こいつらから！　悔しいですよ……っ！　ぼくらの文化や生活が機械なんかに奪われていくのは……」

　有村は次第に声を震わせ、目を擦った。

　千鶴は思わず鼻で笑いそうになった。

　配信用のカメラやマイクはいいのか？　それだって科学の発展の賜物ではないのか？　そもそも今日のデモの人集めだって、最新の通信技術に頼っていたではないか。科学技術を打ち壊す運動なのに、科学技術に頼って広報活動を行うのはいいのか？　許容と拒絶の境目はどこにあるというのだ。

　周囲を見渡す。そこかしこで掲げられているプラカードが上下に揺れ動いている。『GET

OUR JOB BACK』『YOUTH AGAINST AUTOMATION』わざわざ英語を使うのも、配信やSNSを通して海外にも伝えたいからだろう。意図はわかる。しかし、どうしても空虚なパフォーマンスにしか見えず、鼻白んでしまう。

そもそも千鶴はこうした集団的な訴えが好きではない。本気で活動しているやつらは百歩譲っていい。ただ、取り巻きたちは許せなかった。どうせすぐに問題意識などなくすくせに、退屈な人生の穴埋めのために他人の熱にただ乗りするやつら。なによりやるせないのは、そうしたただ乗りがいないと、こうした活動が成立しないということだ。こんなに多くの人が反対していいます、という図を作らないと、熱量の分布を正しく広げないと、火は容易く絶えてしまう。中心部だけ熱くても、周囲のすべてを焼き払うことはできない。

千鶴はその事実がなによりも悔しかった。他人の手を借りなければ、なにかを変えることはできないと言われているようで——……。

「帰ろっか」

唇を噛む千鶴の横で、悠が髪を無造作に掻き上げた。

「なに？　悠、もう飽きたの？」

「ううん、違う。人多くて、少し酔った」

まさかこんなに人が来るとは。と、悠はからりと笑って歩き出す。千鶴は人群れの中を必死でついていく。群衆を横切り、人気の少ないところまで来ると、悠は縁石に腰を下ろした。

「いやぁ、だめだね、あれは」

悠は足を伸ばしながら言った。「全然だめ」

「だめ？」千鶴も言いながら隣に腰掛ける。

「うん。有村くん。言ってることふわふわしててばかっぽいし。なんか勝手に泣きはじめたところとか、笑いそうになっちゃった」

腹話術師の人形としては優秀かもね。と、悠はくつくつと肩を揺らした。

「この運動もさぁ、たぶんうしろに大人がいて、いいように操られてるんだと思うんだよね。てかそれっぽい人、私も見たし。有村くん、その人のこと先生とかなんとか呼んでたけど」

なんかたぬきみたいなおっさんだったよ。と、悠は口の端を愉快そうに歪めながら、手首に巻いたウェアラブル端末を操作する。手の中に、青白い画面が投射された。

「有村くんもさ、ほんとばかだよね。別に機械がやってくれるならそれでいいのに。というか人間ってさ、そうやって発展してきたわけでしょ？　石器時代から道具を作って、使ってさ。それのなにがいけないんだろうね。でもそれに抗うのがかっこいいって思っちゃってるんだから、しょうがないのかな」

「言うね、結構」

「言うよ、そりゃ。ここに集まってる人もさ、本当は社会がどうなろうがどうでもいいんだよ。暇だから来てるだけで、なにかに抗えば人生に意味が生まれるとか思ってるんだよ。空しいよね。というかさ、本当はみんな便利な機械好きでしょ。ほら、あの人も、そこの人も、みーんなウェアラブル端末つけてるし。どうせここに来るのにも馬じゃなくてさ、電車とか車とか機械に乗って来てるんだし」

　悠は目の前の群衆を見て、わざとらしくため息を吐いた。

「でも、ああやって言うんだよね。機械や科学は敵だって。なにもかも奪われていくって。奪われたものがなんなのか見分けすらつかないくせに。ただ叫ぶんだよ。私たちは虐げられている。尊厳が踏みにじられたって。家に帰ったら冷蔵庫で冷やした飲み物を飲むくせにさ、機械反対なんてそれっぽいこと言っちゃって。騒ぐ口実を見つけただけじゃんね」

　千鶴は驚いていた。人が変わったように群衆を嘲る悠は、今までで一番本音を語っている気がした。

「有村くんだけじゃないけどさ、きっと人間は文明を愛してて、だから手懐けておきたいのかなぁとか思うよね。進歩はしてほしい。けど自分たちで生み出したものだし、制御できないところまでいってほしくない。まるで、できのわるい子どもだと思ってる。うん。たぶんそう」

　遠くで誰かが叫んでいる。喧騒が濃さを増していた。千鶴は今の悠の言葉を聞き逃したくなくて身を寄せる。シトラスマリンのにおいだけが、この場に不釣り合いなほど爽やかに香っていた。

「みんなばかだよ。愛してることに気付いてないんだ。でもその中でも一番ばかなのが有村くん。彼は愛して欲しがってる。この社会とか、誰かに。だから悪い人にもほいほいついていく。無駄なことでも精一杯頑張る。パパとママが優しくしてくれなかったんだろうね、きっと」

「悠は、有村くん嫌いなの？」

「まさか」悠は笑った。「かなり好きだよ」

「じゃあ、なんでそんな悪く言うの？」

「うーん。なんかね。そういうばかでどうしようもないところがいいんだよ。そのままでいてくれーって思う。有村くん見てるとさ、私、自己肯定感高まるんだよね。うわ、私まだまともじゃんって。だから、有村くんはこのままなにも変えられない運動に熱中しててほしいし、そのまま変わらないでいてほしい」

有村のことを滔々《とうとう》と語る悠を見て、千鶴はようやく理解した。悠は人が変わったように話しはじめたのではない、元からこうだったのだ。悠は千鶴が思っていたよりもはるかに素直な人間で、他人への悪意を持ち、普段はちゃんとそれを隠し、綺麗に世に溶け込んでいる。

程度の差はあれ、自分だってそうではないか。

理解はすれど、同時に千鶴は混乱もしていた。醜い部分をさらけ出してくれたことは、きっと千鶴に気を許しているからだろう。しかしあるいは、悠は千鶴をも冷笑の対象としているかもしれない。たったいま有村を腐したように、千鶴の顔についた傷を見て、自分はまだ大丈夫と安心しているのかもしれない。だとすれば、これまでに感じた多幸感や、少ないながらも保ってきた自尊心はどこに持っていけばいいのだろう。

「あ、思い出した」

悠の声に、千鶴は我に返った。「なにを?」

「熱殺蜂球《ねっさつほうきゅう》だ」

「なに、それ?」

「だから、蜜蜂が巣に来た敵を殺す時のやつ。さっき言ったじゃん」

そうだそうだ、と悠は満足そうに頷く。

「ぎゅっと集まって殺すんだよ。敵を、熱で、こう……ぎゅっと」

両手を握り合わせ、悠はひとりで納得する。それからふっと夜空を見上げ、「殺せるかな」と吐き出すように言った。

「ここにいる人たちは、ちゃんと殺せるのかな。自分たちの敵を。――ねえ、千鶴はどう思う?」

「そんな物騒なこと、聞いて来ないでよ」

目の前の群衆を眺める。機械を打ち壊す運動だというのに、叫ぶ人々は意志のない人形のように同じ動作を続けている。

千鶴はそんな彼らに目を細め、「でも、まあ」とコートの襟を寄せあげた。

「殺せるんじゃない。殺してでも守りたいものがあるのなら」

「殺してでも守りたいものかぁ。それでいくと、有村くんじゃあ難しいかなぁ。基本流されてるだけで、空っぽな人だし」

そんなところがいいんだけどね。と、悠がさらりと言ってのけた時、ぱんっと短い炸裂音がした。どこかで報道《プレス》ドローンが撃ち落とされたらしい。道の先で赤々と火が躍っていた。

「うわ、すごい」

悠は立ち上がるや否や、駆けだした。「本物の花火みたいだ」

千鶴もあとを追う。「危ないよ」と言っても、悠は止まりやしない。

騒ぎの中心は鮫洲駅西口から少し歩いた大井公園だった。入口の近くで数人の若者が金属バットを振っている。がんがんと鈍い音が鳴り、清掃用ロボットがべこべこにへこんでいた。

『危害を加えるのはやめてください』とスピーカーから嘆願が零れても、若者たちは笑いながらロボットを叩き続ける。

「爆発しないのかな、あれ。アニメみたいに、ばーんって」

その光景を見つめる悠の目は爛々と輝いていた。

「どうだろう。全固体電池だから、平気だと思うけど」

「じゃあ、危なくないね」

悠は意地わるそうな笑みを湛えながら、打ち壊しの現場に近付いていく。

周囲にはスプレー缶からカラーパウダーを噴射し、派手に盛り上がる一団もいた。「NO ROBOT」と公園倉庫の外壁に殴り書きをしている彼らは、「機械反対！」と汚い嗤い声を上げながら缶チューハイを呷っている。

千鶴は不穏な気配を感じ、「ねえ、もう戻ろう」と悠の肩に手を伸ばすが、悠は「ええ、いいじゃん」と立ち去る気配がない。

近くから怒声が聞こえ、ふたりは思わず振り返った。

鉄パイプを握り締めた大柄の男が叫びながら公園内を闊歩《かっぽ》していた。千鶴はその男に見覚えがあった。五月の晴れた日、プラタナス並木の下で行われた有村の演説の横で抗議文を掲げていた男だ。

男は遠目からでもわかるくらい息が荒れていた。肩が上下に揺れ、目は炯々《けいけい》と鋭く、口の端には泡が浮かんでいた。

「やばっ。ねえ、あれ見て千鶴。目いっちゃってる」

「ねえ悠、もう戻ろう。このあと海行くんでしょ？」

千鶴がいくら言っても、悠は聞かない。男はぶつぶつと言葉を漏らしたまま、歩を進めている。その異様な雰囲気に清掃ロボットに群がっていた若者たちも自ずと道を空けていた。

突然、男は握った鉄パイプを振りかぶった。高く掲げたそれを清掃用ロボットに振り下ろすまでは一秒も掛からなかった。がんっと鈍い音が鳴った。男は数度腕を振った。がんっ、がんっと鉄の鳴く音が続く。内蔵されている全固体電池が露出し、ぐしゃりと拉《ひしゃ》げた。男の振りかざした鉄パイプが外装に擦れ、火花を散らす様子が見えた。

千鶴の身体に寒気が走った。

——危ない、離れないと。

直感し、咄嗟に数歩前に立つ悠に手を伸ばした。

それが遅かったと気付くのは、カラーパウダーに引火した炎が閃光を放ったあとだった。

鋭い破裂音の後、悠が地面に倒れていた。

「悠っ」

千鶴は眩んだ目のまま、悠のもとへと駆け寄った。「悠っ！」

砕けた機械の鉄片が悠の右大腿部に突き刺さっていた。裂けた肉の間から白い骨までもが見える。街灯に照らされた血がてらてらと液体金属のように光り、悠の青いコートを赤黒く染めていた。

痛い！　痛い！　悠の叫びが鼓膜を叩く。

「大丈夫だから！　すぐに救急車呼ぶから！」

周囲を見回す。清掃ロボットの周辺にいた若者たちは、みな炸裂した鉄片を受け、赤黒い血を垂れ流しながら地に伏している。その周辺にいる群衆は遠巻きに見るばかりで、手を差し伸べる人はほとんどいない。

「誰か！」

千鶴は叫んだ。

けれど、向けられた手の数はカメラのそれよりも少ない。千鶴は舌を打つのも忘れ、悠の手を握った。「大丈夫。大丈夫だよ」呪文のように繰り返した。

爆発音を聞き、遠くから駆けてきた若い女性が救急車を呼んだのは、悠が痛みと失血に気を失ってからだった。

救急車の到着までもしばらくかかった。それがデモの人垣のせいだと千鶴が気付いたのは病院に到着してからだった。長い夜になった。千鶴は廊下のソファに座ったまま、放心状態で過ごした。悠の家族はなかなか現れない。空が白みはじめていた。

ようやく悠の両親が現れた頃には朝を迎えていた。ふたりとも立派なスーツを纏い、襟には昨夜見た三本線のロゴの襟章をつけている。医師を従えたふたりは、千鶴の前を横切り、集中治療室へ向かっていた。

その時見えた母親の横顔に、千鶴の時間はぴたりととまった。

悠そのものだった。大人になった悠がそこにいた。

「もしかしてあなた、奥平千鶴さん？」

千鶴の視線に気付いた彼女が歩みを止めた。あわせて立ち止まった父親を先に行かせ、悠の母親はひとり、ソファに座る千鶴を見下ろしていた。

「はじめまして。私、悠の母の瞳《ひとみ》です」

千鶴は慌てて立ち上がり、口を開いた。「えっと、私、公園に行こうって言ったのは悠の方で、その、私は止めようって——……」すぐに自己保身が飛び出す自分に失望して、言葉に詰まる。

「わかってる。悠が無茶をしたんでしょう？　あの子は昔からそうだから。それに、ここに来るまでの間に監視カメラの映像も確認してるから安心して。あなたが悪くないことは、私たちは十分に理解している」

「でも、私が……私がもっとちゃんと止めてたら」

喉が苦しくなった。胸の奥に追いやっていた罪悪感が目を熱くした。謝罪すら出てこない。泣かないように自分を律するのに精一杯だった。痛いのは悠だ。私じゃない。ここで嗚咽する権利は自分にはない。

「安心して、千鶴さん」

ふいに手を握られ、千鶴は瞠目した。

「こう見えて、私は最新の医療に詳しいの。腕の良い医者だってたくさん知ってる。だから大丈夫。何度だって悠に会わせてあげる。だから、あの子が治療を終えたあとは、また一緒にいてあげて」

「……一緒にいても、いいんですか？」

「ええ。さっきも言ったとおり、あなたはなにも悪くない。それに、あなたはもう悠を構成する大事な一部なんだから、隣にいない方がおかしいでしょ？」

向けられた柔らかな笑みに、千鶴はついに目を閉じた。「お願いします。悠を助けてください」洟を啜り、絞り出した声で頼み込んだ。「お願いします。悠を……」何度も、何度も頼み込んだ。

「もちろんよ。あの子は私の分身のようなものだもの」

瞳は千鶴の頭を撫でると、そのまま集中治療室に向かった。

取り残された千鶴は、その後、看護師に促されるままに帰宅した。瞳の言葉とは裏腹に、どうやら悠は危ない状況にあることが看護師の表情から読み取れた。

数時間後、短い睡眠から目覚めた千鶴はひどい衝撃を受けた。ＳＮＳに「親しい人の脚が切断された」と投稿されているのを見たからだった。

それは有村康生の投稿で、つまりは悠に違いなかった。

三年前――２０４１年　12月

面会の許可が下りたのは、冬が厳しさを見せはじめた十二月の初旬だった。悠は事件直後に運ばれた大田《おおた》区の病院から新宿《しんじゅく》区のとある病院へと移送されていた。調べてみると、そこは悠の親が社長を務める医療機器メーカー、シナプスコネクトの提携病院だということがわかった。

千鶴は千川《せんかわ》の下宿近くから無人巡行バスに乗っていた。病院までは三、四十分かかる。千鶴は移動時間を後期考査の勉強そっちのけで調べ事に費やした。

もちろん、悠を励ますための調べ事だ。

病院に着いた千鶴は総合受付に向かった。受付にはシナプスコネクト社製の、汎用型ヒューマノイドが立っている。千鶴はこの機械が苦手だった。シリコン製の白い肌に、凹凸のない体《たい》躯《く》。仮面じみた顔についたずんぐりと丸い耳。カメラのレンズのような無機質な瞳。人を模した、人ではないモノ。

技術的には、もっと人に寄せることもできると聞く。人類は不気味の谷をすでに超えており、気味の悪い笑みを浮かべるヒューマノイドは意図的に設計しなければ生まれ得ない、と。それでも人と同じ活動ができる最低限の形状だけを残し、ロボットとわかる見た目が採用されやすいのには訳があった。性的な悪戯《いたずら》や、執拗な罵倒、過度な要求。ロボットと人間の見分けがつかなくなると起こる問題の方が多いと、現場での使用状況から判断されたためだった。

「手続きが完了しました。美住悠さんの病室は四階の四〇六です。お帰りの際は入り口の端末で――……」

千鶴は最後まで聞かず、エレベーターへと歩きはじめた。再生外科棟の前を通り、代替外科棟へ向かう。四階に上がり個室の前に立つと、「美住悠」の表示を認めた。

千鶴は深い呼吸をひとつ挟み、息を整えてから、病室の扉を引いた。

「おー、久しぶり、千鶴」

扉を開けてすぐに打ちのめされた。背の持ち上がったベッドの上で、いつものように気安い笑みを浮かべる悠。その下半身に掛かる布団の膨らみがどうも頼りない。いくら悠の脚が細いといえど、二本分あるとは到底思えなかった。

「来てくれたんだ。ありがと」

「来てくれたって、そんな……」

あたりまえでしょ。と、何とか絞り出して笑みを作る。上手く作れているかわからず、唇にきゅっと力を込めた。

千鶴の戸惑いに気付いたらしい悠が「ああ、これ？」と首をすくめてみせた。

「そんな見ないでよ。恥ずかしいから」

「……ごめん」

「謝らないでよ。今さ、オーダーメイドの義足頼んでるから。最新のいいやつ。だから心配しないで。年が明けたらリハビリがはじまって、春になる頃には前みたいに歩けるようになるかもって、お医者さん、言ってたから」

「かもって……ならないかも、もあるの？」

「かもね」

　悠はぎこちなく笑った。

「なんか、ウイルス？　とかそういうのが傷口から入っちゃったみたいでさ、それ自体は別にどうってことないんだけど。私の身体、過剰に反応しちゃってるみたいなんだよね。特に腎臓が元から騒がしいやつだったんだけど、今なんかひどい炎症おこしてるみたいで。ま、この腎臓造り物だからしょうがないんだけど」

　千鶴は、やけに饒舌《じょうぜつ》な悠の姿をただ眺めるほかない。

「薬飲むと胃が荒れるからって、それを治めるために胃薬も飲んでさ、なんかばかみたいだよね。薬だけでおなかいっぱいだよ」

　千鶴の知る限り、免疫疾患の多くは治療が可能なものだ。けれど悠の語るところによると、自己免疫疾患のすべてがそうではないらしい。特に人工臓器への拒絶反応に起因するものは、まだ研究が十分に進んでいないそうだ。

「はずれひいちゃったな、ほんと」

　悠は服の上から脇腹をつまみ、唇を尖らせる。

　覚悟はしていたつもりだった。励ます準備もたくさんしてきたつもりだった。最新のバイオニクス義肢は優秀だからリハビリは短くて済むことや、生活への支障はほとんどないこと。調べたこと、伝えたいことはいくつもあったのに。安心させる言葉は百も千も考えたはずなのに。どれも舌先に乗ってはくれない。

「海、行きそこねちゃったね」

悠は言って、また笑った。こんな時でも会話の起点を悠に任せてしまう自分の情けなさに千鶴は胸が引き絞られた。「また今度行けばいいよ」なんとかそう返して、俯いてしまう。脚を一本なくした悠よりも、自分は人間として不完全なのではないか、そんな気がした。

病院から戻るバスの中で、千鶴はひどい自己嫌悪に苛まれていた。自然と悠を不完全と見做してしまった。片足の悠を不完全な人間だと思ってしまった。

――最低だ。私。

泣きたくなる。けれど、バスの中では涙は出てこない。千鶴は人前で泣くことを、弱さをさらけ出すことをなによりも嫌っていた。また、そんなちっぽけな矜持《きょうじ》が悠を貶めた自己嫌悪に勝っていることがなにより悔しかった。

唇を噛んでいると、バスが動きを止めた。高田馬場《たかだのばば》駅周辺はネオ・ラッダイト運動の影響で道が封鎖されているらしい。

早稲田《わせだ》の学生団体か、と千鶴は嘆息した。

しかたなくバスをおりて、神田川《かんだがわ》沿いを西に進んだ。無人タクシーも管理会社から区外退避命令が出ているのか、一台も見当たらない。携帯端末に目を落としながら歩いたものだから、度々人とぶつかり、心無い一言を吐かれたりもした。転びそうにもなった。そのすべてがどうでも良かった。

なぜ気付かなかったのだろう。千鶴は自分の愚かさを呪った。悠の腎臓が再生医療で作られた人工のものであること。美肌サプリと称した免疫抑制剤にたよりきりだったこと。人工臓器を異物と見做した免疫系が、悠の体内で前から暴れまわっていたこと。学食で、旅先で、気付く機会は何度もあったはずだった。グレープフルーツやハーブティー、免疫抑制剤の働きを阻害する食事を悠は避けていた。太ることを忌避していたのも、美容的な側面だけではなかった。親の目を盗んでまでお酒を飲むことに固執していたのも、悠の現状に対するささやかな反逆だったのだ。

調べれば調べるほど悔いた。現代の医療技術でも免疫の暴走を完全に止めることは難しく、ほんの十数年前であれば、悠はそもそも今のような生活を送れていなかったという。科学が発展していたから悠は大学に通えていたんだと、気休めを押し付けられている気がした。

いつの間にか、小さな駅にたどり着いていた。

肌を刺すような木枯らしが吹き、アスファルトの上で黄色い波が立っていた。近くの踏切からは耳障りな音がカンカンと鼓膜を揺らしてやまない。千鶴はこの場所を知っていた。下宿からわずか数キロのこの町は、千鶴が幼少期を過ごし、母が夫を得て、妹が生まれ、家族が大宮《おおみや》に引っ越すまでを過ごした土地だ。

駅の傍を流れる妙正寺川《みょうしょうじがわ》のほとりにクリーム色の建物が在った。茶色い門扉はペンキが剥げており、外壁はところどころひびが入っている。公社が運営しているからか、最低限の修繕は施されているはずだが、それでも老朽化は隠せていない。共用廊下の排水溝に溜まった枯葉。明滅を繰り返す切れかけの照明。サドルから綿の飛び出た三輪車や、土のついた青いプラバケツが目についた。

一階の外廊下に人影が見える。植木鉢に水をあげているあの老婆は果たして千鶴が住んでいた時に見たあの女性なのだろうか。あるいは別の女性なのだろうか。目を凝らし、記憶を巡らせるも、定かでない。

幼い頃は代わり映えのしない退屈な場所だと思っていた。けれどいま、たしかにすべてが変わってしまっていた。風景も、住人も。かつて住んでいた四階建ての都営住宅は、近くを走る西武鉄道の振動に今にも崩れそうな廃墟に見える。

いっそ崩れてくれれば、この無駄な郷愁も感じなくて済むというのに。クリーム色の建物は世界に根を張ったようにそこに建っている。わずかに面影を残したままでいるから性質《たち》が悪い。

千鶴は歯噛みした。こうも変わりゆく世界なのに、なぜ何ひとつ思い通りにはなってくれないのだろう。私はずっと、奪われる側にいるのだろう。

電車が線路を踏む音に紛れ、どこからか猫の泣き声がした。千鶴ははっとして振り返る。しかし、そこに猫の姿はない。そんなことあるわけないと思いつつも、千鶴の脳裏には、十年前に世話していた捨て猫の姿がくっきりと浮かび上がっていた。

片目をけがしたキジトラだった。生まれて幾ばくも経っていないのか、まともな食事にありつけていないのか、体軀はひどく細くやつれていた。毛並みも綺麗とは言えず、首輪もない。ああ、この猫は野良としてそのうち死ぬんだな。と幼いながらも千鶴はすぐに理解した。

「助けてほしい？」

幼い千鶴は猫に訊ねていた。ちょうど今日の様な晴れた冬の日だった。猫は鳴きもせず、尻尾を身体に巻き付けたまま、二、三度まばたきをした。

「じゃあ、助けてあげる」

千鶴は家に戻り、夕食用のツナ缶をひとつあげた。がつがつと喰らうその様が妙にみすぼらしくて、滑稽で、どうしようもなく愛らしく思えた。お金持ちに飼われているペットのような愛嬌や余裕はない。このやつれた猫は、生きることに精一杯だった。幼い千鶴は、「よかったね」と垢の溜まった小さな耳に囁いた。

「あなたは私に選ばれたんだよ」

猫は反応すらせず、ツナをがつがつと貪っていた。

幼い千鶴はその頭を飽きるまで撫でていた。

家で飼うことが許されるとは思わなかったので、猫は近くを走る西武新宿線の線路下に隠すことにした。周辺では、あそこが一番人目につきにくい。自分だけを必要とするこのみすぼらしい猫を誰にも見せたくはなかった。

拾ってきた段ボールの中に猫をそっと置くと、嫌な汗が鼻筋を伝った。大丈夫。ここは嫌な場所じゃない。花瓶なんてもう飛んでこない。ここは私が可哀そうな猫を助けた場所だ。そう自分に言い聞かせた。

この恐怖に打ち勝てなければ、自分は一生この呪いから逃れられないと思った。記憶なんか上書きして消してしまえばいい。千鶴はこの猫をきっかけに、新しい自分として前に進むのだと決めていた。

それからの千鶴は、給食のパンを少しちぎり、鞄に詰めるようになった。放課後は「トラ」と名付けたその猫と過ごすことが多かった。電動ボードありきの遊びの計画を立て、歩きの千鶴を置いていく友人らと違い、トラはいつだって線路下の片隅にいた。右後ろ脚が不自由だと知ったのは、出逢った次の日だった。

「そのままでいいよ」

トラのこれまでを考えると抱きしめたくなった。片目の傷も、不自由な脚も治らなくていい。可哀そうなままでいい。本心だった。治ってしまえばトラはどこか遠くに行ってしまう。

良く晴れた日、トラを抱いて歩いた。千鶴がいないと広い世界を歩けないトラが愛らしかった。聖母坂通りを抜け、山手通りを北上し、椎名町の陸橋で刺すような夕焼けに目を細めた。気が付けば、随分遠くまで来ていた。目の前には、大きなもみの木のある、レンガ造りの校舎があった。千鶴は「外国みたいだ」と興奮した。けれど、すぐに逃げ出した。となりの付属校から出てくる子たちと、汗に汚れた自分を、トラに見比べてほしくなかったのだ。

思えば、今の大学を志したきっかけは、この時だったと思う。

その頃、ちょうど母のパートが忙しくなったこともあり、夕食は惣菜弁当が増えた。千鶴はその弁当から一品、きまぐれでトラにあげることもあった。それでもトラはどんどん弱っていった。きっと栄養が足りないからだと、千鶴は一度、大好物のソーセージをあげたことがある。千鶴は胡椒の効いたソーセージが好きだったから、トラもきっと喜ぶと思ったのだ。

「おいしい？」

トラは目の前の餌を食《は》むばかりで答えない。鳴き方や甘え方を知らないのだと千鶴は思った。「ねえ、あんた、私と居られて幸せでしょ？」問うてもトラは鳴きさえしない。そのことにやきもきしつつ、千鶴はトラの頭を撫でていた。

その日以来、トラは目に見えて元気がなくなった。千鶴は当時、ネットに接続できる端末を持たせてもらっていなかったので、学校の図書館でその理由を調べた。香辛料は猫の内臓に与える刺激が強すぎると知ったのは、トラが嘔吐した次の日だった。

放課後、必死で走った。夕食を買うお金で猫用のミルクも買った。電動ボードで遊びに行く友達を追い抜いて線路下へ向かった。親に頭を下げてでも、動物病院に連れて行こうと決意さえした。怒られてもいい。夕食代が削られてもいい。トラをなんとか生き延びさせるための言い訳を必死で考えた。

着いた頃にはトラは冷たくなっていた。元々弱っていたし、直にこうなる運命だったのかもしれない。しかし、あるいは自分のせいかもしれないと考えると、胸が張り裂けそうだった。ただ美味しいソーセージを食べて、元気になって欲しかっただけだったのに。

千鶴は一歩も動けず、立ち竦んだまま泣いていた。泣くとみじめなことも、目が腫れることも、それを見た母が呆れることも、父はたいして関心を寄こさないことも、全部知っていた。けれど、小さなトラが幸せだったかどうかは終《つい》ぞ知り得ぬままだった。

現在——2044年

現在―２０４４年　１月

「義さん、美住瞳が目を覚ましたそうです」

上沼の報告に、神原はハンドルを握ったまま「そうか」と小さく顎を引いた。

自爆テロの標的となったシナプスコネクトからは、五名の死傷者が出ていた。死亡一名、重傷四名。重傷者のひとりには、社長夫人であり同社取締役の美住瞳が含まれている。

事件当日は同社一階のホールにて、社長である美住圭介《けいすけ》の講演会が開かれる予定だった。講演会開始の数十分前には、本社ビルはすでにデモ隊に囲まれていたが、それでも圭介ら経営陣が屈せず開催の意思決定を下したのは、関連会社が開発したセキュリティＡＩの堅牢さを示す意味もあったのだという。

結果として、開くはずのなかったＡＩ制御の正面玄関はあっけなく錠を解き、デモ隊が雪崩れ込むのを許してしまった。当初は誤作動と報告されていたが、のちに外部から信号が送られた形跡が認められた。

現場に居合わせた者の証言によると、美住瞳は同社の若手社員――もうひとりの重傷者である研究開発部所属の高橋風助《たかはしふうすけ》――に庇われるように手を引かれ、雪崩れ込んでくるデモ隊から逃げ惑っていた。運の悪いことに、進んだ先には自爆寸前の有村がおり、ふたりして爆発に巻き込まれてしまったのだという。

テロの標的と目されている社長の圭介は、不幸中の幸いと言うべきか、渋滞にはまって遅刻していたため事件には巻き込まれなかった。

数カ月前に長女の彩《あや》を不慮の事故で亡くし、数年前にも反機械運動により次女の悠を傷つけられた圭介は、瞳の怪我に今度こそ参っているかと思われたが、失意の渦中にいるはずの彼の発言は警察を閉口させるものだった。

「妻にまつわる各種データや、脳神経の配置図は取得済みですから、最悪の場合でも問題はありません」

詳しく聞くと、美住瞳の言動や感情のデータを複写した高度なＡＩが存在することが判明した。瞳も自身のデータ化は承諾しており、自分が先立つ場合はＡＩが彼女の代わりになる約束になっていたようだ。

遺伝子情報のコピー、つまりクローン技術の規制法は二〇〇〇年代初頭に施行されて久しいが、技術革新を優先した結果、ヒトの頭脳の複写に関連する法案は成立が見送られていた。もちろん圭介をはじめとする業界団体の圧力があったことは明白だが、その隙をついての所業に、警察内部はざわついた。

「圭介曰く、美住瞳を学んだ別の美住瞳が存在する、ということだ。難しい話はわからない。ただ、随分前から瞳の神経細胞《ニューロン》の解析を行っていたらしい」

神原の言葉に上沼は絶句する。人生の伴侶のコピーを作る思考が理解できなかった。

「なんでそんなことを……」

「さあな――しかし、圭介は実際のところどうなんだろうな。妻を電脳化する方が会社のアピールにはなったんじゃないか？」

神原は顎を撫でながら苦笑を漏らした。

妻を失った悲劇。その妻の言動を模したＡＩが社長夫人の後釜になる奇抜さ。業績が低迷中のシナプスコネクト社にとっては、博打には違いないが、たしかに再起の良い材料になるかもしれない。

実のところ、老舗の医療機器メーカーであるシナプスコネクト――旧ミスミテックは、かつて不況のあおりを受け倒産寸前まで追い込まれた過去がある。先代社長の一人息子である圭介が代表に就任し、再建がはじまったのは十数年前の話だ。内閣府主導のムーンショット計画に乗る形で資金繰りに奔走。政府からの補助金で高性能義肢を製作。その実績をもとに、米国ビッグテックから技術と資金の提供を取り付け、シナプスコネクトとして再スタートした。

再建当初は圭介の采配のもと、鬼気迫る技術開発と挑戦的なブランディング手法により見事な返り咲きを果たしたが、それも過去の話であり、この数年は苦境に立たされている。市場は寡占状態であるものの、それ以上に研究開発費は膨大極まりなく、十分な利益が出せていないのだ。自動運転ＡＩや工場機器の安全装置の能力向上もあいまって、四肢を損傷するような事故も減り、目玉商品である高性能義肢「Ｄｅｌｐｈｉ《デルフィ》」の需要は落ちてきている。

次女の悠も事故で脚を切り落としてから、この［Delphi《デルフィ》］の最新モデルを使用していると聞く。しかしBMI《ブレイン・マシン・インターフェース》などの技術を用いた高性能義肢は保険が適用されないため、商品を欲する患者の多くが、そもそも手を出せないという現実もある。

また、数年前に開発が発表され、世間を騒がせた新製品——脳を機械化する生体ナノマシン［Burke《バーク》］も、十分な臨床試験が行えていないため、まだ市場にリリースできていない。

そうした状況にあって、出資者から詰められる日々を過ごす圭介は、ひどく疲弊していたという噂もある。一見冷酷な経営者に思える圭介だが、外資を取り入れ、経営権の一部を明け渡してでも、先代たちの築き上げた会社を再建しようとした熱意に偽りはない。圭介はいまもなお、身を削り、心を減らし、多くのものを犠牲に従業員と会社を守っている。

彼の境遇を考えると、上沼は暗澹《あんたん》たる気持ちになった。

「それより上沼、おまえ、緊張してないだろうな」

「まあ、聞き込みなんて研修以来はじめてなんで、少しは」

突然の問いに、上沼はわざと明るい声を作って応える。隣の神原はハンドルに手を置いたまま「そりゃ緊張もやむなしか」と小さく笑った。

「俺の時代なんか一に聞き込み、二に聞き込みだったからな。緊張する暇もなかったよ」

神原は得意気な笑みを浮かべながらハンドルを右に切る。神原は運転が好きなようで、上沼にハンドルを握らせることはない。緊急時に備え、警察車両が手動運転のままなのは「自動運転は味気ない」と語る神原にとって吉事だろう。

　車窓から周囲の車を見渡してみてもハンドルに手を置いているドライバーはおらず、都市部での自動運転車の普及率はやはりなかなか高いことが窺えた。

「やっぱり、聞き込みはした方がいいと思いますか？」

「どうかなぁ。最近は監視カメラの量も質も良くなって、実際に聞きに行くより映像をＡＩに見てもらった方が効率的だしなぁ。ピースサインでもしてくれてりゃ、解像度次第で指紋までとれるわけだから」

「それ、一時期ネットで拡散されて、みんな一斉にピースしなくなりましたよね」

　上沼の合いの手に神原は頷く。

「ああ、そうだ。俺らの頃なんか、はいチーズでみんな一斉にピースをするのが決まりみたいなもんだった。そんなことまで変わっちまうんだ。刑事だって変わるだろ。直接会って聴取するなんて、今では懐古主義の老害刑事だけの捜査手法だろうな」

　年上の相棒の自虐に、上沼は苦笑いするほかない。「温故知新って言葉もありますから」とその場を濁して、車窓に目を向ける。

　今はどこも公務員の定員は削減傾向にある。無論、公安組織もその例外ではない。人間の数でという意味に限られるが、事実、刑事や交番勤務官は二十年前と比べて半数ほどになった。その反面、二十四時間三百六十五日動ける機械の目は日毎増え、治安維持の精度自体は飛躍的な向上を果たしている。

自分は義さんみたいに定年まで勤めあげられるだろうか。定年まで勤めあげたとして、その先の人生はどうなるのだろうか。上沼はこのところ、そればかりを考えている。

最近は機械だけでなく移民も増え、雇用は目減りしている。無論、国内に囚われなければ選択肢は増える。四億人の高齢者を抱える中国は介護バブルを迎えており、人手が足りていないと聞く。人に介護されたいと願う者は多く、事実、日本からの出稼ぎは増えているという。

言語の壁は既にないに等しいが、それでも上沼は自分が海の外でやっていけるとは思えなかった。歴史や文化、勝手知ったるこの国での生き方しか知らないし、考えたくないのだ。

車は荒川《あらかわ》沿いを北に進んでいた。郊外は工事用の仮囲いが目立つ。そのどれもがアメリカや中国、インドやインドネシア、ブラジルなど外国企業のロゴを壁面に掲げている。海外資本による再開発やインフラ整備が進んでいることが容易に見て取れる。

車はさらに北へ進んだ。今はあまり見なくなったカントリークラブの看板。頭上を走る西大宮バイパスの標識。どちらも灰色に沈んで見えるのは、なにも今日が曇天だからという理由だけではないだろう。中国メーカーのロゴが入った建機だけが真新しい輝きを帯び、小さなメモリに刻まれた完成予想図に従って駆動している。形だけの監督社員がひとり、重機が動くのをただぼーっと眺めていた。

上沼はネオ・ラッダイト運動に加わる者たちの気持ちが、少しだけわかる気がした。

「それにしても」

沈黙を嫌う神原が口を開いた。「あの奥平ってのは、なかなか寂しい奴だったのかもな。友人らしい友人がひとりしかいないとは」

「ですね。それに、家庭環境も穏やかだったとは言えません。幼い頃に再婚した奥平の実母ですが、四年前にまた離婚しています」

そうか、と、神原は慣れた手つきでサイドブレーキを引いた。上沼もそれを確認してから、シートベルトに手を掛け、車を降りる。

少し先に五階建てのマンションがあった。総戸数は三十程度か。共用玄関は古い型のオートロックで、その前には集合ポストがある。

ポストの前に、ひとりの少女が立っていた。

「こんにちは。ここの子？」

神原が声を掛けると、少女は身体を強張らせてから振り向いた。言葉を発さず、品定めするような目を向けてくる。警戒されていることに気付いたのか、神原が上沼に目配せした。

まだ若いおまえの方がいい。

相棒の意図を看取して、上沼は代わりに警察手帳を取り出した。

「そのポスト、奥平さんの家だよね。あなた、奥平朱里《あかり》さんかな？」

「……はい。そうですけど」

怪訝《けげん》な顔をする少女は、地元の中学校のジャージを着ている。資料によると、現在は二年生。肩掛けの鞄には雫型のアクセサリーが三ついており、それぞれ赤、青、黄と色が違う。それがいわゆる、若者の間で流行っている「友情の証」であることを上沼はネットの情報から知っていた。仲の良い友人と好きなモチーフのアクセサリーを選び、それぞれのイメージカラーのものを互いに買うのだ。雑貨屋も流行りを看取して、カラーバリエーションの多いアクセサリーを広く展開している。いつでも電波で繋がっている世の中で、あえて物質を介して繋がることに安心感を覚える若者の気持ちは、今年三十になる上沼にもわからないではない。

結局人は、孤独の中では呼吸することもままならないのだ。

姉の千鶴もそうした理由で団体に入ったのではないか？　上沼は頭の片隅で考える。

「お姉さんのことで少し話をしたいんだけど、いい？」

「……お姉ちゃん、なにかしたんですか？」

「いや、お姉さんがなにかとかじゃなくて、ちょっとこの前、都内で起きた事件にお姉さんの知り合いがいてね。念のため聞いて回ってるんだ。ごめんね。驚かせちゃって」

上沼が申し訳なさそうな表情を見せると、朱里は無言で首を横に振った。

「でも、すみません。私、お姉ちゃんとはあまり仲が良くなくて」

そう語る朱里の顔は姉の千鶴とは似ても似つかない。遺伝的に娘は父に似るとは言うが、理由はそれだけではないように思えた。

「じゃあ、家に親御さんはいる?」

「います。家で仕事をしているので」

「そう。ありがとね」

上沼たちがこれから家に上がることを察したのだろう。朱里は踵を返して、アパートの敷地から飛び出していく。「あ、ちょっといいかな」と、上沼は去りゆく背中に声を掛けた。

「有村康生って名前、お姉ちゃんから聞いたことない?」

「……ないです」

朱里は立ち止まり、振り返った。眉間には皺が寄っている。

「じゃあ、美住悠って名前は?」

「だから、お姉ちゃんと仲良くないんですってば」

朱里の眉間の皺はさらにきつくなる。失敗したかな、と上沼が自省していると、朱里が「あ、でも」と短く漏らした。

「お姉ちゃんが、男の人と歩いてるの、このまえ見ました」

上沼は驚きを隠しつつ訊ねる。「それはいつ、どこで?」

「半年くらい前、だと思います……池袋の駅前で」

「どんな人だった?」

「なんか、スポーツマンみたいな人でした。日焼けしてて、背が高くて」

有村だ。上沼は神原に目配せをする。

「お姉さんとその人は、どんな様子だった？」

「どんなって、本当にちょっと見かけただけで……ふたり、並んで歩いているだけだったし。でもお姉ちゃんお洒落してて、なんか買い物した後っぽかったから、もしかしたらデートだったのかも。わかんないですけど……」

「声はかけなかったの？」

「かけません。家族の恋愛とか、ほんと、最悪だし」

上沼が「そうだよね」と寄り添う素振りを見せると、朱里は無言で顎を引いた。思春期ならそういうこともあるだろう。上沼にしても、学生の時分はそうだった。

「念のためだけど、それは見間違いじゃないよね？」

「お姉ちゃんを見間違うことなんてありません」

「仲良くないと言うわりに、すごい自信だね」

上沼が気安い笑みを浮かべると、朱里は「だって」と言いかけて顔を伏せた。

上沼はその瞬間に朱里の言い分を理解した。妹が姉を見分けたのは、なにも家族の絆という綺麗なものではなく、もっと表層的なものだ。

「ごめん。疑っているわけじゃなくてね。ただ、情報は正確なほうがいいから」

「あれはお姉ちゃんです」

「うん。だから、疑ってるわけじゃなくて――……」

「家に帰ってから、電話もかけました」

　朱里の返答に、上沼は額を打たれたような気分になる。

「電話？　お姉さんとは仲が良くないんだよね？」

「はい。だから、その、嫌がらせで。お姉ちゃん、彼氏とか作りそうもなかったから茶化してやろうと思って……でも彼氏なのかそうじゃないのかも答えてくれなかったし。そのあとは適当にお母さんの話とか、学校の話とか十分くらいして……」

　朱里は視線を少し下げたまま、「本当です」と呟いた。

「刑事さん、お姉ちゃんのこと調べてるんですよね？　お姉ちゃん、なにか危ないことに関わってたかもしれないんですよね？　私、全部本当のこと言ってます。私とお姉ちゃんが電話したことなんてお姉ちゃんの端末の通話履歴を見ればわかるし、いま私がここで隠したら、私まで疑われるし……だから、嘘は言ってません」

「大丈夫だよ。ありがとうね。正直に話してくれて」

「……刑事さん。お姉ちゃんは、一体なにをしたんですか？」

　問われ、上沼は束の間、口ごもった。「ごめん。答えられないんだ」そう答えた時には、朱里の瞳に浮かんでいた怯えや憤りは、すでにどこかに消えてしまっていた。

「わかりました。じゃあ私、友達と約束あるので、失礼します」

朱里は思い出したようにポストに駆け寄り、入っていた袋をひっつかんだ。袋の端からは洋服の裾が覗いていた。どこかで着替えて、遊びに行くのだろう。

鞄の端で雫型アクセサリーが揺れていた。裏面にそれぞれ記された『高校も！』『大学も！』『ずっと一緒！』のメッセージが、去っていく彼女の背を、やけに小さく見せるようだった。

三〇三号室が奥平家の居宅だった。玄関に表札はない。郵便物や宅配物はデータに従って運ばれるため、防犯上、わざわざ出している方が今はめずらしい。上沼の腰ほどの高さもある大型の宅配ボックスが、玄関の横に置かれていた。

呼び出しベルを押し込むと、「はい」と女性の声がした。「警察です」上沼はベル横のカメラに手帳を見せる。「……少々お待ちください」と返って来た声には動揺が滲んでいた。

「お待たせしました」

出てきた女性を見て、上沼は娘に――千鶴に似ていると思った。

同時に綺麗だという印象を受けた。千鶴自身には抱かなかった印象だ。構成する要素ひとつで人はこうも変わるのかと狼狽《うろた》える。冷ややかな目元はたしかに娘の千鶴と瓜二つなのに。

あの娘も傷がなければこのような女性になっただろうか。考えてしまう自分に上沼は嫌気が差した。視線を泳がせ、気持ちを整理しようと努める。玄関に積まれた段ボールが目に入った。配達物にしては多い量だった。

「奥平千里《ちさと》さん、ですね？　長女の千鶴さんのことでお話を伺いにまいりました」

「千鶴、なにかしたんですか？」

上沼は、さきほど次女の朱里としたやりとりを繰り返した。都内で起こった事件のこと。有村康生や美住悠の名に聞き覚えはないか。神原はどうやら上沼に聞き込みを経験させたいようで、口を挟むことはなかった。

母親の千里も娘の交友関係には覚えがないようで、「さあ」と首をひねるばかりだった。

「千鶴は高校を出てから、なかなか家に寄り付きませんでしたから、そういうことはなにも」

「そうですか」

千里は冷めた親子関係を自嘲した。

「でもやっぱり、今どき勉強ばかりしてる人ってどこかおかしいんでしょうか」

「それは、どういう意味でしょう？」

「ああ、いえ。ほら、今って勉強したってどうせ仕事ないじゃないですか。頭脳労働はＡＩがやるんですから。それなのに勉強するの、ほんと視野が狭いって言うか」

足元に視線を落としながら、千里は毒づく。

「次女もまだ中学生なんですけど、なんだか大学進学を考えてるみたいで。私はやめろって言ってるんですけどね。学費なんか、絶対に払いたくないし。それに、このままだと千鶴みたいな暴力的な人間になっちゃいそうで怖くて……」

「千鶴さんは、まだなにかしたと決まったわけじゃありませんよ。ただ、団体に所属していたというだけで」

「そうですか？　でも、疑っているから、刑事さんは私のところまで来たんですよね？」

「それは、なんとも」

上沼は首を回し、神原に助けを求めた。神原は目が合うと、視線を横に滑らせ、軽く顎をしゃくった。その先を追う。積み上げられた段ボールが目に入った。

「ところで、奥平さん。随分荷物が多いようですが、お引越しですか？」

「はい。再婚することになったので」

「そうですか。こちらの荷物は差出人が千鶴さんになっていますが」

上沼はちらりと視線を傾けた。段ボールの山の上に、口の開いた小さな段ボール箱がひっそりと置かれていた。

「ああ、それ。急に千鶴から送られてきたんです」

「それは、いつ頃ですか？」

「年末です。十二月の二十八日だったかと」

事件の日だ。上沼はそっと下唇を舐めた。

「中身は？」

「ポテトチップスでした。コンソメ味がひとつと、のりしお味がみっつ。コンソメは朱里に、その、次女にあげました。私がコンソメ苦手なので。せめてふたつずつにしてくれれば良かったのに、あの子はそういう気が回らないんです」

「そうですか――今までにこうした贈り物は」

「いいえ。初めてです。でも、これが送られてきてから、朱里もなんだか反抗的になって……なんだか千鶴に感化されたんじゃないかって、私、怖くて」

千里はまた足元に視線を落とした。なにかを気にしている素振りだった。

「ポテトチップスが送られてきて、なぜ千鶴さんに感化されるんでしょう？」

「さあ、そういう毒でも入ってたんじゃないですか？」

「毒、ですか。ちなみにそのポテトチップスはまだ？」

「……全部食べました。毒なんて入ってなかったです。真に受けないでください。それより、もういいですか？　お得意様を待たせているんです。仕事を切られたら、そのぶんを刑事さんが補塡してくれるんですか？」

「ああ、いえ。すみません。お時間をとらせてしまって。では、私どもはこれで」

上沼は再び神原に目配せしたのち、千里に会釈し、マンションを出た。

「有村の影が確認できただけでも上々ですかね」

車に乗ってすぐ上沼が言った。「まあな」と神原が返した。

「それより上沼、どうした、顔が沈んでるぞ」

「ああ、いや。奥平の家族、引っ越すんだなと思って、ちょっと」

「まあな。どこに越すのかはわからないが、あの妹さんも四月からは本格的に転校だろう。二月三月は今の学校で遠隔授業ってところか。あのジャージを着るのも、残り少ない。最後の一年は、他の学校で過ごすことになるな」

上沼は、鞄で揺れるアクセサリーを思い出していた。母の事情もわかるが、娘にしたらいい迷惑だろう。学校も統廃合が進み、その影響で公立校も小中高と地域で一貫したものが増え、村社会のようになっていると聞く。いわんや、新しい村に飛び込むには勇気がいる。

次女の朱里は、変わっていく環境に何を想うのだろう。長女の千鶴を欠き、新しい父親を迎え入れた奥平家は、朱里にとっての安住の地になるのだろうか。

もし行き場を失うのであれば、姉のように、彼女もまた——。

「上沼、あまり入れ込むな」

顔を暗くした上沼の肩を、神原がそっと叩く。

「俺たちは有村がなぜあんなことをしたのかを知るために、奥平を洗っているに過ぎない。たしかに海に飛び込んだのにはそれなりの事情があるだろう。けどな、あいつは運動への関与は認めていないんだ。情けをかける余地なんてない」

「……そうでしょうか。彼らにも人生があったはずです。嫌なことや、認めたくないこと。そうしたものが積み重なって、なにかの不運なきっかけがあって、ああいう形で発散するしかなかったんじゃないでしょうか。だとしたら、そうしたことを知らないまま彼らを裁くのは、なにか違う気がするんです」

「知ってどうする。裁判所に行って、罪を軽くしてくれとでも頼むつもりか？」

神原の低い声に、上沼は静かに目を伏せた。

「上沼。同情や理解はたしかに大事だ。介護疲れや生活苦、やむにやまれぬ事情で人を殺してしまう人だっている。だが有村たちは違う。あいつらは正真正銘のテロリストだ。自分の主義を通すため、無関係の人たちを巻き込み、傷付けた。どれだけ凄惨な過去を有していようと、それはテロ行為に正当性を与えていい理由にはならない。そもそもテロに正当性なんてものはない。生きづらさを訴えるなら、この時代、他に方法はいくらだってある。世間に対する怒りが暴力を正当化するってんなら、今回被害に遭った人たちの痛みはどこに訴えればいい？　加害者にも事情があったんです。だから許してやってくれ。そんな理屈が通ると思うか？」

「いえ、それは……ですが奥平の言い分も……」

神原の言葉の重さに、上沼はいつしか俯いていた。

「さっきの千里の言葉じゃないけどな、真に受けすぎるな。実直なのがおまえのいいところだが、融通も利かせなきゃいけない場面はある。あいつらの境遇を考えるのは政治家の仕事だ。俺たちは俺たちの仕事をすればいい。わかったらとっとと車に乗れ。外は寒くてかなわん」

「……はい」

車が動き出し、会話は途切れた。上沼は口を利かない自分の幼稚さと、あえて話しかけてこない神原の優しさに腐りそうになる。所在なく手元に視線を落とし、やり過ごそうとした。よく見ると、父親から譲ってもらったオイルドジャケットの袖口が擦り切れている。父が古着として買った頃から、すでに多くの補修跡が見受けられ、ぼろぼろだったという。

なんせ五十年も前の服だからなぁ。と、父が嬉しそうに言っていたことを思い出す。なぜ父は嬉しそうだったのだろう。就職祝いに渡された時は困惑した。上沼自身は古い衣類に価値を見いだせない性質《たち》で、父のお気に入りでなければ、とっくに手放しているところだ。

この事件が終わったら、とりあえず袖口の補修に出そう。そんなことを考え、荒れた思考をむりやり整える。袖口を眺めていると、今度は灰色の毛がついていることに気が付いた。

半年前に同棲を解消した彼女が置いていった愛猫の毛だ。引き取り手が見つからず、上沼が惰性で世話を続けている。近頃はめっきり構えていない。給餌などはペット飼育専用の家具が自動で行ってくれているから心配はないが、これでは飼っているとは言えないだろう。

事件が一段落したら、改めて引き取り手を探そう。猫にとってもそのほうがいい。上沼も、そろそろ彼女の影を感じるものは手放し、前を向くべきだと感じていた。

――だめだ。仕事に集中しないと。

指先で雑に毛を払いつつ、内ポケットからタブレットを取り出した。公安専用のデータベースを開き、千鶴の携帯端末の通話履歴を問い合わせる。奥平姉妹が十分程度通話した記録が、たしかに残っていた。朱里は嘘をついていなかった。しかし、通話内容までは確かめるすべはなく、結局のところ、朱里を感化した毒の正体はわからずじまいだった。

　会話のない車内で、手持ち無沙汰の上沼は、そのまま千鶴の端末の履歴を漁り続けた。千鶴の行動の形跡が断片的につかめてくるも、取り立てて不審な点はない。親友である美住悠に度々メッセージを送っているだけで、そのほかには海外製のＶＲゲームに度々ログインしているくらいだ。匿名性の高いゲームのため、それ以上の情報はわからないが、ゲーム内でできることなどたかがしれているだろう。

　端末を閉じかけた時、上沼はある情報に目を見張り、神原の肩を叩いた。

「義さん、これ」

「なんだ。運転中でよそ見できねえ。言葉で説明してくれ」

「すみません。あの、奥平の話です。事件の前、奥平は数回にわけて現金を引き落としています。合計すると、かなりの額になります」

「現金を？」

「はい。もしかしたら、活動資金を有村に貢いでいたんじゃないでしょうか。だとすれば、有村の考えを知らなかったという奥平の供述には、やはりどこか嘘があるように思えます」

　神原の横顔を見つめたまま、上沼は一息に言った。

「よくやった上沼。デジタルに疎い俺だけじゃあ、それに気付けなかった」

神原の表情がふっと崩れ、ハンドルから離した左手が上沼の肩を叩いた。上沼は安堵した。息のしやすくなった車内は、居心地が良かった。

署に着いた神原は上沼とは違う方向に足先を向けた。有村の担当に会って家族や交友関係を再度洗うのだという。

「取り調べ、頼んだぞ」

そっと背を押され、上沼は「はい」と顎を引いた。

神原は自分を信じているのか、はたまた試しているのか。どちらにせよ、上沼は努めて冷静に奥平千鶴と向き合う覚悟を固めた。

ドアノブに手を掛け、ゆっくりと回した。取り調べ室の中央に広がる、水彩画の様な淡い陽だまり。そのなかに変わらず、彼女がいた。

○

図工の時間が好きだった。時間割表の中に「図工」の文字を認めるとわくわくした。千鶴は手先が器用で、絵を描けば教師に褒められ、工作をさせれば同級生たちをおどろかせた。嬉しかった。自分が認められる時間だった。小学三年生までの話だ。

小学四年生になって、似顔絵を描く機会があった。机の上に白紙を広げたまま描き渋る千鶴を見つけた教師は「千鶴さん、絵描くの得意じゃない」と促した。千鶴は嫌だったが、せめてうまく描ければみんなが褒めてくれると信じ、筆をとった。鏡を見るのが嫌でしかたがなかったから記憶で描いた。

「千鶴さん、見せてよ」

ようやく描き上げた頃を見計らって、同級生が寄ってきた。同級生は渋る千鶴の腕を無理やりどかすと、顔を見合わせて笑ってから、「千鶴さんはこうでしょ」と画用紙の中央に一本の線を描き込んだ。

千鶴は我慢ならなくて、わっと手をあげた。幼心に正しい行為だと思った。たしかに尊厳が傷つけられたのだ。黙っている理屈はない。

けれど、教師は平等にみんなを叱ったうえ、放課後に謝りに来た母は周囲に平謝りするばかりでなく、帰り道に千鶴を怒鳴った。どうやら母の目には、千鶴は我慢のできない悪い子に映ったらしい。

おかしいと思った。なんで私が怒られるのだろう。

それ以来、図工が好きという気持ちは薄れ、時間割に図工がある月曜日の午後と金曜日の午前は憂鬱だった。月曜も金曜も、朝から熱がある気がした。もちろん電子体温計は嘘を吐いてはくれなかったし、自身の評判を気にする母は欠席を許してはくれなかった。千鶴は我慢のできない悪い子だから、何度も声をあげて泣いた。

「前はもっと物わかりのいい子だったのに」

ある日の夜、母が新しい父に愚痴っているのを聞いた。「私の育て方が疑われるから、本当に嫌」母はそう言って舌打ちをした。

自尊心の代わりに胸に押し込まれた痛みは、どうやら千鶴を物わかりの悪い子に変えてしまったようだった。

中学校は環境的にも小学校の延長で、伸ばした前髪はそのまま千鶴の視界を狭め、自我が肥大した分だけ息しづらくなっていた。泣くことだけはなくなっていた。それは我慢ができるようになったからではなく、せめて物わかりだけはよくあろうと、諦めを学んだからだった。

高校は遠くの学校を選んだ。良くしてくれる級友も見つけたが、他に仲の良い友達がいることを知って、なぜだか冷めてしまった。どうせ陰で自分を笑いものにしているのだという疑念が拭いきれなかった。実際そんなことはなかったのだろうけど、人を信じる心は人を疑う心に入れ替わっていた。母の仕事の手伝いをしつつ、進学に備える日々を送った。

念願が叶って入った大学も、これまでの人生の続きに過ぎなかった。美住悠に会うまでは、千鶴の人生は痛み一色だった。その中でよく生きてきたと、我ながら思う。千鶴は怒りや哀しみを、呆れや諦めに取り換えることで呼吸を続けてきた。心がどれだけ変わっても、人生は変わらず続く。その単純な事実すら、痛かった。

悠だけだった。悠に向ける感情だけが、温かく、柔らかで、千鶴の中で替えの利かない特別なものだった。

冷たく、無機質なこの部屋のなかでも、千鶴は容易に思い出せる。コンビニ袋を揺らして走ったあの夏の夜を。砂利の鳴る音。乾いた口の味。首筋を這う汗の冷たさを。千鶴を置いて先を行く悠の背中を。その背中に掛けた声も。

彼女はいつものようにいたずらな声音で答えた。

その一音一音が、今も千鶴の身体に響いている。

――大丈夫。一度は離れちゃったけど、すぐに追いつくよ。

千鶴はズボンのポケットに手を突っ込んだ。くしゃくしゃに丸めたティッシュの中には錠剤が何錠も入っている。鎮痛剤自体は申告すれば留置所でも必要な分をもらうことができるが、それでは足りなかった。女性管理官は頑なで、自分の痛みと比較した挙句、余分な鎮痛剤を分けてはくれない。千鶴は自分より年下の若い男性管理官を見つけると「下腹部が痛む」と泣きついた。若い男性管理官は狼狽《ろうばい》を隠せぬまま、規定ぎりぎりの量の鎮痛剤を分けてくれた。

千鶴はこの国の保健教育の遅れにはじめて感謝した。

毎日手に入る規定量の錠剤と、偶然手に入れた多くの錠剤を合わせれば、すでに過剰摂取の域に達している。運が良ければ、この空虚な世界から去ることができる。千鶴は指の腹で、隠し持ったそれの数を数えていた。

ぎぃと鉄の擦れる音が耳を引っ掻いた。

千鶴はポケットから手を抜き、顔を上げた。どうやら今度は若い方が来たらしい。息を整え、表情を乱さぬよう努める。扉を潜って現れた若い刑事が席に着き、中断されていた事情聴取が再開する。

「どうぞ」

差し出された紙コップを受け取り、千鶴は「どうも」と小さく呟く。

「失礼ながら、あなたの端末の使用履歴をいろいろ調べさせていただきました」

「はあ。そうですか」

「奥平さんは、ゲームがお好きなようですね」

「……まあ、ほどほどに。小さい頃が貧しかったぶん、今はよく触れています」

「そうですか」

刑事は一旦息を整えてから続けた。「あなたは事件の前に、数回にわけて現金を下ろしていますね。それも、かなりの額を」

「はい。運動の活動資金です。現金は足がつきづらいので」

「そのお金はいまどこに」

「さあ、誰かが持っていったのかもしれませんね」

「有村に渡したのではありませんか」

千鶴は答えず、紙コップに視線を落としたままでいた。中身は薄い煎茶だった。

「あなたは、有村と仲が良かったようですね。あなた方は、交際されていたんじゃないですか？」

なにもわかっていないな、と千鶴は内心ため息をついた。

「であれば、有村の考えなど知らないというあなたの発言は、やはりどこかおかしいように思えます。奥平さん、あなたは有村のためになにを——」

「刑事さんは、誰かを好きになったことがありますか」

話を遮られ、刑事は「え？」と声を詰まらせる。

「その理由を、考えたことがありますか」

「どういう、意味ですか？」

「人を好きになった時、その理由を聞かれたら説明することは簡単です。趣味が合う。性格が優しい。顔がかっこいい。要素をあげればそれで済みます。けれど、それが後から失われたとしたらどうでしょう。趣味が合わなくなる。性格が豹変する。事故に遭って顔が変わる。よくあることです。愛想を尽かす人もいるでしょう。ただ、その人のことが本当に好きだったのであれば——愛していたのであれば、たとえ要素が変わったとしても、その人をすぐに好きでなくなることはありません。これはなぜでしょうか」

刑事は眉根を寄せたまま黙している。

「私はこう考えます」千鶴は構わず続けた。「人を好きになる理由は、好きを規定する材料に過ぎず、それが失われたからといって好きという感情そのものを消してしまえるほどの重大性を有していないのだと——ですが、ここで問題が生じます。失われても好きが揺らぐことがないぐらい曖昧で、瑣末な要素が、本当に愛することの理由になり得るでしょうか」

千鶴の問いに刑事は答えない。

「私はこう思います。愛するとは、その人の歴史を抱きしめることなんだと」

千鶴の手の中の紙コップが、わずかに拉げた。

「愛の要因は、性質でも、形でもありません。その人として認識することができ、その人として生きるクローンがいたとしても、その物体は愛する人にはなり得ません。人生なんです。脳に損傷を負って性格や思考が変わっても、ともに過ごした時間は消えない。その性格を形成した歴史、その思想で生きた歴史が消えることはない。これは容姿についても同様に言えます。その人がその人として生きた歴史が、私がその人を愛する理由になるのです」

刑事は怪訝な表情を浮かべたままでいた。千鶴は目の前の刑事が千鶴の隠した真実に気付くのではないかと期待していただけに、密かな落胆を覚えた。そして、気付いて欲しがっている自分を客観視して、気持ち悪いとうんざりさえした。

「すみません。話が逸れましたね。質問に答えましょう。私は、交際には愛が必要だと考える立場にいます。ゆえに、私は有村とは交際していません」

「そうですか」

「ええ、そうです。ところで、こちらからも質問いいですか」

それでも会話は止められなかった。誰かひとりでも、千鶴が海に飛び込んだ理由に気付くべきだと信じていた。

「刑事さん、猫、飼っているんですね」

若い刑事は「え？」と目を丸くする。

「毛がついてますよ」

千鶴が指をさすと、「ああ、これは」とネクタイについた毛を払った。

「知人から、譲り受けたんです。ロシアンブルーを一匹。半年ほど前に」

「そうですか」

灰色の毛を払う若い刑事に、千鶴は続けて訊ねた。「可愛いですよね、猫」

「ええ、まあ、そうですね」

「昔は、ペットは死んだらモノ扱いだったそうですね」

若い刑事の顔がたちまち歪んだ。

「納得できないですよね。自分の愛していた存在が、冷蔵庫とか、電子レンジとか、そこらへんのモノと同じにされること」

「なんですか、急に……」

「刑事さんは、納得できますか？」

「私は、事件に関する事しかお答えできません」

「そうですか」

千鶴は内心ため息をついた。つまらない男だと思った。同時に、自分が男に対してつまらないというものさしを持っているということに驚いた。これはおそらく、あの男と出逢ってから手に入れた尺度だった。

「刑事さん、あなたは有村に似ていますね」

若い刑事の眉間に皺が寄った。

「人に嫌われるのが怖くて、誰にでも良い顔をしたいだけの臆病者。心当たりがあるんじゃないですか？　人の顔色ばかり窺って、軋轢を生むのを怖がって。そのくせ自分の考えは正しいと信じて疑わない――私にだって、寄り添っているふりをしていましたね。ああ、そうだ。事件に関することで訊きたいことがあったんでした」

千鶴は会話の主導権を渡さないように畳みかけた。

「彼は、有村康生は生きていますか」

若い刑事は、ついに目を見開いた。

「留置所で小耳にはさみました。オフィスビルの爆破事故で死者が出たと」

口ごもる刑事を前に千鶴は構わず続ける。「有村康生は生きていますか？」

「お答えできません」

若い刑事は言い切り、手元のタブレットに視線を逃がす。

「そうですか——では、悠の両親は、圭介さんと瞳さんは、生きていますか」

「それもお答えできません」

「そうですか。残念です」

そこから彼は、改めて有村と千鶴の関係。悠と千鶴の関係について確認してきた。千鶴は包み隠さず話した。話しつつ、ふたりのことを思い出していた。

かつて悩んだことがある。悠は千鶴も冷笑の対象としているかもしれない。有村を腐していたように、千鶴の顔についた傷を見て自分はまだ大丈夫と安心しているのかもしれない。千鶴はその感情を知っていた。自分よりも下のものを慈しむ気持ちは誰にでもある。湿った線路下の空間で、千鶴はたしかにトラを愛していた。千鶴とトラ。悠と千鶴。そこになんの違いがあるだろう。

紙コップに口をつける。ぬるい煎茶の中に、茶柱が沈んでいた。

二年前——２０４２年

二年前―2042年　5月

「開けていい？」

「いいに決まってるでしょ。そのために買ってきたんだから」

背の起きたリクライニングベッドに身を預け、悠は「やったー」と紙袋を揺らして喜んだ。

「怪我して得しちゃったよ」

相槌の打ちづらい悠の言葉には、もう慣れた。

包装紙がくしゃくしゃと開かれていく音を聞きながら、千鶴は妙なことを思い出していた。

実家の吊り戸棚にしまわれた、たくさんのグラスたちのことだ。ウイスキーの瓶についてくるタンブラーグラスや、ケース買いしたビールについてくる小ジョッキ。インスタントコーヒーについてくるマグカップ。おまけがあると、母は好んでそれを選んだ。

千鶴はたしか、母のそういうところも嫌っていた。家がモノで溢れるのも嫌だったし、なによりひとつのものを長く使った方が絶対にいい。コップはコップでも、「自分のコップ」と「他のコップ」ではまるで別物なのだ。一度、そのことを訴えたこともある。しかし母は「どれも同じだ」と語り、理解を示してはくれなかった。「じゃあ千鶴は割れてもそのコップを直して使い続けるの？」と逆に問われ、口を噤《つぐ》んだ。

その時、なにも言い返せなかったことを、今でもたまに、思い出す。

「ねえ、これさ」

悠の呼び掛けに、千鶴は「なに？」と意識を引き戻す。

「高かったんじゃない？」

微笑む悠に、千鶴は「全然」と返したが、自分で使うためならこれほど上等なものを選ばなかっただろう。今どきめずらしいハンドクラフトのマグカップだ。何時間もネットで調べて悩み。挙句、銀座《ぎんざ》の専門店にまで赴いて悠の好きな青基調のものを選んだ。

懐は少し寂しくなったが問題はなかった。

整形外科のホームページは、あれ以来開いていない。

「それより、脚、どう？」

「うん。良い感じ。ちょっといいやつ買ってもらったから」

悠は口の端を上げながら、布団を捲ってみせた。悠の肌の色と同じの、それでいてのっぺりとした違和感を纏う右足が白いシーツの上に投げ出されていた。

「もう走ったりもできるよ。昨日、そこの中庭めっちゃダッシュした」

窓の外を指さし、からっと笑う悠だが、その脚を見ると千鶴は何も言えなくなってしまう。

何を言うのも、正解でない気がするのだ。悠を傷つけてしまうのではないか。自分の言葉選びに失望するのではないか。自分の舌がナイフのように思え、唇を閉じたままでいたくなる。

「なんか、思ったんだけどさ」

脚を撫でながら、悠は窓の外に視線を向けた。

「私もいつか呼ばれるのかな、ｓｈｅとかｈｅｒとか」

「なに言ってるの。今だって、そうでしょ」

「そうだけど。――うん、そうか」

悠が目元をくしゃりと歪める。

「悠は悠だよ。決まってるでしょ」

「うん。だよね」

悠は口を弧に歪め、「せっかくだしなんか飲もうかな」と、開けたばかりのマグカップをヘッドボードの上に置いて、棚から紅茶を取り出した。

「だめだよ。まず洗わないと」

千鶴が言うと、「ああ、そっか」と悠はわざとらしく目を丸くした。

「私が給湯室で洗ってくるから。あとお湯ももらえるか聞いてみる」

千鶴は渡したマグカップを一度回収し、腰を上げる。病室を出る際、首だけそっと振り向くと、「よろしくー」と手をひらひら振る悠がいた。その背後、窓の向こうには光の海が広がっている。空から垂れる陽の帯が、木々がなびくのに合わせて波のように揺れている。

眩しい光の波。いつしかそれに、悠が攫われてしまう気がした。

機械の腕が麺の湯切りを行うところを眺めながら、千鶴はため息を吐いていた。自動調理ロボットが正しく動いているかを監視する、食品衛生法上しかたなく存在している衛生管理補助のアルバイト。覚える作業すらない。なにか問題が起こっても、かけたＡＲグラスに対処法が表示されるから、それをなぞって直すだけ。

誰にでも代替可能な仕事の給料は、やはりさほど高くない。

紅茶好きの悠のために良い茶葉を持って行きたい。マグカップやお洒落なティーセットも渡したい。免疫抑制剤の働きを阻害しない嗜好品なら、なんだって買ってあげて喜ばせたい。その気持ちは日に日に強くなり、ついに先日、千鶴にバイトを掛け持つ決意をさせた。

決意こそ簡単だったが、実際仕事を見つけるとなると、これがなかなかに困難だった。レストランの配膳はそれ用の機械が行うし、都内のコンビニやスーパーは大手外資系ＩＴ企業が運んできた技術により、ほとんどが無人化されている。デリバリーサービスも、専用の宅配ボックスを購入すれば、そこに無人のドローンが運んでくれるようになって久しい。文明を劇的に発展させる高度なＡＧＩ《汎用人工知能》こそ、今はまだ国際的な規制に阻まれて実用化されてはいないが、その一方で、特化型のＡＩはすでにあらゆる職域に根を張っている。

ヒトの尊厳を盾に各業界団体や労働組合が細々と抵抗してはいるが、成果は芳しくない。今のバイトだって枠が余っていたのはほとんど奇跡のようなものだった。食品衛生法が改正されれば、人の目や手は排され、ロボットだけで飲食店運営は可能になるだろう。そうなれば、このバイトだってなくなってしまう。

「奥平さん、悪いけど今日、早上がりね」

「あ、はい。わかりました」

店長の横を会釈ひとつで通り抜け、千鶴は掛け持ち先のことを考える。

意外と無人化が浸透しなかった介護業界などはどうだろう。製造費のブレイクスルーにより人間よりも安い労働力になった介護ロボットだが、結局普及はしなかった。ロボットは介護の代替手段としては優秀だったが、介護の真の目的である被介護者の精神ケアが十分に行えなかったからだ。とりわけ、高齢世代には今もなお機械に対して忌避感や不信感を抱いている者も少なくない。

また、同じような理由で保育ロボットも広まっていない。そもそも日本は少子化が進んでいて受け皿が少ないこともある。介護施設や保育施設では、現在、職員用の外骨格《パワード》スーツの導入や雑務の自動化により、労働環境の改善と固定費削減に取り組んでいると聞く。

熟考の末、千鶴はそれらの業界に踏み出すことはしなかった。悠以外の人と深く関わることは、今もまだ耐えられない気がしてならないのだ。

千鶴はいつしか地面に転がる腕や足首を見ても、なんとも思わなくなっていた。むしろそれが当然だと考えるようになった。機械は自分たちの生活からたしかに何かを掠め盗っている。以前はしなかった、そうした考えに囚われている自分に気が付き舌打ちもした。自分の中にある芯が、物事の見方さえ、気付かぬうちに変わっていくことが恐ろしかった。また、その変化すらもが、機械に生活を掠め盗られたから生じたのではないかと考えてしまい、敵は機械なのではないか、有村の主張は正しいのではないかと頭はぐるぐる回って気持ち悪い。

　思えば、大学に入る前からお金なんてなかった。奪われたのではなく、もとからなかったのだ。再確認して、気持ちを落ち着かせる。私は、もとから持たざる者ではないか。

　入学金や学費だって、死に物狂いで用意したのだ。トラを失った日に、文化的にも経済的にも豊かになると心に決めたから耐えることができた。母の仕事の手伝いは最悪だったが、今にして思えば、このご時世に身一つで稼げる手段が残っていたことはありがたいことだった。

　しかし、身も心も削り、いざ大学に来て思うことは、勉強したところで望んだ豊かさはもう手に入らないということだ。昔の人は学歴社会を憎んだというが、今の千鶴にしてみれば、試験を突破して学歴を得るだけで一発逆転が狙える社会は、どれほど公平だっただろうと思う。機械は人から仕事を奪うだけでなく、知識の獲得による階級上昇の機会すら奪ったのだ。

　やっぱり、機械が優秀になりすぎたから――……。

　そこまで思い至り、千鶴は絶句した。無意識のうちに機械を憎む自分に眩暈がした。

「あの、奥平さん、ですよね」

　不意に声を掛けられ、「えっ」と気の抜けた声が出た。

「ほら、前に食堂で」

プラタナスの並木の下で、気安い笑みを浮かべていたのは有村だった。彼の後ろには取り巻きと見られる一団がいる。その中のひとり、明るい髪色の女が千鶴を睨んでいた。

「近江《おうみ》さん、みんなを連れて先に行ってて」

有村が言うと、その女は拗ねた声色で「はぁい」と返事をして去っていった。

「いきなりで申し訳ないんだけどさ、少しだけ時間もらえないかな」

有村の申し出に、千鶴はしばし逡巡した。なにせ千鶴はこの男が嫌いだ。悠が右脚を失った事件のあと、この男が「大切な人が機械に傷付けられた」とＳＮＳで悲劇の主人公を気取った発信をしているのを見て以来、その印象は確固たるものになっている。有村が機械の打ち壊しを先導しなければ、悠は怪我をしなかったことに気付かないわけでもないだろうに。

「いいですよ」

千鶴は、けれど頷くことにした。「学食でかまいませんか？」

「ありがとう。なにかおごるよ」

有村は白い歯を見せ、学食に向かって颯爽と歩きはじめた。

黒いリュックサックを背負った彼に付き従いながら、千鶴は考えを巡らせていた。この男を徹底的に批難するには、もっとよく知る必要がある。いくらＳＮＳで意見しても、この男は聞く耳をもたない。すでに十以上のアカウントを使い分け、千鶴はこの男を糾弾しているが、この男の面の皮は想像以上に厚かった。

遠くから石を投げるより、眼前で正しく否定した方がこの男を黙らせることができる。その確信を胸に千鶴は有村の後ろを歩いた。歩いていると、「康生、また女連れかよ」と薄っぺらい野次が飛んできた。

「うるせえ。僻むなよ」

彼は周囲の声にも耳敏く反応し、気安い笑みを浮かべている。千鶴はやはりこの男が嫌いで、簡単には変わらない嫌悪感を確認すると、わずかに安堵した。

第一食堂はがらんとしていた。学生たちの他愛のない会話が高い天井にぶつかってぼんやりと反響している。金曜日の三限は、どの学部も人気の講義が集中しているためか普段よりも閑散としている。有村と千鶴は、その中でもより人気《ひとけ》の少ない端のテーブルで、向かい合わせに座っていた。

「俺さ」

有村の顔には薄い緊張の膜が張っている。それでも余裕ぶろうとするものだから口の形がぎこちない。大衆に向けた演説とは違い、こうした場での喋りには慣れていないようだ。テーブルの上で組んだ手先を所在なげに遊ぶさまが、千鶴にはなんともみっともなく見えた。

「俺、小学校からここの付属なんだけど、悠とはその時からの知り合いで、わりと長いんだ。だから悠の両親のことも知ってて。いや、その時はまだ、悠とはただの友人だったんだけど、無論、いいなとは思ってたし、ただの友達として悠の家に遊びに行くこともあってさ」

「なんの話ですか」

判然としない語りに千鶴は視線を尖らせる。有村は、「ああ、ごめん」とわざとらしく肩をすくめてみせた。それがまた余裕の空回りに思え、痛々しい。

「実は俺、悠の両親に面会拒否られてるんだ」

ジャケットを着直しながら有村は自嘲する。「こっそり行っても受付で、こう」と胸の前でバツ印を作り、「ひどいよな」とまたおどけてみせる。

「まあ俺って今、社会的には反逆者みたいな感じだから、しかたないんだけど」

有村は指先を曲げ、眉の端を掻く。「それにしたってひどいよ。俺、悠の彼氏なのにさ」と続けて吐かれた言葉に、千鶴は虚を衝かれた。

「彼氏？」

唇の間から掠れた声が漏れていた。まさか悠がこんな男と付き合っていると言うのか。こんな、姿勢だけで、中身のない男と。

千鶴の表情が歪んだのを見て、有村はまた、「ああ、そうか。悠に言うなって言われてるんだった」とわざとらしく口の端を歪めてみせる。

「奥平さんは、その、あまり交友関係を広げるのが得意じゃないみたいだから言うなって……ああ、これもあれか、悠に怒られちゃうな」

指先で額を掻く有村を前に、千鶴は呆然と遠くを見つめていた。

有村と悠が付き合っていたという事実よりも、悠がそれを言ってくれなかったことがショックだった。挙句、彼氏にそれとなく釘を刺していたことも。

悠と私は仲が良いはずなのに、どうして――……。

鳩尾がぎゅぅと絞られるのと同時に、あの夜、少し話しただけの悠の母親が良識のある人物に思えてきた。この男を拒絶する嗅覚を彼女は持ち合わせているのだから。

「で、気を取り直して相談なんだけど。これを悠に渡してほしくて」

有村はリュックサックから小さな紙袋を取り出した。中には黒塗りの丸箱が入っている。フランス語の刻まれたそれは、どうやら紅茶の入った茶缶らしい。

千鶴はぐつぐつと煮え立つ気持ちを抱えながらも、その紙袋を受け取ることにした。

「前にフランスに行った時、お土産として渡したことがあるんだ。悠のやつ、すごい気に入ってたから喜ぶと思って、だから――」

「あなたのせいなのに、よくこんなことができますね？」

言葉を被せた千鶴に、有村ははっと瞠目した。しかしすぐに眉根をきゅっと寄せ上げ、「奥平さん。それは誤解だ」と毅然とした態度で言い返してくる。

「悠の怪我は、俺のせいじゃない」

吐き出された言葉に、千鶴は咄嗟に「信じられない」と返そうとした。返そうとして、やめた。いつの間にか他人に期待している自分に驚いた。信じていたから、信じられないなんて思うのだ。

　これまで少ないながらも彼の行動を見てきて、なにを信じられるところがあっただろう。この男が悠の彼氏だと聞いたから？　その程度で信頼していたのだとしたら自分は何て浅はかだろう。たったひとつの情報が加わっただけで、その人が変わるわけなんてないのに……。

　千鶴が自省をする裏で、有村が語ったのは呆れるほどよくできた弁解だった。悪いのは結局機械なんだ。悠を傷付けた事件は自分のせいではないし、この運動は社会に必要だからやっている。悠だって理解してくれている。そもそもなぜこうした運動をはじめたか――と、悠の怪我から機械の発展は止めるべきという論旨にすり替わっていくさまには鮮やかさすら覚えた。

「三〇年代に起きた表現の敗北期は、奥平さんも知っているでしょ？」

　有村の身振り手振りが大きくなる。二〇二〇年代に現れた画像生成ＡＩを皮切りに、音楽、映像、文学のみならず、彫刻や舞踊なども機械学習に呑み込まれていった。二〇三〇年代にはそこからさらに過熱し、既存の作品ジャンルに囚われない、新規性のある創作物を出力するＡＩがアート分野への進出を果たすのだが、それら一連のムーヴメントを語る時に「表現の敗北期」という言葉が用いられる。

「もちろん、人の手から創作が解放された表現の独立期という人もいるけどね。でも俺はそうは思わないし、思えない。俺の叔父は作曲家だったんだけど、見事に廃業。個人個人が自分の好きな音楽を望んで生成できるんだ。それもわずか数秒でだよ。人が時間をかけて一曲作っている間に、乱造される創作物に汚染されたんだ。創作者も人にしか創れないものをと躍起になって、結果、奇抜なだけで面白みのないものに傾倒しはじめた。棲み分けなんて意味をなさなかった。だって、多くのユーザーは好きなものが確実に手に入る方を選んでしまうから。人の創作物であるという心的な優位性や、機械への拒絶感だけじゃ、太刀打ちできなかった。それらの感覚は時間とともに目減りして、今ではほとんどないに等しい。特に若年層は手軽でお金も掛からないファストクリエイティブで良いという傾向が顕著だ」

　有村はその後も熱っぽく語った。自分の表現物が機械学習に取り込まれることを拒む芸術家は多くいたが、ＡＩ黎明期の日本は著作権者の許諾なしに学習が可能だったこと。禁止されていたのは生成物を販売、アップロードすることのみだったこと。

「この規制の緩さが日本を生成ＡＩ天国に押し上げ、外資系企業の誘致を生んだ。彼らの収める法人税により政治家は豊かになったけど、日系企業はどんどん外資系企業に買収されていったし、気が付けば街中は外資系企業のロゴばかりになった。そんななかで機械学習の量は閾値を超え、学習の餌だけを提供し続けた表現者たちは痩せ衰えていた」

　奥平さんは、テセウスの船って知ってるかな。

　問われ、千鶴は無言で顎を引いた。

「十年前、ある長寿漫画があった。その漫画の作者は高齢でね、アシスタントも雇っていたけど、体力的に連載がきつくなっていた。そんな時、担当編集はあることを思いついた。手間がかかる背景くらいは、ＡＩに任せてもいいんじゃないかと。相談したところ、作者も頷いた。次いで、トーンも貼ってもらおう。コマ割りも任せようと作業の代替が続いた。その結果、アシスタントは要らなくなり、作者すら必要なくなっていた。それでも漫画の連載は続いた。作者が亡くなったあとも続いたんだ。同じ漫画として、ずっとね。嘘みたいな本当の話だ」

　ああ、なるほど。悠はこの文脈で有村からテセウスの船の話を聞いたのか。

　相槌も必要とせず語り続ける男を前に、千鶴はぼんやりと考えていた。

「ＡＩクリエイティブの問題はそれだけじゃない。絵描きは絵柄を、小説家は文体を、歌手は歌声を、声優は声質そのものを奪われた。まるでそれが公共物かのようにね。ＡＩは仕事のみならず、個性や技術、その人の歴史さえ奪ったんだ。また、それらを利用して販売業界は儲けているのに、表現者自体にはお金が入らず、食べていけなくなった」

　有村の声に力がこもる。

「黎明期に然るべき法整備を進めておくべきだったんだ。ＡＩには芸術性がわからないから、大量に出力されても、結局は人間が良し悪しを判断して選ばなくちゃいけない。最初はそれがＡＩの芸術分野進出への最大の障壁で、この壁を超えることはできないとされていた。けれどすぐにそれは過ちだったとわかった。なにせ個人が、アプリ上で、簡単に、高速でオーダーメイドとリテイクを繰り返せてしまう。障壁を超える必要なんてなかったんだ。判断は人間に任せ、ＡＩはとにかく出力を繰り返せばいい。マッチングアプリと同じだ。条件を指定して、フリックでイエスノーを繰り返せば、いずれ好みのものが手に入る。マッチングアプリだって、アプリ自体が男女の良し悪しを理解しているわけじゃないでしょ？」

有村の熱っぽい瞳に、千鶴はついにコーヒーカップに視線を逃がした。

「その人の嗜好を学ぶから次からは精度も上がる。勘違いしている人が多いけど、ＡＩが人間と同レベルの仕事をするのに、人間を模倣する必要はない。表現を理解する必要はない。現在でもＡＩに人間のような創造性はないんだ。ただ多大な処理能力を駆使して、ありとあらゆる可能性を検討し、手当たり次第にそれらしいモノを生成している。これは人間の創造とはまったく別物で、だからこそ怖いんだよ。人間にはできない手段で人間と同じ結果をもたらすんだ。わかるでしょ？　科学は俺たちから思いもしない方法で文化を奪った。社会的規制、文化的障壁は機械から人間の雇用を守り切ることができなかった」

次に奪われるのは、生活だ。

有村は鼻息荒く、机の上で拳を握った。

「言い分はわかりました。でも、もう変わってしまったんです。社会は不可逆なんです。人類が一度手にした快適さを手放すと思いますか？」

「思わない。だからこそ、一度壊す必要があるんだ」

憤る有村を見て、悠の言った通り、この男はダメなのだと千鶴は感じた。この男は自分に都合のいい悲劇しか見ていない。科学技術の発展や、人類が享受したメリットを脇に置いて話している。たとえば、冷蔵庫だって氷屋からその役割を奪った。車によって人力車は消えた。それらを享受して私たちは生きている。技術の発展によって生まれた職も多い。

もちろん、千鶴だって機械の発展になにも思わないわけではない。しかし、一方に偏重して語るのは傲慢だ。有村は反機械の専門家かもしれないが、科学の専門家ではない。対立する二項を批判するなら、同等の知識と経験を以て、平等に語るべきだ。双方の利益と不利益を天秤にかけ、吟味すべきなのだ。

不変の怒りや恐怖はあってもいい。千鶴にだって消えぬ傷がある。

ただそれは、変化を拒絶する理由にはならない。

受け入れなければならない変化というのは、たしかにあるのだ。

「悠は医療の、科学技術の発展によって救われました」

千鶴は静かに反論を試みた。「あなたはそれも否定するんですか？」

有村は呼吸をひとつ挟み、神妙な顔を浮かべる。それから諭すような口調で、「言いたいことはわかる」と顎を引いた。

この手の反駁《はんばく》には慣れているようだった。

「命を救う技術は別だよ。俺たちは雇用を守るために動いてる」

「医療関係者も多く職を失ったようですが」

「だからね。そうだな。どこから話せばいいかな」

有村は腕を組み、右上に視線を送った。千鶴はこの男とはきっとわかりあえることはないな、とすでに理解していた。有村は英雄気取りの馬鹿に違いないが、語ることは別に間違ってはいないからだ。彼の考えは、あるいはひとつの正解なのかもしれない。しかしその答えの方向性は、千鶴とは根本的に相容れない。正しさは思想の宗教化によってもたらされるものだから、宗派の異なる者たちがわかりあうのは難しいことだと、千鶴は知っている。

もし、千鶴がこの瞬間、机をばんっと強く叩き、

「では今後、悠と同じ状態の人が現れたらどうするんですか？　医療技術がもっと進んでいればと嘆くでしょうね。そしてその人は気付くんです。あの時、どこかの馬鹿が機械を打ち壊さなければ私は脚を切り落とさずに済んだのにって。あなたはそういうことをしている。悠だけでなく人類を傷つけるために自慰行為を続ける気ですか？」

そう凄んだところで、この男は認めないだろう。

あるいは、「思想を否定された」とより頑なになるかもしれない。

有村はその後も長々と語った。千鶴は空になったコーヒーカップを何度か口に運んでやり過ごした。機械を壊したら、医療も衰退するかもしれない。でも、少し巻き戻ったくらいで進み過ぎたこの便利さは失われない。それほどまでに進み過ぎたのだ、と有村は毅然とした表情で主張し続けた。

「まずは主張を通すことが大切。俺はそう思ってるし、信じてる」

「随分と勇ましいですね」

「そういう言い方はやめてくれないかな。人の活動を冷笑するリアリズムしぐさには、正直SNSだけでもうんざりしてるんだ。俺たちは格好をつけるためにこの運動をやっているんじゃない。社会に必要だと思うからやっているんだ」

「そうですか」

「うん。そうだよ。なにもしなくても世界は変わっていく。なら俺は、多少強引にでも、正しい方向に変えていきたい。君だって、社会になにか怒りはあるんじゃないのか？」

「知ったような口を利かないでください」

有村の視線の動きに、千鶴は声を荒げそうになった。

「あなたの正しさは、私とは相容れないということがよくわかりました」

「そうかもね。でも、俺も譲らないよ。主義や主張は、自分を構成する大切なものだ。そこが変わるようなら、それはもう俺じゃない」

「ええ、どうやらそのようですね」

有村の言に、千鶴は荷物を手に取り、席を立った。

「すべてを思い通りに変えてから、こんなはずじゃなかった、なんて言わないでくださいね」

学食を後にした千鶴が有村の見舞い品を持って帰ったことに気付いたのは、次の講義で席に着いた時だった。捨てる訳にもいかず、その日の見舞いはそれを手土産にした。

素直に喜ぶ悠を見て、千鶴の胸には複雑な気持ちが湧いて出た。

その茶葉は、千鶴が普段買っていくものよりも随分と上等なものだった。

二年前—２０４２年　８月

陽射しを吸ったアスファルトは、じりじりと黒さを増しているように見えた。

駅ビルの入口に立つデジタルサイネージでは、実在しない女性モデルが、実在しない声で、新しい日焼け止めを宣伝している。スピーカーからは風鈴と蝉の合成音が流れ、それがむりやり夏を思い出させてなお暑い。都内で蝉をほとんど見なくなったのはいつ頃からだったか。幼い頃はあの喧《やかま》しい声を聞いていた気もする。

池袋駅東口前に立つ千鶴は、蝉の音に耳を傾けながら、落ち着きなく踵を上げ下げしていた。この日のために美容院にも行った。新しく買った薄手のロングスカートも普段は選ばないような鮮やかなグリーンのものだ。少々気恥ずかしいが、以前に絶対似合うと言ってもらったものだから勇気を出した。

ショウウインドウを鏡がわりに身なりを整える。家の鏡ではもう少し可愛かった気がする。家の外の鏡はどうしてこう気が利かないのだろう。そんなことを考えていると、「お姉さん」

と背中に声を掛けられた。「もしかして、誰か待ってます？」

千鶴はその声に振り返る。意図せず口角が上がってしまった。

「待ってたように見えました？」

「うん。見えた」

「ならたぶん、悠を待ってた」

千鶴が答えると、悠は夏空のようにからりと笑った。

「お待たせ」

そう言って、千鶴の肩をぽんと叩き、軽やかに歩き出す。

退院した悠は少し線が細くなった印象を受けた。だが、水面に反射する光のような透明感はまるで損なわれていなかった。それどころか入院生活で色が白くなったぶん、儚げな色気のようなものさえ醸し出していた。千鶴は悠の美しさに圧倒された。隣を歩くのが以前より申し訳なく思えるほどだった。

「ねえ、千鶴、聞いてる？」

「あ、うん。聞いてるよ」

休日を外し、平日の午後を選んだためか、池袋駅近辺の人混みはひどくない。だというのに、千鶴は悠が転ばないか、人と接触しないか、そうしたことばかりに気を取られ、会話をおざなりにしてしまう。良くないとはわかっていつつも、千鶴の視線は過ぎ行く人と悠の足元の間を行ったり来たりし続けている。

　悠は以前好んで穿いていたスキニーパンツではなく、ゆるいシルエットのワイドパンツを穿いている。悠が一歩踏み出す度、裾からちらちらと覗く白い足首が気にかかった。すれ違う同世代の女性たちの足元。ショートパンツ。鮮やかなネイル。涼しげなサンダル。それらすべてが悠を傷つける爆弾のように見えてしかたがない。

「千鶴さ、なんかおかしくない？」

「え、なにが？」

「目、泳いでるし」

　千鶴は「そんなことない」と前髪をさっと梳《す》いて誤魔化す。悠は「ほんとにぃ？」と問うような視線を向けてくる。

　千鶴は追及から逃れるつもりで、「それより、あの男」と口にした。

「あの男？　どの男？」

　悠が顔を覗き込んでくる。飛び込んだ先は袋小路だったことに、千鶴は言ってから気が付いた。だから男女の関係は嫌いなのだ。どこまでを聞いてよいのか、どこからが触れてはいけない領域なのか、経験則でしか測れない。そして千鶴には、その経験がない。

　千鶴がなにも言えず、もごもごと口ごもっていると、察した悠が目を丸くして、「ああー」と呆れたように破顔した。

「やっぱ言っちゃうか、あの男」

　悠はしょうがないとばかりに、有村との関係について語ってくれた。小学校からの付き合いであること。大学に入ってすぐに付き合いはじめたこと。最近はまるで会っていないこと。今まで隠していたのが嘘のように、淡々と教えてくれた。

「ほんと、だめな奴なんだよね。男としてというより、人として」

　じゃあなんで付き合ってるの。千鶴は聞きたくなる。けれど、男女の関係に口を出すことに慣れていないため、うまく言葉を紡げない。最近会っていないのは親のいいつけなのか。それとも今の自分を見せたくないからなのか。それらを訊ねていいものなのかすらわからない。

　千鶴が窮していると、「でもね」と悠が話を進める。

「あの人、とにかく真っ直ぐなんだよ。漫画に出てくるようなヒーローに憧れてるし、なれると思ってる。だから自分が悪だと思ったものは徹底的に糾弾するし、自分が正義だと信じたものは絶対疑わない。途中で諦めたり、主義を変えることも恥だと思ってる。柔軟な挫折より、頑固な撃沈の方が彼の美徳に合うんだね」

「そうなんだ」千鶴は曖昧な相槌しか打てない。

「あと、うちの親厳しいからさ。いろいろ遊びとかを教えてくれたの有村くんなんだ。だからちょっと恩？　そういうの感じてるってのもある」

　有村くん、高校の時、一瞬だけ金髪だったんだよ？　似合わないよね。

悠はビルの壁面に光る電子広告を見上げながら、くすくすと笑った。

「有村くんは、あの頃からなんも変わってないし、変わらないと思うんだ。髪が黒くなっても、似合わないスーツを着るようになっても、これからも、真っ直ぐで、自分のことを利口だと思ってる馬鹿のまま」

だからいいんだよね。悠はまた肩を揺らした。

千鶴は、悠の言う「だからいい」が未だに呑み込めずにいる。

俯きがちに歩いていると、隣から突然、「あっ」と細い声がした。

「……ひさしぶり」

悠が道の先に向けて手を挙げていた。目の前には四人の女性が立っている。そのうちの三人には見覚えがあった。いつの日か、悠と一緒に講義を受けていた人たちだ。悠の周りにいた彼女らは、今、別の人物を囲っていた。

彼女らは悠を見て、一呼吸挟んでから、ぎこちなく「ひさしぶり」と鸚鵡《おうむ》返《がえ》しした。ついでに、ひどく慣れた様子で千鶴を一瞥した。悠といるようになってから、しばしば感じていた視線だ。憐れみでも侮蔑でもない、ただ胸をざわつかせる仄暗い視線。

「悠、退院してたんだ」

「あ、うん。ちょっと前に」

悠が答えたのにあわせて、千鶴を刺していた彼女らの視線が揺れ動く。千鶴にはそれがなにを意味するのかがすぐにわかった。悠も彼女らの探る先がなにかに気が付いているのだろう。指先でスカートの生地をつねっている。

「言ってよ」

「ごめん」

「お見舞いも来ないでいいって言うし」

「……ごめん」

悠が申し訳なさそうに眉尻を下げる。

そう言えば有村だけでなく、千鶴以外の誰かがお見舞いにきた形跡はなかった。

「でも、みんな忙しそうだったし」

そのみんなに千鶴は入っていない。千鶴だって日々バイトで忙しい。その合間を縫って悠に会いに行っていた。複雑な心境だった。尊重されていないのか、気の置けない間柄なのか判然としない。

「だから、迷惑かなって」

しかし、薄く緊張の張った悠の横顔に、千鶴はすべてを呑み込んだ。

悠が彼女らを病室に招かなかったのは、きっと脚を切り落としたことを憐れまれるのが嫌だったからだ。気を遣われ、腫れ物のように扱われ、美しい集団から追放されるのを恐れたからだ。なぜ自分だけが面会を許されていたのか、つまりはそういうことだった。

――私が可哀そうでみすぼらしいから、悠は安心して私を隣に置けたんだ。

「あ、そうだ。今度さ、ゼミの見学行こうよ。そろそろでしょ？」

悠のスカートに皺が寄る。生地をつねる指先に力を込めて、感情を制御しようと試みている。そこまでして会話を繋ごうとするさまは、ひどく健気で、千鶴には苦痛でしかたがない。

「私らはいいよ」

目の前の女たちは淡白に切り捨てた。

「なんで？」

「なんでって」

彼女らは互いにそっと目配せをしてから、不躾に千鶴を顎でしゃくった。

「ほら、奥平さん、だっけ。その子と行けばいいじゃん。仲良さそうだし」

吐き捨てられた言葉に、千鶴の心臓がきゅっと縮む。

――なんでここで私の名前が出てくるの。

「え、なにそれ」

悠も苦し紛れに笑っていた。千鶴の耳は鼓動の音で塞がれ、それ以上会話が聞こえてこない。彼女らが「じゃあ」とか「用事あるから」とか、何事かを残して去っていく。集団で、仲良く並んで。そこに悠はいない。前まで中心にいた悠がいないのに、その集団は以前と変わらず存在している。

千鶴は暴れる鼓動をなんとか鎮め、首を回した。

「あの、悠……」

「笑えるよね。なにあの態度」

乾いた嘲りに、千鶴は息を呑んだ。

「というか、私らも早くいこ。チーズケーキ、売り切れちゃうかも」

歩き出す悠に手を取られ、千鶴は前に踏み出した。

歩調をなんとか揃えながら、千鶴は考えていた。気のせいじゃない。私は知らない間に、悠からなにかを奪っている。千鶴が悠と対等に歩くということは、悠もまた千鶴と対等に歩くということだ。

一度アヒルになった白鳥は、もう二度と白鳥の群れには戻れない。

そんな当たり前のことに、千鶴はようやく気が付いた。

悠が贔屓にしている駅前のカフェに着いても、暗い雰囲気は拭えなかった。ふたりは窓際の席に揃って腰を下ろし、メニュー表を眺めていた。お気に入りだったチーズケーキがメニューから消えたと知って悠はがっかりした様子だったが、「でも、どうせまた来ちゃうんだよね」とさりげなく呟いた。

「だって、ここがいいお店なのには変わりないしさ」

「そっか」

「うん。そう」

次も、私と来るの？　とは千鶴からは訊けなかった。「うん」も「いいえ」も、今は聞きたくない。

千鶴は目移りしたすえ、一番無難なチョコレートケーキを選んだ。気になっていたミルフィーユは写真を見てやめた。こんな崩れてしまいそうなもの、綺麗に食べられない。外見や性格、社会的立場がどうにもならないなら、せめてケーキくらいは一緒に食べても恥ずかしくない友人でありたい。

「私、チョコレートケーキにする」

「あー……じゃあ、私もチョコにしよーっと」

ケーキがくるまで、ふたりは窓の外を見つめながら紅茶を啜っていた。

ガラス一枚を隔てて、池袋の街並みが広がっている。二十年前から推し進められた再開発によって生まれた商業施設は、今では十五年前の古臭いビルにしか見えない。街も新陳代謝している。二十年前の池袋とはまるで違うのに、ここはまだ池袋のままだ。

それが良いことなのか悪いことなのかも、千鶴にはもうよくわからない。

千鶴は今年も夏服を買った。今度は靴下も忘れなかった。

悠の主治医はだいぶ渋ったようだが、母親の一声で外泊の許可が下りたらしい。「提携会社の取締役に言われたら、そりゃ黙るしかないよね。ありがたいけど」と悠は母の気遣いに皮肉と感謝を並べて吐いた。

チケットは悠が親と主治医を説得している間に千鶴が用意していた。一般枠が埋まってしまったため、障碍者特枠で取った。これもまた滑り込みだった。

会場に着き、入場ゲートをくぐる時、悠はチケットの表記にくすりと笑った。

「私、障碍者になったんだね。知らなかった」

千鶴は狼狽えた。「あのね」と弁解の言葉を言いかけるも、悠が先に「ラッキー」と破顔する。

「一般枠だと、なかなか取れないもんね」

その顔に、千鶴はなにも言えない。悠が先にゲートを抜けていく。先を歩く悠が今、どういう表情をしているのかわからない。きっと良い顔はしていないという確信が、千鶴の足を重くした。

フェスは去年と大きくは変わらず、好事家たちで賑わっていた。去年と違うのは贔屓のバンドが初日に出演することくらいだ。「NO ROBOT」のワッペンをつけた人が増えたことや、悠の歩みが遅いことは考えないようにした。

千鶴は度々立ち止まり、振り返った。いつの間にか、千鶴は悠よりも前を歩いていた。悠は腿の付け根を気にしているようで汗もひどい。肩に掛けたミラーレス一眼が揺れる度、悠の顔に皺が寄った。

千鶴はたまらず「大丈夫？」と訊ねた。「歩くの、はやい？」

「そういうの、聞かないでよ」

悠の顔はひどく哀し気で、それでいて目だけは千鶴を責めているようで、千鶴は「ごめん」と短く言うほかない。歩幅を狭め、悠の隣に並んで歩くことを心掛けた。方々で電子花火が上がっていたが、見る余裕はまるでなかった。悠の自尊心を傷付けてしまったかもしれない。その後悔に千鶴の頭はずしりと垂れ下がる。

隣を行く悠が、額の汗を拭う。「人多いなぁ」と小さく笑った。

アリアドネのライブだけを見て、ふたりは日が落ちる前にホテルに戻った。夜の部のライブは今からが本番だ。千鶴は最後まで見るかどうか悩んだが、幸いにも悠の方から「戻ろう」と言ってくれたので、安心して切り上げることができた。続けて悠が放った「充電切れそうだし」という言葉は、肩に掛けたミラーレス一眼を指して言ったに違いなかった
部屋はツインベッドがひとつと、ソファが一脚。室内露天風呂がついた豪勢なものだった。悠の両親が気を利かせて取ってくれたもので、悠自身もかつて泊まったことがあるらしい。
「前はね、お姉ちゃんも一緒だったんだ」
曇りガラスの向こう側からは、ドライヤーの風音とともに、悠が自身の家族について語る声

が漏れていた。千鶴はその声を聞きながら、ハンドクリームを塗り、ベッドに放り出されたミラーレス一眼を眺めている。

　悠の姉の彩は、現在中国の大学院で神経工学の研究をしているらしい。博士課程修了ののち、帰国してシナプスコネクトの研究開発室に勤めるそうだ。両親――特に母の瞳は才のある姉にかかりきりで、できの悪い次女のことなど頭の片隅にもないのだという。

「小さい頃、私、お姉ちゃん子でさ、お姉ちゃんと同じ習い事に通いたいって泣いてたらしいんだけど、結局、違う習い事させられてて。他にも、お姉ちゃんが赤い服なら私は青い服。お姉ちゃんとお母さんは中国語で話すのに、私とは普通に日本語みたいな。露骨な違いつけられてた」

　書斎にだって、私は入らせてもらえなかった。悠は自嘲する。

　それがずっと続くと不思議なもので、姉のようになれないとわかった途端、姉を嫌悪するようになったらしい。絶対似たような人間になるものかと反発し、親のいいつけも破り、できた姉とは違う生き方を模索したのだという。

「お姉ちゃんが本を読んでる姿、なんか様になっててさ。大嫌いだった」

　両親はそんな悠を見ても咎めず、呆れず、ただ無関心を貫いた。

　悠が腎臓を悪くしたのは、その時だ。

「でも笑えるのが、今動いてるこの腎臓、お姉ちゃんの細胞から作ったやつなんだよね。せっ

かく薬たくさん飲んで壊したのに、部品で見れば私とお姉ちゃんはちょっと同じ人間になって
——いやまあ、姉妹なんだから元からだいたい同じか」
脚もお父さんの会社のだし、純度百パーセントで美住製だよ、私。

悠はふっと息を漏らした。実際、悠の脚はシナプスコネクト社製の義肢で、それも市場には出回っていない新型のものだ。悠の義体化のスムーズさは両親の手回しによるものだろう。本来ならＢＭＩ接続の電子義体の手配はもっと時間がかかる。

だからこそ、悠が腐る気持ちも千鶴には理解できた。悠は家が嫌いだ。けれどその家柄によって生かされてきたという自覚がある。寄ってくる友人だって、その多くは悠の背後に見える三本線のロゴに引き寄せられただけかもしれない。

悠が度々世間に毒を吐くのも、ハリボテの正義にひたむきな有村に惹かれたのも、今にして思えば、歩んできた世界への反抗心からだとしか思えない。

完璧に見えた悠にも、完璧がゆえの悩みがあったのだ。

「ねえ、そういえばさ。千鶴にも妹いるんだよね」

「うん」

「仲、いいの？」

「ううん。全然。昔の私より何倍もばかで、見てていらいらする」

反射的に答えていた。妹の朱里とは、もう何年も話していない。千鶴は家を出る気配もな

く、母の言いなりになっている妹のことが気に食わなかった。

「そっか。千鶴んとこも、仲悪いんだ。なんか、安心した」

ドライヤーの音が止まる。脱衣所の扉が開いた。

千鶴は妹のことを意識の彼方に追いやり、湯気を纏った悠を見つめた。

「あー、さっぱりした」

　悠の脚は、しっかりと二本揃っていた。右足の接合部も薄い線が走っているだけで一見義肢とはわからない。シャワーを浴びる間に脱衣所のコンセントで急速充電したのだろう。これで約十時間、悠は自由に歩き回れる。

　またコンビニにだって行ける。

　悠はソファに腰掛けると、ポーチから丸い缶を取り出した。千鶴もそれをちらりと見る。悠はにこりと笑い、缶の表面を見せてくれた。

「手入れ用のオイルを塗らなきゃいけないんだ。面倒だよね。もう慣れたけど」

「私だって、ハンドクリーム塗らなきゃ、手、がさがさだよ」

　言ったあとで、悠は怒るだろうかと不安に駆られる。

「たしかに。同じだ」悠が無邪気に笑ってくれたおかげで、千鶴はやっと胸をなでおろした。

ようやく上手くなったと思った悠との会話が、今では綱渡りのように思えてならない。

「今、千鶴に言われて気付いたけどさ、そういえば私、こうなる前からボディクリーム塗ってたよね」

「うん。塗ってた」

「じゃあ、実はあんま変わってないのかな」

「うん」と、千鶴はまた頷く。

全肯定だね。悠が小さく笑った。

それが皮肉なのかどうかすら、千鶴にはわからない。

「そうだ。千鶴に頼みたいことあったんだった」

悠は無造作にポーチに手を突っ込んだ。見たことのない薬がたくさん入った袋を押しのけ、中から小さな箱を取り出す。

悠の掌にあったのは、安物のピアッサーだった。

「千鶴、開けてくれない？」

「いいけど。いいの？」

「うん。いまさら穴のひとつやふたつくらい、いいかなって」

悠の自虐に慣れた千鶴でも、その言葉には思わず顔が引きつった。

「そんな顔しないでよ。冗談。前から千鶴の耳見て、いいなって思ってたんだ。ね、お願い」

悠が懇願してくるので、千鶴はしかたなくピアッサーを受け取った。悠の願いを拒むなど、千鶴にはできやしなかった。

悠の耳をピアッサーで挟む。悠は少し緊張しているようで、「いくよ」と千鶴が合図すると、「よっしゃ、こい」と唇をきゅっと引き結んだ。

「いっ……たくない」

「意外とね」

力強く押し込んだスライダーが、かしゅっと音を立て、元の位置に戻る。

悠の耳に野暮ったいファーストピアスがついている。これをつけたのが自分なのだと思うと、千鶴は身体の奥底が痺れるような感覚を感じた。

「最低でも一カ月くらいは外しちゃダメだよ。好きなの着けるのは、その後」

「はーい」

悠が無邪気に手を挙げる。その腕の横で揺れる耳たぶを眺めながら、どんなピアスを贈ろうかと、千鶴は胸の内で考えていた。


ホテルの一階にあるレストランへ行こうと、悠の方から提案してきた。充電は済んだはずだ。やはり脚が痛むのだろうかと千鶴は詮索するが、結局のところ頷くほかない。

「千鶴、外側から使うんだよ」

「それくらい知ってる」

「ネットで調べたんでしょ」

「……そうだけど」

テーブルに運ばれてきたヒレステーキに、悠は慣れた手付きでナイフを通した。悠がなにかを食べる姿は様になる。千鶴がそっと「綺麗だね」と呟くと、悠は目をぱちぱちと瞬かせてから「たしかに。断面が宝石みたい」と赤身の肉にフォークを突き立てた。

「うん。宝石みたい」

千鶴は悪戯に成功した気分になって、ちょっとだけ口元を緩ませる。「本当に綺麗」言いながら、見よう見まねでナイフを肉に滑らせる。

凪のような時間だった。昼間の険悪な雰囲気や、湯上りの気まずい空気が嘘のよう。悠はステーキの味にも満足したらしく、「悪くないね」と何度も言っていた。悠の「悪くない」は「すごく良い」であることを、千鶴はもう知っている。それがとにかく嬉しかった。

「今日みたいにさ」

食事を進めていると、悠が不意に呟いた。

「千鶴と旅行して、好きな音楽聴いて、美味しいご飯食べて、開けたかったピアス開けて、こんなに楽しいと、どうしても思うんだよね」

「なにを？」

「天国って、ここよりも良い居場所なのかなって」

「……知らないよ、そんなの」

「ここでいいのになぁ。私、今のままでいいのに」

そうだね。千鶴は短く答えて俯いた。俯くほかなかった。

部屋に戻ってすぐ、悠は寝息を立てていた。ひさしぶりに長く歩いて疲れたのだろう。一方、千鶴は布団にくるまったまま眠れずにいた。今年は酒の一滴も飲んでいないというのに、去年以上に胸が騒いだ。

――私も、ここでいいのに。

カーテンの隙間から覗く町の夜景は、見知らぬ海のようだった。ぽつぽつと浮かぶ灯りは頼りなく、一面の暗闇が千鶴を引き摺り込もうとする。

――今のままでいいのに。

千鶴はきゅっと目を瞑《つむ》った。悠という船に乗って、私はどこまで行くのだろう。どこまで行けるのだろう。こんなに広い世界に漕ぎ出すつもりはなかったのに、今では元いた孤島の影すらうかがえない。

怖くなって、窓から顔をそむけた。隣では、悠が穏やかな顔で寝入っている。その耳には開けたばかりのピアスの穴がある。その小さな穴をなにで埋めれば、私たちはここに留まれるのだろう。今に錨を下ろすには、どうすればいいのだろう。

――もう、なにも変わって欲しくない。

アリアドネのライブが脳裏をよぎった。

昨年のライブ以降、ドラムが変わったままのあのバンド。多くの観客はそれをアリアドネと認めている。一年前、悠と話したテセウスの船の思考実験が頭の中で繰り返される。ひとつの物が、それを構成する部品のすべてが置き換えられた時、過去のそれと現在のそれは同じものと言えるのか否か。

千鶴は視線を滑らせる。布団から少しはみ出た悠の右脚。金属とシリコンでできたあの脚は悠の身体から離れても悠のままだろうか。いや、この疑問自体がすでに答えだ。悠の左脚を見ても、この疑問は起こり得ないのだから。

暗闇の中、千鶴はひとり考える。

私は、悠のどこまでを悠と呼んでいたのだろう。

二年前―２０４２年　10月

フェスの三日後、悠は再び入院した。脚を頻《しき》りに気にしていたから、きっとそういうことなのだろう。千鶴はひどく後悔した。鬱陶しいと思われても、もっと気遣うべきだったのだ。

現状を聞きたくても、面会は許されなかったし、端末も繋がらない。悠の両親が仕向けたことか、はたまた悠の病状のためかはわからない。

悠が入院したまま、季節は秋になった。

悠は大丈夫だろうか。ちゃんと愚痴を吐き出せているだろうか。眠れているだろうか。千鶴は何度も考える。あの人は私がいないとダメだと思い込むエゴは、絶望的なまでに無為な営みだと知ってはいる。それでも千鶴は思わずにはいられない。

——悠は、私がいないとダメだ。

悠の隣には、弱い千鶴がいないとダメだ。悠が悠であるためには、ばかな有村と、可哀そうな千鶴がいないといけない。でなければ、今の悠は安心して悠を続けられない。

そのはずだ。そうであって欲しいとさえ願った。彼女にとって奥平千鶴はそのくらいの価値はある友人だと信じたかった。

千鶴は音楽に浸ることで日々をやり過ごした。夏のライブで発表されたアリアドネの新曲を繰り返し聴いている。メンバーを入れ替えてからも彼らは変わらず活動しているが、そこから得られる喜びが以前のままとは断言できない。

それでも良かった。悠に会った時、あのメロディがいいよねと語ることができるのなら、それで良かった。同じ曲を何度も聴いた。道端で口ずさむことすらあった。音楽を聴きながら町を歩くのは新鮮だった。

キャンパス内でも、千鶴は音楽で耳を塞いでいた。不思議と周囲の視線も気にならなくなっている。思えば、今まで自分は自ら世間の悪意を探しに行っていたのではないか。私が悪かったのではないか。図書館のベンチに腰掛けたまま、そんなことを考えてしまうのは、きっと寝不足のせいだ。手に持った本への集中力も散漫になっていた。

「なに読んでるの？」

うなじに降ってきた声に、千鶴は緩慢に振り返る。

背後には海洋資源学の講師である、平井万里香《ひらいまりか》が立っていた。

「これは哲学の……テセウスの船についてです」

「へえ。奥平さん、思考実験とか好きなの？」

千鶴は逡巡してから「どちらかと言えば、嫌いです」と答えた。平井は「あら。じゃあ苦手の克服ね」と愛想の良い笑みを返してくる。

「私に手伝えることがあるなら、なんでも言ってね」

千鶴が平井と話すようになったのは、夏を迎える前、悠の出欠席について相談したことがきっかけだった。平井はすぐに事情を酌んでくれ、「美住さんの出席についてはどうにかする」と約束さえしてくれた。千鶴は平井のそうした優しさに鼻白むも、その扱いやすさには感謝していた。

「じゃあ……先生は、どう思いますか。この問題」

「そうねぇ。難しいけど、アリストテレスの説から考えてみましょうか」

私これでも学生の頃は哲学を齧《かじ》ってたの。と目を眇《すが》める平井は頼られたのが嬉しいのか、鞄からタブレットを取り出すと、お絵描きアプリを起動した。

いきなり隣に座られたものだから、千鶴は面食らった。

「何でできているか。どんな形をしているか。誰がどのように作ったか。何のために作ったか。いろいろあるけれど、アリストテレスは、テセウスの船で一番重要なのは〝ある事物がどんな形をしているか〟と述べたらしいの。物体の見た目ね。テセウスの船は修繕を重ねたものの、見た目自体は変わらないから同一と言えるだろう、というのが彼の結論」

平井は言いながら、電子キャンバスに一艘の船を描いていく。

「でもそれだけじゃないの。素材を示す質量因から見ると、船の部品は最初のものから取り換えられ、別の素材が使われているため同一ではないと言えるし、成り立ちを示す動力因から見ると、船は当初と同じ技法で作り直されたと考えられるため同一であると言える。もっと言えば、物事の目的を示す目的因から見れば、船として認識できることに加え、テセウスがクレタ島に渡るために使用したという事実は変わらないため、同一であると考えることができるの」

キャンバスの中で船が組み立てられていく。

千鶴は見つめながら、メンバーが変わったアリアドネに当てはめていた。

素材を示す質量因から見ると、元のメンバーではないから同一のバンドではないと言えるだろう。加えて成り立ちを示す動力因から見ると、当初の結成理由から外れた人物の加入ということで、これもまた同一ではないと言える。

しかし、物事の目的を示す目的因から見れば、バンドとして認識できるうえ、アリアドネとして演奏を行うという事実は変わらないため、同一であると言える。

　つまり、同じかどうかの結論は一向にでない。

「じゃあ」

　思考に焦れた千鶴は思わず言葉を挟んだ。

「これって結局、見方を変えたら全部違う結論になりませんか？」

「そう。だからね、要は物事の見方とか、解釈の問題なの。それがどのような在り方かを分解して考え、どの在り方が重要かの捉え方によって、この問題の答えは異なってくる」

「解釈、ですか」

「そう。話はちょっとずれるけど、巷を騒がせている反機械運動にしたって、解釈の問題。彼らは人々の労働を代替している機械を社会から取り除いて、人の手によって社会を再構築しようとしている。彼らが作ったその社会は、はたして同じ社会だと言えるかしら？」

「それは……どうでしょう」

「そう。簡単に断言はできない。結局は自分にとってなにが重要かを理解し、物事をどう捉えるか。どんな物事も、ひとつの見方だけじゃ本質には気付けない。テセウスの船は、きっとそういうことを考える問題なんじゃないかな」

　平井が結論づける。それはもしかしたら最も無意味な回答で、千鶴が一番欲していた言葉かもしれなかった。解釈が自分に委ねられるのなら、これほど自由なことはない。

しかし、どうも釈然としない。

千鶴が思案顔のままでいると、平井はにこりと微笑んだ。

「ちょっといじわるな質問しましょうか。たとえばテセウスの船が、自分だとしたらどうかしら」

「自分、ですか？」

「そう。私たち自身の記憶は日々更新されるし、細胞は新陳代謝して、感情はすぐに移ろうでしょ。たとえば失恋を経験する前と後じゃ、同じ人間なんて言えないけれど、私という個は続いていく。その私を、千鶴さんなら元の自分と思われたい？　あるいは、変わったと思われたい？　難しく考えなくてもいいわ。これは主観の話だから」

「だとしたら、私は、変わったなんて思われたくありません」

「それは、どうして？」

「身勝手な評価を受けたくないからです。たとえ身も心も変わったとしても、それを他人に判断なんてされたくない。私の中で納得できていない状態で、私のことをたいして知りもしないやつに、変わったねなんて言われたくない」

「そうね。ほんとそう。でも、これも大切な視点なの。自分が他者をどう見るか、他者が自分をどう見るか。自分から見た自分は、自我を持つテセウスの船で、その逆もまた然り。この視点があるかないかで、生きやすさってぐんと変わってくるの。特に恋愛なんかはね」

言い終えると、平井は悪戯な笑みを浮かべた。

話をすぐに色恋に持っていくのには辟易したが、頷くところもたしかにあった。

千鶴が鼻の傷を治療した場合、その同一性は保たれるだろうかと考えてみる。刻まれた卑屈さや攻撃性を幸運にも傷痕とともに失ったのなら、それははたして私だろうか。私は何をどこまで失ったら、元の私でなくなるのだろう。

いや、そもそも元の私とはなんだ。私が信じる元の私さえ、もっと以前の元の私がいるはずだ。同一性を神聖視し、現状こそが最上だと、現状維持こそ最善だと叫ぶのであれば、自分が出会った時の悠は、それ以前の悠に劣ることになる。未来の悠は、今の悠に劣ることになる。それは正しいことなのか。そうは思えない。

私が悠を好きになった理由は、はたして不変のものなのか——……。

「奥平さんは、よく考える人ね」

平井の言葉に、千鶴は思考に沈んでいた頭を上げた。

「学習意欲が高くて嬉しい。良い学生だと思う。でもね、もっといろんなことも楽しんだ方がいいわ。美住さんが大変なのはわかるけど」

柔らかな平井の眼差しに、千鶴は咄嗟に言い返せなかった。

「楽しまなきゃ損よ。一回きりの人生だもの。美住さんも奥平さんが笑っている方がいいと思う。ほら、目の下のくまももったいない。せっかく美人なんだから」

千鶴は、ぐっと唾を呑み込んだ。やはりこの講師は苦手だと改めて思い知る。はじめて見た時、嫌悪感を覚えるほどではないものの、わずかな違和感を覚えた。それは冷たいと思って口に含んだ緑茶がぬるかった程度のもので、しかし、人を疎むにはそうした些細なズレで十分すぎるのだ。

「私はね、結構楽しめた方だと思うの」

平井は聞いてもいないのに、昔のことを語り出した。小中高から、大学生活。映画や小説の文化に浸った日々。海外留学で見た野生の鯨。講師を志し、実際になるまでの歩み。

千鶴はそれらを聞き流しながら、この人も寂しい人なのかもしれないと勘繰り、気持ちを落ち着かせようと努めた。生徒への優しさも、嫌われないための処世術なのではないか。常に人目を気にして生きてきたのではないか。そう考えると、隣の大人が途端にみじめな存在に思えてきて、激情は身をひそめる。

「奥平さんは？　昔、どんな子だったの？」

身の上話を終えた講師が訊ねてくる。千鶴は言いあぐね、口を噤んだ。

思い出したくもない、幼少期の記憶。物で溢れた暗いリビング。調味料ばかりで食材のない冷蔵庫。水垢だらけの流し台。千鶴の幼少期の記憶は、母と深く結びついている。

定職に就かない母は金遣いが荒く、新しい男を作っては遊び歩いていた。そのくせ母親面は欠かさないし、授業参観にも必ず出席した。母にとって、母という役割は社会的地位を守るだけの符号に過ぎない。普遍の幸せを求めるような顔をして、その実自分だけがよい。今になってわかる。母は精神的に貧しかったから、要らないモノやサービスに金を使い、寄ってくる男に抱かれることで自己肯定感を買っていた。そんな人に育てられた時間が、千鶴は今でも嫌でしかたがない。

　映画や小説も嫌いだった。貧しかった千鶴にとって「文化」は良いもので、美しいもので、妬ましく、疎ましく、手に入らないものだった。漠然と形のない貧しさに対し、漫画やゲーム、電動ボードなどの文化は形としてあるのがたまらなく嫌だった。

「どうしたの？」

　講師の声にかぶりを振る。「いえ、私は」落とした呟きに引っ張られるように、かつての記憶が引きずり出されていく。楽しかった記憶を探る。わずかながらも、たしかにあった。

　幼い頃、夕食代に渡されていた千円札。惣菜弁当に半額シールがついていると、飲み物の他に、お菓子やアイスを買うことができた。あと何円なら買えるかを計算しながら買い物をするのが、まるでパズルのようで、とても楽しかったのだ。

　哀しいことに、それを力説すればするほど負け惜しみを言っているように感じられて嫌になる。たとえば、講師の留学の話なんかもそうだ。比べてしまえば自分の幸せが矮小化されてしまう。だから千鶴は、いつしか幼い頃の話を誰にもしなくなった。

「私は、まあ普通でした。可もなく不可もなく」

いつものように繕って答える。万人が共有できる幸せなどありはしない。特に過去の幸せは、そのままその人のアイデンティティを形成するものだから、他者に共感を求めることすら傲慢といえる。今の自分は、どうしようもなく、自らが築いた歴史上でしか生きられない。思い出話を語るのは、今の自分を認めてほしいと叫ぶことと同義だ。

千鶴は思索の果てに、一筋の光明を見いだした。

元の私や元の悠を語る時の〝元〟とは、一時の状態ではなく、不変の歴史を指すのかもしれない。簡単なことだった。元なんて言う〝ある一時の状態〟なんて最初からなかった。〝今と地続きの歴史〟こそが人や物を形作っているのだ。

千鶴は、悠が現在に至るまでの人生すべてを受け入れたいと思っていたからこそ、元の悠という幻想に悩み、苦しんでいた。機械になっていく悠を、このまま愛することは間違っていないのだという理屈が欲しかった。

千鶴から伸びる悠への愛は、彼女が持っていた容姿や性格、それらの瑣末で脆弱な要素によって担保されているのではないと断言できる根拠が欲しかった。

今、手に入れた。美住悠が美住悠でいた時間のすべてが、彼女を愛する理由になる。ある一時の悠ではない、今と地続きにいるすべての悠が、悠の存在と千鶴の愛を保証している。

図書館の片隅で、千鶴は愛の真理を知った。

悠のどこが機械になろうとも、千鶴の愛は、揺らがない。

夏のにおいが抜けた頃、悠から一通のメッセージが届いた。「暇」の一文字だけが記されたそのメッセージは、けれど千鶴の気分を回復させるのに十分だった。

新宿行きのバスに乗り病院に向かう。窓の外では雑多な服を纏った通行人の代わりに、揃いのTシャツを着た人々が機械の打ち壊しを叫んでいた。この光景も、もう日常の一部だ。

病院に着くと、目に包帯を巻いた人が車椅子で運ばれていた。再生外科か代替外科の患者か知らないが、身体の機能損失は治療可能になって久しい。先天的に耳が聞こえない人も、後天的に目が見えなくなった人も、今ではある程度のお金と時間を積めば治せるのだ。

科学の発展はたしかに人に寄り添っている。

だからやはり有村は間違っていると、ばかなままだと千鶴は信じて疑わない。たとえどれだけ信頼のおける働き手であっても、それが機械というただ一点で、その信頼を捨ててしまうのはある種の洗脳だ。機械は悪だという刷り込みが、突然現れた鉄製の悪魔だという認識が、彼らの視野に盲点を生み出している。

社会から機械を排斥する必要なんてない。機械に対する信頼は、人類史に出現したありとあらゆる道具や技術、それら発展の歴史によって支えられているのだから。

千鶴が入室すると、「あ、千鶴」と悠が痩せた頰をゆるませる。悠の髪の毛は随分と伸びていた。肩にかからないくらいが好きと言っていた彼女の髪は、今では鎖骨を覆うほどに長い。

悠は少し前に手術をしたらしいが、詳しくは語ってくれず、すぐに今朝飲んだ紅茶のことや、病院食の味気無さについて喋りはじめた。

「知ってる？　病院食って、絶対にこのスプーンで食べなきゃいけないんだ」

「へえ、なんで？」

「なんかね、病人用の食べ物ってさ、減塩食が多いんだけど、このスプーンで食べるとちゃんと味がするの。よくわかんないけど、電流でナトリウムイオンをうまくコントロールしてるんだって。疑似塩味《フェイクソルト》とか、電気塩味《エレキソルト》とか。これ、日本の会社が開発したんだよ。すごくない？」

もう塩いらないじゃん。そこまで言ったところで、悠は不意に顔をしかめ、脚を押さえた。

「痛む？」千鶴はそっと身を寄せた。

「うん。なんかね、幻《げん》肢《し》痛《つう》もさ、頭に刺したやつの電流を調整すればほとんど消えるらしいんだけど、でもまだなんか少しだけ痛むんだよね」

頭に刺したやつ――つまりＢＭＩ《ブレイン・マシン・インターフェース》は、脳信号でものを動かす電子機器だ。悠に関して言えば、脚を動かすという脳信号をＢＭＩが読み取って義足を動かしている。正確に言えば、筋肉に流れる電磁パルスを読んでいる。こうしたタイプの装具は、かつては筋電義肢と呼ばれていた。今はバイオニクス義肢と呼ぶのが一般的だ。

悠の使っているような、脳に電極を埋め込む侵襲式のＢＭＩは手術による感染症、脳の損傷のリスク、電極の経年劣化といった問題点こそあるものの、外部センサーで読み取る非侵襲式

ＢＭＩとは精度の面で大きく勝る。だから、幻肢痛への対応もできるはずなのだ。

それなのに、なぜ――。

「おかしいよね。ないはずの塩味は感じられてさ、ないはずの脚の痛みも感じちゃうんだから。身体ってくだらないよ。なにも本物じゃなくていいんじゃん」

千鶴はそれに何も返せない。話す場所が学食から病院に変わり、悠の身体にいくつかの電極が打ち込まれても、この関係だけは同じだと――本物だと言いたいのに、喉はそのように音を鳴らしてくれない。確固たる答えは手に入れたのに、それを悠に伝えるのはこうも怖い。言葉の不確かさのせいで自分が誤解されるのが嫌で、重くて面倒くさい女だと思われるのが恐ろしい。悠への愛が不変だとわかったからこそ、拒絶されたくない。

「でもね、千鶴。私決めたから」

「……なにを？」

「秘密。結構悩んだし。だからこれは、めっちゃ大きな決断」

悠は口の端を高く上げた。

「私、生きるよ。絶対生きる。なにに縋《すが》ってでもね。これだけは本当」

フェス、また行きたいから。悠が笑うので、千鶴もあわせて笑みを作る。

しかし、悠のこめかみに這っていた脂汗を思い返すと胸が痛む。本当にもう一度フェスに行けるのだろうか。行ったとして以前のように楽しめるのだろうか。

千鶴がそのまま口を開けずにいると、「あ、そうだ」と悠が床頭台の引き出しに手を伸ばしていた。

「これさ、親に持ってきてもらったんだ」

悠は引き出しの中から、鼈甲《べっこう》の手鏡を取り出した。今の悠にはちょうどいい大きさの鏡面だと思ってから、千鶴は無意識に憐憫《れんびん》をかけたことを恥じた。

「小さい頃におばあちゃんにもらった鏡。お気に入りなんだよね」

「へえ、いい鏡」

千鶴が大げさに目を見開くと、「でしょ」と悠は満足そうに顔をほころばせた。

「千鶴。覗いてみてよ」

勧められるも、千鶴は気が進まない。自分の顔を見たくなんてなかった。

一方で、視界の端に映る悠の下半身を意識すると顔を映すくらいがなんだとも思えてくる。この程度なんともない。「ねえ、いいじゃん」と縋る彼女を笑わせられるなら、自分の顔を見ることとなんてわけない。言葉で伝えられないのなら、せめて行動で示したい。

軽く息を整え、覗き込む。大丈夫。毎朝洗面台で見るのと変わらない。

重たい前髪。切れ長で冷たい目。鼻梁を走る傷。

千鶴の顔が鏡に映る。

「――これね、大切なんだ」

千鶴の耳にかかるように悠が呟いた。握った鏡のことを言っているのか、千鶴が意図を酌めずにいると、「扱いづらいけどね」と悠は続けた。

千鶴はようやく意図に気が付いた。「やめてよ」と目を逸らしてももう遅い。悠はおどけた様子で「赤いよ、顔」と千鶴の肩を指先で突いた。

「もう……返す」

千鶴は手鏡を悠に押しつけ、顔を伏せる。悠はけらけらと肩を揺らしてから、ぽつり、「実は来週、また手術なんだ」とさりげなく零した。

「え？」

千鶴が問い返そうとすると、悠は手鏡で自分を見つめ、「あー、やっぱ、千鶴が開けてくれた穴、塞がってきちゃった」と不意に話題を逸らしてしまう。

「ピアス買ってから入院すればよかった」

唇を尖らせる悠の横顔に、千鶴は喉の奥がぎゅっと絞られる。これでは足りない。形のない愛では、悠に安心を与えてあげられない。

千鶴は咄嗟に、自分の右耳に手を伸ばしていた。

「これ、あげる」

「……え、いいの？」

「うん。でも、ちゃんと消毒してからつけてね」

毛糸玉のピアスを片方外し、悠の手に握らせる。

「いやそうじゃなくて、だってそれ、ただのピアスじゃなくて端末でしょ？　電話とか、音楽とかいろいろ。それにお小遣い貯めて買った大切なものだって言ってたじゃん」

「端末は新しいの買うからいい。お金余ってるし。それに大切だから悠に渡すの」

どうしてこういう時、早口でまくし立ててしまうのだろう。千鶴は自身のコミュニケーション能力の低さに辟易する。

引かれたかな。気持ち悪いかな。重いと思われたかな。

千鶴が後悔を募らせていると、悠は「わかった」と頷いた。

「じゃあ、先生に頼んで、ちゃんと消毒してもらう——あ、そうだ。ペアリングはしたままにしといてよ。そしたらさ、千鶴が病室の前まで来たら通知音でわかるよね」

「わかった。悠も、充電切らさないでね」

「うん。約束」

ふたりは見つめ合ったまま頷いた。

悠が不意に、ふふっと笑った。「なんか、ちょっと懐かしいや」

「なにが？」

「こうやって、友達とお揃いのものつけるの」

ね、そうじゃない？　向けられた笑みに、千鶴も咄嗟に笑みを返す。

悠に悪気はない。わかっている。それでも、揃いのものをつけるなど、千鶴にとってははじめてで、その感慨は共有できない。

代わりに、同級生たちがしていたお揃いというやつを、自分も本当はずっとやってみたかったのだと、いまさらながらに気付かされた。お揃いなんて独りでいられない弱虫たちの空虚な連帯だと思っていたのに。こんなに嬉しいなんて。

――ああ、だめだ。

千鶴はきゅっと唇を引き絞った。

悠の言葉はいつだって、私を取り換えていく。

二年前――２０４２年　12月

鼈甲の手鏡を覗いたあの日から、千鶴は悠に会えていない。悠がぽつりと零した「来週の手術」から、長いこと面会謝絶が続いている。連絡も取れていない。なにかあったのだろうかと病院に問い合わせても、個人情報だからと教えてもらえない。

時間を持て余した千鶴は、学食の端に座りながら、有村のインタビュー記事を読んでいた。『機械が変えてしまった未来』と題されたそれは、有村の知識不足を晒すような、粗末極まりないものだった。にもかかわらず、有村の率いる学生運動が勢いを増している現状は千鶴の納得できるものではない。機械産業への投資を推し進める政治を糾弾するため、有村らは渋谷で連日デモを行っている。道路交通法違反や公務執行妨害、器物損壊で検挙者も出ているが、勢いは減るどころか増すばかりだ。

有村たちは機械の破壊こそ容認すれど、人への暴力は決して認めていない。だが、最近はその境目も危うくなっている。ＳＮＳにはどんな機械を破壊したかを自慢する投稿のみならず、機械産業に従事する労働者への脅迫も多く見受けられた。機械だけでなく、その生産者も悪だとする飛躍は後を絶たない。鬱憤の捌け口を見つけた人々の動きは止められず、ネオ・ラッダイト運動は制御を失いかけている。

数日前も、運動による被害を重く見た工業会社が、「人の手でできるところは人の手で」と、飲食店用ロボットに機能制限をかけると発表して話題になっていた。ＳＮＳでは一連の流れを冷笑する者もいるが、もはや日常生活においても看過できない運動となっている。

今では、莫大な導入費やメンテナンス費を必要とする一部の機械の代わりに、人間を雇うことで製造費の高騰を抑えている企業すらあるのだ。

高価な機械の代わりに安価な人が雇われる世の中。

その危機感は有村の叫びによってのみならず、市井に広まりつつある。

かつては根強かった親機械的な論調――たとえば、こうしたラディカルな変化を受け入れ、活用することこそ、非資源国である日本が他アジア諸国を出し抜き、貧国を脱する唯一の方法であるとする説――は、今では下火になっている。移民を多く受け入れ、いち早くＡＩを規制した欧州のような手動生産大国を目指そうという気運すらある。

「奥平さん？」

声を掛けられ振り向くと、そこには渦中の人物、有村がいた。

「忙しくてキャンパス内で昼飯済まそうと思ってさ、そしたら見かけたから」

と有村は聞いてもいないことを口走りながら、千鶴の前に座った。それから思い出したように、「あ、席、良かった？」と聞いてくる。

「別にいいですけど」

悠と親密な関係にあるこの男に「どけ」と言うわけにもいかない。

焦れるような時間が流れた。有村は頼んだカツカレーのルーをスプーンの先でかき混ぜるばかりで、口に運ぶ気配がない。通りかかる知り合いに軽く挨拶しては、またカレーをかき混ぜる。それを何度も繰り返した。

「その本」根負けした千鶴が指を伸ばした。「おもしろいですか？」

「え、ああ――」有村は鞄からはみ出していた小説を手に取った。「科学憎しで読み始めたＳＦだけどさ、今は、うん。すごく好きだ。愛おしいとさえ思うよ」

黒い表紙に白の明朝体。『一九八四年』という文字が、窓から射し込む光に照らされる。

「かつて科学は神を殺したって言われたけど、その科学への深遠な畏怖と無邪気な興味が、人々にサイエンスフィクションを作らせたと思うんだよね。神を殺した科学を人類はフィクションの形で理解しようと試みて、徐々に手懐けようとしたっていうのかな。それがＳＦのはじまりだと俺は思っている」

「そしていま、科学によって生み出されたＳＦ小説は科学によって殺された、と」

「そう。そうなんだよ」

　理解を示され嬉しかったのか、有村の表情がわずかに和らいだ。

「ばかみたいですね」

　千鶴はそんな有村を、一笑に付した。

「本当にＳＦを――創作表現を愛しているのなら、その程度で死ぬわけないって信じるものじゃないですか。あなたの愛はその程度なんですか？」

「愛しているからこそ、心配になるんだろう。航空管制ＡＩの登場で管制官が減ったのとはわけが違うんだ。尊厳の蹂躙《じゅうりん》だよ」

「表現や創作を随分高い位置に置いているんですね。管制官だけでなく、技術の進歩で減った他の職にも誇りや尊厳はあったと思いますが」

「ちがう。俺は感情や人の心のことを言って――」

　有村はそこで言葉を切った。

「ごめん。今日はこういう話がしたくて声を掛けたんじゃないんだ」

頭を掻く。それから神妙な面持ちで、「奥平さんさ」と切り出した。

「奥平さんは最近、悠に会ってる？」

千鶴は訝しんだ。「なんですか、急に」

「いや、悠に会いたいなと思ってさ」

有村はカレーをかき混ぜながら、「大丈夫だとは、信じてるんだけど」と言い添える。

「まだ会ってないんですか？」

「だから前も言ったけど、会わせてもらえないんだ」

有村は苛立ちを隠した声音で言った。

親がそこまで拒絶するだろうか。もしかしたら悠が今の姿を見られたくないから、親に頼んでいるのではないか。まがりなりにも、目の前の男は悠の恋人だ。

「悠の親がシナプスコネクトの社長なのは、知ってるよね？」

その言葉で合点が行った。そうだ。有村と悠の両親はいわば、敵同士なのだ。有村が露骨に拒絶される理由は明白だった。娘が反機械派の青年と付き合っているのは、親機械派の筆頭である彼らにしてみれば気に食わないだろう。

有村は心情を吐露した。理不尽だと。親と主義主張が合わないだけで引き離されるなんて前時代的だと。自分と悠は愛し合っている。それなのに引き裂かれるのは許容できないと。

「悠の親の会社をぶっ壊したら、俺ら会えるのかな」

有村は言ってからすぐに「嘘ウソ。冗談だよ」と笑みを添えて撤回した。

「さすがに、ね」

冗談めかす有村の目の奥には、しかし微かな炎が揺れていた。

「でもやっぱ俺、思うんだ。叫びだけじゃ届かない物事があるって。叔父さんが作曲家を辞めた時も、沖縄に旅行した時もそれを感じた。人にはきっとわかってもらえなくても、たとえ血を流してでも、戦わなきゃいけない時があるんだって」

有村の弁は熱を増した。それは千鶴にというより、千鶴の背後に広がる見えない反対の声に向かって叫んでいるようだった。

ばかだ。この男はばかだと強く思う。そのくせ、なぜ悠がこの男を好きなのかわかってしまった気がした。この男は綺麗だった。千鶴や悠にない透明な心を持っている。自分以外に降りかかる災難に怒りや哀しみを抱くことのできる人間だ。まっすぐ生きてきた歴史が透けて見えるほど、この男は純真無垢だった。

理解すると胸が苦しくなった。悠がこの男を愛するのなら、この男と正反対の私を愛することはないのではないか。この男と自分。悠が最終的に優先するのは、きっと悠にないものを持っているこの男の方だ。

考えると、眩暈《めまい》がした。悠が千鶴以外を求めることは、もはや許容できない。

なぜここまで心が乱れるのだろう。以前なら、こんなことはなかった。悠がいるからだ。悠と出逢ったからだ。悠の隣にいる喜びを知ったからだ。

知るとはなんと残酷な営みだろうか。人は能動的に知識や経験を捨てることができない。それこそ、パソコンのようにクリックひとつでデータを消すことはできない。人を人たらしめる、不可逆で逃れがたい知の呪縛が、今強く、千鶴を苦しめている。

「ごめん。こういう話がしたいんじゃないって言ったのに」

「いいえ。私は別に」

顔を伏せ、曖昧に返す。嫉妬に滲んだ顔を目の前の男に見せたくなかった。

悠と出逢ってから、千鶴の歴史は転換期を迎えた。大きく変わっていく自分自身はいたく眩しく、幸福と同時に手に入れたものはひどく苦い。千鶴はいまもまだ、それらを受け止めきれずにいる。他者である彼女を愛することに躊躇《ためら》いはなくとも、愚者である自分を愛する傲慢さに慣れるのは、未だ難しい。

悠から連絡があったのは、有村と話してからちょうど一週間後の昼だった。毎日送り続けるのは気持ち悪いかなと、二日に一通と自分に課した悠への近況報告。それにようやく返事が来た。

バスの車窓の向こう側はもう赤と緑に彩られていて、クリスマスが近いことが視覚からまざまざと思い知らされた。病院に着いた千鶴は真っ先に悠の病室に向かい、扉をノックした。

「クイズです」

開口一番、悠は言った。「どっちが機械でしょう」

悠はベッドに腰掛け、両足をぶらぶらと弄んでいる。千鶴は悩んだ。人工皮膚をこの距離から見分けるのは難しい。接合部の境界線もハーフパンツに隠れて見えない。

「両方、機械じゃない」

これが正解だと思った。たとえ義肢であっても悠は悠だという意志を込め、千鶴は力強く言い切った。あるいは、まったく違う希望を込めた発言だったのかもしれない。悠はかつて、切断した脚を冷凍保存していると言っていた。それは可能性として、再生医療を用いて脚を治したというサプライズに繋がる。この短期間に再生できるかと言われたら、その事実からは目を背けるしかない。

「ああー惜しい」

千鶴の見当外れを笑うように、悠は指でバツを作った。「正解はその逆です」

「下半身、全部機械になっちゃいました」

悠はハーフパンツのウエスト部分を捲り、腰元の接合部を千鶴に見せつけた。千鶴は唾を呑み込んだ。嫌な方の予感が当たってしまった。

「いやー、まいったよ、ほんと」

悠はぎこちない笑みを浮かべたまま、口を動かし続ける。

これから身体の調子次第でどんどん取り換えが進むらしい。いつもより軽い調子で語る悠の顔が、千鶴の胸をやけに苦しくさせた。

「医者にね、もう子どもは産めないって言われてさ。そうそう。このまえ読んだ本にも、生物は遺伝子が外敵から身を守るための乗り物に過ぎないって書いてあってね。生き物って結局、遺伝子を守って増やす装置なんだって。でもじゃあ、もう遺伝子を残せない私はなんなんだろうね？　生き物じゃないのかな」

　そんな問い、千鶴に答えられるわけがない。

　悠もわかっていて訊いているのだ。わかっていて、それでも吐き出したくて言っている。それが理解できても、千鶴は気まずさに耐えきれず、話題を変えようとやけになる。「そういえば、あの人とは会わないの？」なんて、聞きたくもない質問が口を衝いて出た。

「会えないよ。見てこれ」

　悠は眉尻をくしゃりと歪めて、シャツの裾を持ち上げた。

「お腹にね、パックついてるでしょ。これ、私のトイレ」

　半透明のポリエチレンバッグが悠の腹部に張り付いている。腸と連結している排泄機構がうまく機能していないのだろうか。それとも消化吸収をサポートする腸内のマイクロマシンに拒絶反応が出ているのか。ともあれ最新の義体ならその問題はクリアしているはずだ。

　生体である悠の内臓が既に排泄を行えないほどに弱っているとするなら、人工の大腸を移植する手術も近々あるのかもしれない。千鶴はしたくもないのに、嫌な勘繰りをしてしまう。

「親にも言ってるんだ。有村くんは呼ばないでって」

悠はシャツを着直しながら言った。その発言から、親に拒否されていると語った有村のあれは邪推だったことがわかる。もちろん親も会わせるつもりはないかもしれないが、有村が見舞いを許されない真の理由は悠自身にあったのだ。

「でもね、ほら、これ見て。前に千鶴が持ってきてくれた、有村くん一推しの紅茶。あれに手紙がはいってたの。端末だと履歴でバレちゃうけどさ、紙だとこうして隠して渡したりできるからいいよね」

悠は床頭台の引き出しから一通の手紙を取り出した。

「なにがあっても、絶対に運動を成功させるからって書いてあるの。私、そんなこと頼んだ覚えないんだけどね。でも有村くん、約束破ったことないから。こういう勝手な約束でもさ、破らないでほしいな。そこだけはやっぱ、変わらないでほしい」

饒舌な悠は手紙に視線を落としたまま、柔らかな笑みを湛えていた。

千鶴はこんな時でも有村に嫉妬してしまう自分が憎い。変わらないでほしいと、そのままのあなたでいいと悠に認められる有村がうらやましくてしかたがない。

「ねえ、千鶴」

「なに？」

「有村くん、ひとりじゃなにもできない弱虫だから、私の代わりに背中を押してあげて」

「……うん」

悠が笑うなら、それでもいいと思えた。

千鶴は毎日のように見舞いに通った。顔見知りになった看護師と何度か話すこともあり、精神的に不安定な悠とのコミュニケーションについて、いくつかのアドバイスをもらうこともあった。

ある日、ベッドに抜け毛を見つけた悠が、「これ、千鶴のじゃない？」と訊ねてきたことがある。しかしそれはどう見ても悠の髪の毛で、千鶴は「私、そんなに長くないよ」と笑って誤魔化した。

途端に、悠は今までに見せたことのない表情を浮かべた。

「やっぱ、私かも」

千鶴はあわてて言い直した。その言葉を聞いて、悠は安心したように眉尻を下げる。担当の看護師から注意を受けたとおりだった。悠は抜け毛のみならず、爪を切ることすら怯えているらしい。自分の一部が欠けていくことに、ひどい恐怖を覚えているのだろう。悠が検査の麻酔で寝ている間、短くなりすぎないようにと看護師がこっそりと爪やすりで削っているそうだ。

一度「爪が短くなってる」と大騒ぎしたこともあったのだと。

それでもたまに躁の波が来て、「どうせ機械になるなら、腕増やしてもらえばよかったかな。便利そうだし」と笑ったりする。それはかつての余裕からの笑みではなく、現実逃避の果てにある哀しいものに思えてしまってしかたがない。

「あ、そうだ。ねえ、千鶴」

「なに？」

「これから会話、録音してもいい？」

「いいけど。なんで？」

出し抜けなお願いに驚き、声が上擦った。

「必要なんだよ。たしか、三十時間分くらい」

「だから、なんで？」

「電子音声用のサンプリング。声帯がなくなった時のためにって」

悠が眉を曇らせる。千鶴は問い詰めたことを後悔した。以前のようなやりとりを求めず、黙って聞いてあげれば良かった。

「じゃあ、録音はじめるね。会話途切れるといけないから、順番に質問とかしてこうか」

「うん」と、千鶴は力なく頷いた。

悠との会話の録音は見舞いに行くたびに行われ、三十時間のノルマなんて、すぐに終わりが見えてくる。会話の録音が終わったら、なにを話せばいいのだろう。些細なことであれ、一度はじまったものが終わってしまうと、それ以前のあたりまえがわからなくなる。

とりとめのない話は、すでに録音機材のおかげで成り立っているように思えた。

「じゃあ、次ね」

悠がわざとらしく咳ばらいをしてから言った。「千鶴は私と居て、幸せ？」

その質問に千鶴は短い言葉で答えた。それだけは間違えようもない。問う意味すらないほど、簡単な問い。わかりきっているはずの答えを聞いた悠は、急にぽろぽろと泣き出した。

「私、もう何もかわってほしくない」

悠は千鶴に縋りつき、嗚咽《おえつ》した。

「なにが好きで、なにが嫌いだったのか、それすらわからなくなるのが怖いの。好きだったものも、嫌いだったものも、全部このまま残っていてほしいのに。機械を嫌うばかな有村くんも、有村くんが嫌いな機械も、なくならずにずっと続いていてほしいのに」

千鶴は悠の手を握り、「大丈夫だよ」と囁く。気休めの言葉しか与えられない自分が情けなく思え、それでも悠の手をぎゅっと握ることはやめなかった。

「ねえ、千鶴」

悠は目元の雫を拭わないまま、自ら患者衣を剝ぎ取った。

「お願い。抱きしめて。ちゃんと私の身体があるうちに、感覚があるうちに、全部が取り替えられちゃう前に抱きしめて」

私がここにいるって感じさせて。

窓から射し込む月明かりが、悠の身体を白く照らした。柔らかな乳房が影を描き、鎖骨の下のフェイクタトゥーはすでに跡形もない。微かに香る悠のにおいだけがやけに生々しく、肌は偽物みたいな透明感を保っていた。

千鶴は目を閉じ、悠を抱きしめた。「大丈夫。大丈夫」と、無責任な言葉を発しながら、今そこにある彼女の体温をたしかめた。

「大丈夫。悠は絶対大丈夫」

千鶴は耳元で囁き続ける。悠は、ううう、と呻きとも小さな叫びともつかない声で泣き続けた。その声に千鶴は溺れそうになった。

きつく目を閉じ、深く息をした。千鶴は泣かないと決めていた。人前で泣くのが恥ずかしいからではない。たしかに千鶴は人前で泣くことを忌避しているが、今はその理屈ではない。

これは悠の絶望だからだ。苦しさを打ち明けたのは悠であり、痛みに喘いでいるのも彼女だ。千鶴が泣いてしまえば、悠は次から泣けなくなる。自分の涙が千鶴を泣かせてしまったと悔いることもあれば、常に笑っていなければと自身を縛ることもあるだろう。それではだめなのだ。自分の絶望に泣く人の前で、他者が勝手に涙を流す独りよがりは、卑しいだけでなんの力も有していない。

誰かひとりでいい。私でいい。泣かずあなたに寄り添う人がいるのだと、だからあなたは泣いてもいいのだと、千鶴は悠に伝えたかった。

　だから千鶴は泣かなかった。ただきつく目を閉じて、深く息をした。

　千鶴は悠と似た境遇の人たちの闘病記を読み漁った。患者の心理状況について、コミュニケーションについて、なにか学べるところがないかと手当たり次第に調べ続けた。

　そのひとつに、こんな記述を見つけた。今の技術では、全身の機械化のみでなく、会話から思考をトレースして疑似人格を作ることができるのだと。

　家族が望んで、本人が了承すれば、本人が死んでもその人に似たＡＩが会話してくれる。悪趣味かつ高価だが、一定の需要はあるのだ、とその闘病記には綴られていた。

　開発にはシナプスコネクトも関わっているそうだ。悠が知っているのか、知らないのか、千鶴には定かでない。

　野鳥観察が好きだと語っていたその患者の闘病記は、「もっと人と話せば良かった」と書き残し、二年前を最後に更新が途絶えていた。彼は最期まで身体の総機械化や、脳のトレースについて葛藤していた。

　脳科学の専門誌や精神医療の論文も読むようになった。悠と同じ全身義体になった人は、自己同一性を失い、精神に異常をきたす場合がめずらしくないことを知った。虚言や妄言、繰り返される躁と鬱。身体だけでなく、性格や口調すら、その人でなくなるという。

千鶴は日毎考えた。変わりゆく社会について。朽ちていく悠の身体について。

世界は新陳代謝している。それでも彼女が垢として剝がれ落ちていくのが許せなかった。いつしか有村に対して抱いていた怒りの多くが抜け落ち、千鶴の胸に空いた穴には寂寥が積もっている。いつのまにか自分の心までもが徐々に入れ替わっていることに気付く。はじめて悠を見た時、はじめて悠と話した時、はじめて悠と旅行に行った時、はじめて悠の寝息を聞いた時。すべての心の形や色が同じだとは到底言えない。千鶴は悠のいない生活を思い出せない。

それでも悠へと延びるこの感情だけは不変で、このまま続くと信じている。信じているくせに、いつか悠が全身を義体化させた場合、これまで通りに付き合っていけるだろうかと不安になる夜だけが今は憎い。愛の真理を知ってなお、震える自分が情けない。

悠だけではないのに。千鶴自身も日々社会の波にもまれ、変容を強いられているというのに。傲慢にも「悠が変わってしまったから」と離れゆく愚行なんて許されるはずがない。

大切だ。愛している。それら不変を装う戯言《ざれごと》を幼い頃から信じていないくせに、悠に対する情熱だけは絶えることなく燃え続けると叫ぶ矛盾は、千鶴の中では一貫性を有している。私の感情の向かう先が彼女である限り、千鶴は自己の矛盾に束縛されない。怒りや憎しみ以外の不変などないと諦めていながら、千鶴はたしかに、それら以外の不変の情を胸の内に湛えている。

しかし、それは本当に悠を対象とした場合のみなのだろうか。

悠以外の人間に、悠以外の歴史に、悠に対して抱いたものと同じ感情を抱く未来があるのだろうか。それを考えはじめると、千鶴の思考は途端に時化ていく。無条件に言葉を信じ、無条件で信じてくれると思えるような関係が今後築けるだろうか。

千鶴は今一度、その身に問う――私の愛は代替可能か。

終わりのある色恋や、決別を孕んだ友情などではない。そんな軽いものではない。炎のように熱く、凪のように穏やかなこの感情を、私は彼女以外の誰かに向けることができるだろうか。悠への愛が抜け落ちた心は、他の感情で埋め合わせたとして今までどおりに動くのだろうか。

考えてもなにも思いつかない。ただため息だけが肺から零れる。プラタナス並木は今日も学生のさえずりがうるさい。こいつらの中に悠の代わりがいるなんて思えなかった。軽い眩暈がしてベンチに腰掛ける。甲高《かんだか》い声が耳を引っ掻いた。

「労働を人の手に取り戻しましょう！」

プラタナスの並木の下で騒いでいる学生がいた。千鶴は座ったまま、前髪の隙間からその光景を眺めていた。かつて有村が立っていた場所に、髪の明るい女が立っている。それはいつの日か、有村の取り巻きにいた近江という女だった。

「科学の発展は人を救いません！　今日私たちは、都内で大規模なデモを行います！　どうかみなさんも参加してください！」

多くの通行人はそうするのが当然のように無関心のまま通り過ぎていくが、立ち止まる者もちらほらいた。歩道清掃ロボットは「NO ROBOT」の文字をカメラで認識したのか、音も立てず逃げていく。

しばらく活動を見つめていると、近江は千鶴の視線に気付いたようだ。

千鶴が逃げる間もなく近寄ってきた近江は、ベンチの前に立つと意を決したように「あの」と口を開いた。

「あの、私、近江って言うんですけど」

聞いてない。と千鶴は突っぱねようとしてやめた。ぐるぐると回り続ける思考をとめてくれるなら、今は誰でもよかった。

「たまに、有村さんと話してますよね」

千鶴はふぅと細く息を吐いてから、「それがなにか」と答えた。

「有村さんとどういう関係ですか？」

「別に。友人の知り合いってだけです」

「友人って、悠先輩ですか？」

「そうですけど」

この回りくどい女はひとつ下の学年だったのかと、いまさらながらに千鶴は気が付いた。

「悠先輩とはどういう」と、なおも迂遠な訊ね方をしてくる近江に、千鶴は「あのさぁ」と舌打ちするように言った。

「結局なにが訊きたいの？」

「なにがって……」と近江は一度言葉を濁してから語りはじめた。

それは千鶴の予想した通り、千鶴と有村の男女関係や、それに伴う悠と有村の関係解消が行われたのかどうかに焦点があてられた話だった。千鶴は苛立つ心を抑えつつ、「そんな事実はない」とはっきり告げた。

「なぁんだ。そうだったんですね」

近江は言葉にこそしなかったが、「尊敬する有村がこんな女を選ばなくてほっとした」という本音を表情の端々に浮かべていた。

安心しきった様子の近江は、まるで千鶴はもう敵ではないというように隣に腰掛けた。千鶴が苦い表情をしていることにも気付かず、収穫のあったような笑みのまま「でも、なんかなぁ」と小さく呟く。

「なんか、なに？　聞いてほしいならはっきりそう言って」

「ああ、ごめんなさい。いやちょっと、結局有村さんは悠先輩を振れないんだって考えるとなんかなぁって。ほら、悠先輩ってシナプスコネクトの令嬢じゃないですか。いわば私たちの敵ですし。別れた方がいいって私は思うんですけど」

ああ、そういうことか、と千鶴は呆れる。

その呆れがわからないのか、気付いていても続けたいほど色恋の話が好きでたまらないのか。近江は千鶴の耳にそっと口を寄せると、隠し事を告げるように小声で語った。

「こんなことあまり言いたくないんですけど。悠先輩の会社、実は相当やばいんですよ。人間の代わりを機械で作ろうとしてますけど、でもそれだけじゃなくて、細胞の培養とかして、禁止されてるクローンも作ろうとしてたんですよ」

真面目な顔で語る女に辟易した。まるで陰謀論だ。

ようやく千鶴の呆れに気付いたのだろう。近江は反論するように「嘘じゃないですから」とわずかに声を張った。

「有村さんが飲んだ時に愚痴ってたんですよ。中学生の頃、友人が入院したって。当時まだ未発達だった人工臓器を無理やりいれられたんだって。それってたぶん、悠先輩のことじゃないですか」

千鶴は「へえ。そうかもね」と幼児の妄言をあしらうように頷く。

「本当ですって。その時も有村さんはみんなに嘘だって言われて、証拠を見せてくれたんです。もう読めなくなったインタビュー記事のアーカイブを共有して、ここだけの話だぞって」

近江曰く、その記事にはシナプスコネクトの倫理違反を示唆するような記述があり、世に出る前にシナプスコネクト側が公開差し止めの判断をしたらしい。

「本当です。嘘じゃありませんから。私、この目で見ましたし」

近江は千鶴の興味を惹こうと躍起になっている。人に話を流されることに慣れていないのだと千鶴は勘繰った。「もしかして疑ってます？」近江はどんどん早口になった。きっと今まで「うん。うん」と頷いてくれる優しい人間に囲まれて生きてきたのだろう。まるでわがままな子猫のように鳴き続ける彼女の姿は、千鶴の嗜虐心を刺激した。

「そんな危ないもの、なんで有村なんかが持ってたの？　おかしくない？」

千鶴が挑発すると、近江は「敵が多いんですよ。あの会社」と声を潜めた。

「実は私もまだ持っています。読みたいですか？」

近江は急に勝ち誇ったような表情を浮かべた。千鶴が食いついてくると思ったのだろう。近江の考えに乗るのは癪《しゃく》だったが、本当にそんなものがあるのなら見てみたいと千鶴は思った。

「あなたが読ませたいなら、読んであげてもいい」

千鶴の返しに、近江も一度は苦い表情を浮かべたが、結局はその記事データを送ってくれた。送ってから有村に対する罪悪感が湧いてきたのか、「じゃあ、私もう行きます。今日デモがあるので、その記事を読んで気が変わったら来てください」と口早に言い残し、その場を後にした。

千鶴は近江の姿が視界から消えてから、渡されたデータを開いた。『もう一度ルビコン川を渡る時』と題された記事は、シナプスコネクトの代表取締役社長である美住圭介のインタビューによって構成されていた。

『Think-doというマイクロチップ連動型の思考出力デバイス――頭で考えたことをそのまま実行してくれる携帯端末も登場しましたが、やはりまだ普及していません。もちろん価格の問題もありますが、結局人はまだ端末を身に付けて歩いている。ヒトは肉体機能を外部へ拡張することに長けている反面、機能を内部に埋め込むこと、あるいは一体化することにはやはり忌避感を覚えるようです。新しい機能を埋め込まれることによって、ヒトとしての尊厳が奪われるという錯覚があるせいだと私は考えます』

紙面の美住圭介はソファに腰掛けたまま、作り物めいた笑みを浮かべている。

『しかし、実はそうではありません。そもそも人間の肉体は個人を実行するためのハードウェア《容れ物》に過ぎず、その人自身ではありません。ソフトウェア《性格》、つまり外的環境により形成された思考や思想こそがその人自身、個人なのです。この思考や思想は脳神経の発火パターンという形で読み取ることができます』

冷え切った笑みのうえで、眼光のみが炯々と熱を持っていた。

『無論、ＢＭＩによる脳の半機械化を端緒に、その先にある脳の完全な機械化についても考えています。この問題については、先進諸国でも永らく議論が重ねられておりますが――なにせヒトとはなにかを問う問題ですから。しかし、進む道を決めるのはいつだって今なのです。ならば私は否定の道ではなく容認の道を歩みたい』

千鶴には、写真のなかのその男が、人の親には思えなかった。

『およそ九十年前――一九五六年のダートマス会議から、人類は活発に人工知能について議論を重ねてきました。今では古典的といわれる心の計算理論や、それに紐づくロジック・セオリスト、ゼネラル・プロブレム・ソルバー――いわゆる人間の高度知能《インテリジェンス》を模倣しようとしたシステム論の体系を産みました。これらの研究者は純粋主義者と言えるでしょう。つまり、機械にとって上位存在である人間を純粋に模倣することこそが、よりよい人工的な知能を産むと信じていた人々です。一方、チェスで人に勝利したディープブルーの開発者は、実用主義者と呼べます。今のＡＩ研究は、この実用主義の流れを汲んでおり、ＡＩ《人工知能》という言葉が生まれる前にその概念を説明した計算論的合理性に回帰していると言えます。――言い換えれば、人間知性を模倣するのではなく、機械が得意とする量的な蓄積をもってしてこそ、高度な知能を代替する高速思考処理を実現できると考えている人々です。そういう意味では、私は既存の純粋主義者でも、実用主義者でもありません。人の脳を、精神を、心を解き明かし、人をアップデートする術のために研究をしている開拓者――つまり、ヒトを模倣するだけでなく、ヒトを下敷きにヒトを超える存在を生み出そうという革新主義者なのです』

　千鶴は記事をスクロールする手が震えていることに気が付いた。それはなにも男の言説が過激なためだけではない。もっとなにか、大切な領域が踏み荒らされたような怖れに起因していた。

『話を戻しますが、弊社ではＢＭＩのみならず、人工臓器の使用による精神活動への影響や、前述した脳の完全機械化などについても研究を進めております。ヒトは生来の肉体という檻からどこまで飛び出せるのか、オリジナルの肉体がどこまで壊れてもヒトはヒトでいられるのか。これは来る次世代に向け、ヒトの境界線を知るという意味で非常に重要な研究だと私は考えています。違うハードウェア《肉体》でも同じソフトウェア《人物》が動くのか、またその逆はあるのか――。私はよく過激だと言われますが、この国の不況を吹き飛ばすには、このくらいの革新をもたらさなければならないと考えています。私はそのためなら冷酷な設計者《デザイナー》にもなりますし、多くの物事を犠牲にする覚悟です。人類にはもう一度ルビコン川を渡る時がくる。今度こそ、日本が先頭に立っていなければならないんです』

　圭介は最後にこう結んだ。『国も会社も同じです。国は国民を、会社は従業員を乗せた船に喩えていい。船頭が愚かでも、船体の修繕を怠っても、いずれ沈む。変化を恐れないことが大切なのです。輝かしい歴史は今からでも作っていける。それを私は示したいのです』

　寒空の下、千鶴はしばし放心していた。

　気を取り直すと、シナプスコネクトに関する記事をくまなく調べはじめた。豪胆な口ぶりの圭介の発言とは裏腹にシナプスコネクトは危機的状況にあると書いてある。再建時に多額の出資を行い、現在大株主である米国ビッグテックが手を引くという噂すらあった。

　妻の瞳に関する記事も見つけた。彼女もかつては大手カメラメーカーの令嬢だったが、大学在学中、海外技術の流入と不況のあおりをうけて親の会社が倒産。学費が払えなくなるまで追い詰められ、随分と苦労したらしい。

圭介との結婚後、身を粉にしてシナプスコネクトを一大企業に押し上げた美住瞳は、のちにインタビューで「これは私の復讐劇だ」と語っている。

いくつかの不穏な情報を仕入れた後、また最初の記事に戻ると、思わず呼吸が止まった。

――そうだ。なぜ気付かなかったのだろう。

人類は死を克服したわけじゃない。ウイルスは多種多様で変異速度も速く、現代医療であっても対処がいたちごっこだ。免疫系の暴走も対応が難しいことはわかる。だとしても、なにもあそこまで細切れに義体化しなくてもいいはずだ。

脚、腕、胴と、まるでなにかの境界を探しているような――。

「まさか」

千鶴の全身に怖気が走った。

――部品で見れば私とお姉ちゃんはちょっと同じ人間になって。

かつて悠の語った言葉が耳の奥で再生される。

――悠先輩の会社、実は相当やばいんですよ。

陰謀論じみた近江の与太話が急に輪郭を帯びていく。

世界の骨格が挿げ替わっていく錯覚にとらわれた。有村を遠ざけていた悠の両親は、はたして本当に善人なのか。悠というかけがえのない存在を取り換えるのは、実のところ誰なのか。

本当に変えなければいけないものは、壊さなければいけないものは何なのか。

――こう見えて、私は最新の医療に詳しいの。

悠の母が言っていた言葉が、耳の奥で鳴り続ける。

――何度だって悠に会わせてあげる。

会わせてあげるなんて、まるで決定権は自分にあるような口ぶりだ。

――あの子は私の分身のようなものだもの。

千鶴は震えた。分身という言葉の意味が、あの夜とはまるで違うもののように感じられた。

ここでなにかを選ばないといけない。悠のために、自分のために。しかし選ぶものが何なのか、選んだ先になにが起こるのか、千鶴には確信が持てない。

ただわかるのは、悠を守りたいということだけだった。

有村に会おう。いますぐに。熟考の末、千鶴はひとつの決断を下した。それは悠を守るための、たったひとつの方法だと思えた。

ベンチから腰を浮かせると、随分と時間が経っていたことに気が付いた。鞄を担ぎ直し、一歩踏み出したその時、手首に巻いた端末にニュース速報が届く。

「……うそ」

思わず、言葉が洩れた。

有村の所属する反機械団体『嘆きの葡萄』の幹部複数名が威力業務妨害の現行犯で逮捕され

郵便はがき

料金受取人払郵便

牛込局承認

5517

差出有効期間
2025年6月
2日まで

162−8790

新宿区東五軒町3−28

㈱双葉社

文芸出版部 行

ご住所	〒		
お名前	（フリガナ）	☎	
		男・女・無回答	歳
メールアドレス			

ご購読ありがとうございます。下記の項目についてお答えください。ご記入いただきましたアンケートの内容は、よりよい本づくりの参考とさせていただきます。その他の目的では使用いたしません。また第三者には開示いたしませんので、ご協力をお願いいたします。

書名（　　　　　　　　　　　　　　　　　　　　　　）

●本書をお読みになってのご意見・ご感想をお書き下さい。

※お書き頂いたご意見・ご感想を本書の帯、広告等（文庫化の時を含む）に掲載してもよろしいですか？

1. はい　2. いいえ　3. 事前に連絡してほしい　4. 名前を掲載しなければよい

●ご購入の動機は？

1. 著者の作品が好きなので　2. タイトルにひかれて　3. 装丁にひかれて

4. 帯にひかれて　5. 書評・紹介記事を読んで　6. 作品のテーマに興味があったので

7.「小説推理」の連載を読んでいたので　8. 新聞・雑誌広告（　　　　　　　）

●本書の定価についてどう思いますか？

1. 高い　2. 安い　3. 妥当

●好きな作家を挙げてください。

（　　　　　　　　　　　　　　　　　　　　　　）

●最近読んで特に面白かった本のタイトルをお書き下さい。

（　　　　　　　　　　　　　　　　　　　　　　）

●定期購読新聞および定期購読雑誌をお教えください。

（　　　　　　　　　　　　　　　　　　　　　　）

た。被害を被ったなかには警察だけでなく、市民もおり、ＳＮＳでは多くの人間が機械の打ち壊し運動に対して否定的な意見を上げていた。

翌日、事態を重く受け止めた有村は団体の解散を表明。長く続いたこの運動も終わるだろう。ニュースは静かに、そう告げていた。

現在――２０４４年

現在―２０４４年　１月

池袋駅周辺はひどく混んでいた。破壊された機械が道を塞ぎ、渋滞が発生している。上沼は首に手を当て、軽く息を吐いた。神原はなかなか進まない車に苛立っている。

事件当日、車両盗難の被害届が出ていた。奇しくもその持ち主は、有村や奥平の通う大学の非常勤講師であり、上沼と神原は事情を訊きに行く途中だった。数少ない手がかりを無駄にはできない。

事情を聴きたい人物の最右翼である美住悠には、上沼たちもまだ、主治医の判断で会わせてもらえていない。そもそも悠への面会自体が二年前の事故から厳しく制限されていた。原因は脚を失ったことによる精神疾患だと聞かされている。

義足のおかげで通常の生活はこなせているようだが、シナプスコネクトの提携病院での療養は目下継続中で、今回の件も、恋人の死と母の怪我に強いショックを受ける恐れがあるからと、未だ伝えられていないらしい。父の圭介からも「落ち着くまで負担のかかることはしないでほしい」と睨まれている。

前の車がようやく動いた。またすぐに止まった。

「有村。あいつのせいであと数年はこの調子だろう。いや、勢いづくかもしれん」

神原は棘のある声で言った。

有村は語りつがれる革命者として、不変の地位を得てしまった。反逆者に成功体験を与え、暴力による変化の醸成の可能性を示してしまった。実際、市井の機械への反抗心は高まっているようで、企業も対応に苦慮していると聞く。

しかし、上沼は呑み込めずにいた。有村康生は、なぜ暴動を起こしたのか。彼のことを調べれば調べるほど、その行動に一貫性が見て取れない。

有村康生は文京《ぶんきょう》区本駒込《ほんこまごめ》で生をうけた。父は弁護士で、母は大手外資系企業に勤めるエンジニアだ。経済状況は良く、小学校から私立に通っている。高校ではフランスへの交換留学経験もあり、担任教師からはリーダーシップのある生徒と評判だった。対話での解決を第一とし、暴力に訴えることは決してなかったという。彼のまとめる団体でも、暴力行為を起こした時は事態を重く受け止め、一度団体の解散まで行っている。

その男が、なぜ爆薬を使用してまで訴えを通そうとしたのか。

二十年ほど前から、ネットでは爆薬の製造に関する情報は検索にかからないようになっている。無論、回答エンジンに訊ねても結果は変わらない。その中で有村は、細かい材料からかき集め、人知れず爆薬を自作したらしい。有村がはじめて爆弾を持ってきた時、団体の人間も驚いたようだ。有村はリーダーシップにこそ長けているが、そうした細かい仕事を進んで行うような人物ではなかったという。

「有村は本当に首謀者なのでしょうか。それに、奥平はなぜ協力したんでしょう」

上沼が隣に訊ねると、「さあな」と、神原は首をひねった。

「案外、奥平は有村に惚れていたのかもな。美住よりも役に立つと思われたくて、手を貸したのかもしれん」

「痴情のもつれ、ですか？」

「有村は女に人気があったみたいだしな。その線もあるかもしれんというだけだ」

「しかし、そうだとしても有村は美住悠の恋人です。美住悠は奥平にとって、かけがえのない友人だったと聞いています。奥平が美住を裏切って有村に擦り寄るでしょうか」

「だからだよ。糸は太ければ太いほど、切れた時の反動は大きい。友情だってそうだ。入院中の美住にはできないサポートを奥平がした。有村もそれに感謝し、恋情を向けた。有村と奥平は惹かれ合い、それを疎んだ美住と言い争いになった。それでふたりの仲は決裂。有り得ない話じゃない。実際、取り調べの最中も、奥平は有村を気にする素振りこそ見せたが、入院中の美住を気遣う言葉は一度も吐いていない」

神原の言にはなんら不思議なところがなかった。不思議でないからこそ、上沼には納得ができなかった。あの奥平が、深い哀しみを湛えた目をした彼女が、そんな常識一辺倒の行動をするだろうか。彼女は、そんな一筋縄でいくような人間じゃない。いや、自分がこんなことを思うことのほうがおかしいのだろうか。

自分は一体、彼女のなにを知った気でいるのだろう。

立教《りっきょう》通りのコインパーキングに車を停め、ふたりは寒空の下に出た。大学の正門を潜ると、二対の巨大なもみの木が視界に飛び込んでくる。数日前までイルミネーションを身に纏い、輝きを放ち続けていたのだろう。今は疲れて見える。

上沼はもみの木の足元に鉄製の板を見つけた。『もみの木を残そう！　組織培養プロジェクト』と記された看板だった。疲れているのではなく、死にかけていることを知り、上沼は短く息を吐いた。

看板の下部には細かい文字で組織培養法についての記述がある。芽の分裂器官である茎頂《けいちょう》を切り出し、特殊な培養液で育て、人工土壌に植えて根付かせるらしい。木がもともと持っている増殖力をバイオテクノロジーという先端科学の力で最大限引きだし、新たに生まれ変わらせるのだという。

——死なせてさえもらえないのか。

「おい、上沼、なにしてる。いくぞ」

「あ、はい」

よそ見をしていたことがバレないよう、靴の紐を締め直してから駆け出した。

「はい。車を盗まれたのは事実です」

海洋資源学を教えているという非常勤講師の平井万里香は、知っていることをすべて話してくれた。車は私用車で、たしかに暴動当日の夜に盗まれたそうだ。

「中古の安いものを買った私が悪いんですけど。今は指紋認証だけだとダメなんですね。やっぱり、もう少しセキュリティのしっかりしたものじゃないと……」

平井は頬に手を当て、嘆息した。

「最近は写真などからも指紋がとれますから」

と、上沼は無念そうな顔を作る。

次いで、暴動に関する事情聴取を行った。何か知っていることはないか。少しでも関わってはいないのか。平井は神原の読み通り、ネオ・ラッダイト運動に関して世間が知る以上の情報は持ち合わせていないようだった。

「そういえば、あなたは奥平千鶴を教えていたとか」

上沼は攻め方を変えてみることにした。

「はい。そうです。学習意欲が高くて、熱心な子でした。その熱意が変な方向に行ってしまったのが残念です」

「そうですか。ちなみに、有村康生のことは」

「有村さんとは直接の面識はありません。学部も違いますし、キャンパス内で見かける程度でした。ただ、その、有名でしたから、知ってはいます」

「暴動当日は発破漁で使用される爆薬が使われていました。なにかお心当たりは」

「心当たりというか、以前、講義の中で説明したことがあります。その日は、海洋生物資源について教えていました。話の流れで漁業の歴史に触れることがあって、めずらしい例として、ひと昔前のフィリピンの発破漁を紹介したんです。ガラス瓶に硝酸塩と起爆剤を入れて、導火線で点火する即席の手榴弾を漁師が作っていたんだよと――ああ、そうだ。その日の講義のあと、奥平さんが私のもとを訪ねてきました」

「奥平はなんと？」

「今日の講義の内容が詳しくわかる文献を教えてほしいと。でも、爆薬だったからとかではないと思います。彼女、興味がある分野だとたまに聞いてくるんです。他にも、東京湾の潮の流れとか、海に捨てられた産業廃棄物はその後どうなるのかとか聞いてきましたし。だから、彼女が暴動の手伝いなんて、そんな……」

　言葉の端を濡らす講師に、「そうですか」と上沼は相槌を打った。

　実際、団体の構成員に爆薬の作り方を教えていたのは有村だ。「俺が考えて作った」と声高に喧伝する様子が、関係者の供述から知られている。

　上沼は神原に目配せをした。神原も小さく頷き返す。有村だと暴動に使われる可能性を考慮して警戒されるから、団体歴の浅い奥平を使って情報収集をしたのだろう。

　しかしそんなことをすれば、爆弾製造に加担したとして奥平の罪は重くなる。奥平は、なぜそこまでして有村を手助けする必要があったのか――。

上沼と神原の様子を察したのだろう、平井は「もしかしたら」と言い加えた。

「有村くんが、奥平さんに調べるよう無理強いしたのではないでしょうか。ふたりは仲が良かったようですから。断れなかったんじゃ……」

やはりこの講師も、有村と奥平の仲は良かったと言う。他の人間に聞いてもそうだった。特に暴動直前、ふたりは常に一緒にいたようだ。学内の監視カメラにも、ふたりで行動する様子が度々記録されている。

「ああ、でも」平井が突然呟いた。「どうしたんですか？」と上沼が訊ねると、平井は「いえ、その」と言葉を濁す。

「気付いたことがあれば仰ってください。それが奥平のためにもなります」

奥平のためになる。その言葉に平井は重い唇を開いた。

「一度だけ、奥平さんと有村くんが言い争っているのを見ました」

「それはいつ頃ですか？」

「たしか、秋頃だったと思います。五号館の貸会議室の前で、奥平さんが有村くんの襟首を掴んで言っていたんです」

平井は喉をこくりと鳴らしてから言った。

「いまさらあなたに機械が愛せるのか、と」

プラタナスの木は、葉が落ちて細い枝先を露わにしている。上沼と神原は揃って思案顔のまま、敷き詰められた枯葉の上を歩いていた。

「神原さん。あれ、近江じゃないですか？」

上沼は並木道を歩く人影を指さした。「ほら、情報提供してくれた」

「ああ、テロの直前に団体を辞めたやつか」

近江穂香は、かつて団体の広報担当だった。上沼も神原も直接話したことはないが、捜査資料で素性は知っていた。暴動当日、夜遅くにもかかわらず最寄りの警察署に駆け込み、自身の無関与を涙ながらに訴えたこともあって、捜査班の間では有名だった。

その日、近江は「まさかあそこまでやるとは思わなかった」「私はデモをやるとしか聞いていなかった」「そもそも少し前に辞めているのだから、彼らと同列に扱わないでほしい」と、自己弁護ばかりを並べ立てたそうだ。有益な情報がたいして得られなかったこともあり、担当の捜査員が呆れていたことを上沼はよく覚えている。

「すみません。近江穂香さん、ですね。私、こういうものでして」

上沼が胸ポケットから出した警察手帳に、近江はひどく不満げな表情を浮かべた。厄介な人物と知りつつも、上沼が近江へ声を掛けたのは、少しでも情報を仕入れたいという欲があったからだ。

「どうせ、あの事件のことですよね」

近江はため息を交えつつ、「以前も他の刑事さんに言いましたけど」と何度も念押ししてから、自身の知っていることを教えてくれた。聞くところによると、近江は九月から長期留学をするらしく、その準備のために団体を辞めたらしい。

「別に高飛びするってわけじゃないですよ。あの団体に愛想をつかしたので、他の目標を見つけたってだけです」

「そうですか」

「あ、疑ってます？」

「いえいえ。そんなことは。ところで——これは何度も聞かれていてうんざりしていると思いますが、団体はなぜあんな過激な行動を起こしたのでしょう。有村がなにを考えていたか、些細なことでもいいんです。なにか思い出したことはありませんか？」

「さあ、特には。そもそも私は末端の人間でしたから。言っちゃえば、私なんかいなくてもあの団体は変わりませんよ。他の人が空いた穴を埋めるだけです。だからたぶん、あの役も誰かがやったんじゃないですか？」

「あの役とは？」

「あれ、言ってませんでしたっけ」近江はわざとらしく目を見開いた。「デモをやることを告げられた日、私、有村さんに頼まれたんです。当日、合図をしたら袋を開けてくれって。開けてくれるだけでいいって。よくわかんないし、やばそうだったから断りましたけど——あ、これわざと黙ってたんじゃないですよ。本当に。というか、たぶん私、あの日に言いましたよね？　担当の人が記録し忘れたんじゃないですか？」

「ああ、いえ、それはあの日の調書を見ないとなんとも」

近江は明らかに早口になっていた。重要な情報を伝え忘れていたことが故意なのかどうかまでは上沼にはわからないが、随分と保身に必死な人間だということは理解できた。

「ところで、その袋というのは、どういったものでしたか？」

「たしか、アルミの小さな袋でした。中にシールが入ってて――あの、ドロップ広告とかで使われるやつですよ。街中に貼ってあるじゃないですか。うちの団体も広報用に使ってましたけど」

なるほど。上沼は短く顎を引いた。そのシールのことはよく知っている。十年ほど前に、総務省と大手通信会社が手を組んで広めたものだ。

表向きは広告シールとして活用されているが、真の目的は治安維持の補助――個人端末と紐づいた行動監視にある。公安の監視ドローンが効果的に動いているのも、街中に貼られたこのシールのおかげにほかならない。監視カメラと違って映像や音声こそとれないものの、通信が繋がる環境であれば、特定区域への侵入検知や、異常行動の検知が容易に行える。

実際、人気のない場所で海に飛び込んだ奥平がすぐに発見されたのも、このシールが彼女の異常行動を検知したからだった。

無論、導入前にはひと悶着あったが、結局なし崩し的に世間に浸透した経緯がある。今でも端末購入時に渡される利用規約の隅には、位置情報を含む各種個人情報の収集を行う旨が書いてあるが、多くの者は気にも留めていない。その無防備さが、結局、治安維持に役立っている。

普段は通信範囲を制限されており、災害時には電波の中継器にもなる広域通信装置でもある。個人でも安く購入でき、通信範囲を広く設定することもできるため、登山家やダイバーが遭難対策に持っていくこともある。

だが、有村がそれを近江に渡す意味までは判然としなかった。

「というか、頼んでくる時、あの人本当にみっともなかったんですよ。前はもっとかっこよかったのに、あの事件の少し前から本当にダサくなりました。あの人、影響されやすいんだから、付き合う女を選ぶべきだったんですよ」

「その女とは、もしかして奥平千鶴ですか？」

「……そうですけど」

奥平の名を出され、近江は露骨に眉をひそめた。

「まあ、私の想像でしかないですけどね。たぶんあのふたりできてましたよ。――ああ、というか、すみません。用事があるのでもう行ってもいいですか？」

「ええ。突然すみません。ご協力感謝します」

近江は簡単に会釈すると、足早に去っていった。

「なんか。調べれば調べるほど、有村の株が下がっていきますね」

「だなぁ。意外にも尻に敷かれるタイプの男だったとは。署に戻ったらもう一度奥平の取り調べを――すまん、電話だ」

神原が通話を受けて立ち止まる。その横に立ち尽くした上沼は、なおも納得できずにいた。

奥平が有村の手助けをしたとして、一体それはなんのためだろう。

美住悠は奥平千鶴の無二の親友だった。これは間違いない。奥平千鶴は美住悠の脚を奪った機械を怨んでいた。それもわかる。しかし、そもそもあれはネオ・ラッダイト運動に起因する事故だ。有村が起こしたと言ってもいい。奥平が有村を憎む理由ならわかるが、活動を後押しした理由は依然として摑めない。

奥平の抱えていた憎しみは、有村への恋心に取って代わられてしまったのだろうか。

「――はい。いま平井に事情を訊いたところで……ええ、ええ、美住夫妻がどうかしたんですか？」

神原が上沼へ目配せする。上沼はすぐに捜査用のタブレットを開いた。

画面上のファイルに触れると、美住夫妻の経歴がまとめられたデータが展開された。神原はいまだ何事かを話している。手持ち無沙汰の上沼は妻の瞳の経歴に目を通していた。

美住瞳――旧姓明野《あけの》瞳は、老舗カメラメーカーの令嬢だった。三十年前、スマートフォンの進化と不況のあおりを受けて潰れたアケノフィルムだ。

当時のアケノフィルムには、外資による買収の噂もあったが、経営陣が既存株主から自社株式を広く買い付けることで予防線を張っていた。一族が繋いできた企業ではなくなる危機感、愛着のある社名やブランドを失うことへの抵抗や、上司が外国人になることへの反感があったとされている。

結果として、アケノフィルムは建て直しに失敗し、倒産した。

当時十九歳だった瞳は随分と辛酸を舐めたらしい。親は倒産後すぐに蒸発し、手元に残ったのは、わずか五冊の小説と、多額の負債のみだったと後のインタビューで語っている。京都の大学の経済学部に在籍していた彼女は、かねてより熱望していた中国への交換留学を諦め、学費の工面のために日夜バイトに励んだのだという。

その折、かねてより息抜きに訪れていた大学のＳＦ研究会で美住圭介と出逢い、交際をスタート。当時の圭介は、機械工学の成績こそ優秀だったものの、取り立てて目立つような人物ではなく、流されてばかりの暗い人物だったという。

ふたりは大恋愛のすえに結婚。

瞳が二十四の時に長女の彩を出産、三年後には次女の悠を授かった。

ＳＦ研の仲間によると、学生時代は常に瞳がリードする関係だったらしい。

「この人がこの国の不況を吹き飛ばすの」と圭介の背を叩く瞳の姿を、周囲の仲間はよく覚えていると言う。ビッグテックからの出資に際し、尻込みする圭介を後押ししたのも瞳だったという証言もある。

瞳がこの国の不況と、土地に根付いた意固地な体質を憎んでいることは想像に難くない。その反動か、シナプスコネクトは外国人労働者を多く雇っており、人材の流動性も非常に高い。少しでも結果の出せない社員がいると、すぐに首が切られ、新しい人材が補填される。

これらの経営方針のすべてが瞳の意向だとすれば、まさに冷酷な影の支配者だと言える。対立する組織だが、有村の団体も実は同じような権力構造だったのではないか。つまり、奥平が臆病な有村の尻を叩いていた。そう考えれば有村の蛮勇の謎も解ける。

――だとしても、奥平がそこまでして反機械に傾倒する理由はなんだ？

上沼はにわかに眉根を寄せた。奥平の動機が未だに掴めなかった。

「わかりました。ただちに向かいます――上沼、ちょっといいか」

声に振り向く。神原が神妙な面持ちを湛えていた。

上沼は嫌な予感を抱きながらも、「どうしました？」と首を捻った。

「美住瞳に逮捕状が出た。贈賄だ」

突然のことに、上沼の反応は一瞬遅れた。

「高橋風助からの告発だよ。シナプスコネクトの研究員の」

「高橋風助って、美住瞳を助けようとして、有村の自爆に巻き込まれた男ですよね？」

咄嗟に記憶を漁る。美住瞳はデモ隊から逃げる際、同社の若手社員、高橋風助に庇われるように手を引かれ、運悪く有村の自爆に巻き込まれたと、現場に居合わせた者が証言していた。

「ああ、そうだ。ついさっき目を覚ました高橋は、瞳の悪事を暴露しはじめたそうだ。曰く、賄賂の告発ぐらいでしか今のあの人は捕まえられないとな。今、関連施設すべてを洗っている。随分巧妙にやってたみたいだ。シナプスコネクトの提携機関に協力者を配置し、規制が追いついていない分野の先進研究を個人的に進めていたらしい。会計調査官に金を握らせて補助金の不審な動きに目を瞑らせていたんだろう。技術が完成したら高く買ってくれる組織に裏で売り飛ばすつもりだったのか、あるいはそのまま自社の基幹事業に据えるつもりだったのか」

　上沼は言葉が出なかった。

「臨床試験段階の生体ナノマシンが無断で人体に使用された形跡も見つかっている。いま、入院中の瞳の元にも別の班が事情を訊きに向かっている」

　神原は端末をいじりながら、滔々と話した。

「それだけじゃない。高橋の脳内インプラントから本社ビルのセキュリティゲートを誤作動させたプログラムが発見されたそうだ。但し、実際に使用された形跡はない。サイバー班は、事件前にコピーし、誰かに渡したんじゃないかと推測してる」

「もしや、有村が近江に渡そうとした袋というのは」

「ああ、その可能性が高い。だが近江はそれを断ってるからな――それと、もうひとつおもしろいこともわかった」

神原は端末の画面を上沼に見せた。

微かに見覚えのあるゲームタイトルが映っていた。

「海外製のＶＲゲームだ。高橋は奥平がやっているのと同じゲームをやっていた」

「高橋と奥平に繋がりが？」

「可能性はゼロではない。だが、奥平の端末からはプログラムを使用した痕跡は発見されていない。高橋の協力者が誰なのかは、まだ断定できない状況だ。とはいえ、こうした計画は信頼が命だ。ひとつの綻びや裏切りですべてがおしゃかになる。つまり任せられるのは強固な絆で結ばれた同志か、あるいは知らず知らずのうちに関与させられたやつだけ。いずれにせよ、すぐに絞れるだろう」

額を掻き、神原は細い息を吐く。

「とにかく、高橋が生きていたのは運がよかった。あいつ、心臓の停止にあわせて爆発する極小の爆弾を脳内に埋め込んでいやがった。あのままやつが死んでいたら、セキュリティをハックしたプログラムは見つからなかっただろう」

上沼は言葉を失った。サイバー犯罪が巧妙になっていく社会において、アプリの使用履歴等の電子痕は有用な手掛かりだ。ゆえに完璧に消すことが出来ないように、日本で販売される電子機器にはデータプロテクターを実装することが法令によって定められている。

脳内インプラントも例に漏れない。高橋はそれを知っていたから、物理的な抹消を行おうとしたのだ。反機械運動に携わっていたという証拠を、完全に消すために。

「高橋は、なんでそこまで……」

「さあな。ただ、高橋はよほどシナプスコネクトが憎いらしい。瞳の悪事を暴露してからも、シナプスコネクトの悪口をつらつらと語っているみたいだ」

神原の話からもわかるように、高橋が有村たち反機械派と手を組んでいたのは間違いないだろう。だとすれば、証拠の隠滅も有村の指示である可能性が高い。自爆にわざと巻き込まれ、証拠ごと死ね——そんなことを有村が言うだろうか。

仮に裏で糸を引いていたのが奥平だとして、やはり気にかかるのは、なぜそこまでする必要があったのかだ。奥平は根っからの反機械派ではない。むしろ親友の美住悠を傷付けた有村たちを恨んでいると見る方が自然で、運動のために、高橋にそこまでのことを強いる動機がない。

上沼は、奥平千鶴の人物像がわからなくなっていた。母の千里との確執や、妹の朱里との関係。愛について語ったかと思えば、飼い猫の死の軽さについて説いてみせる。親友の病状は気にしないくせに、有村の生死だけは気にしていた。爆弾の作り方を調べたのも、高橋風助とのＶＲ空間での密会も、有村のためだとするならば、奥平千鶴は愛情深く、献身的な人間ということになる。それは、上沼が実際に話して、奥平から受けた印象とは大きく異なる。奥平は、有村との関係も否定していたし、そもそも人付き合い自体が得意ではないように見えた。

「おい上沼、聞いてるか?」

神原の急いた声に、上沼は曖昧に返事をした。

「寝たきりの瞳に代わり、圭介を署まで連行している。ついでに、次女の悠への事情聴取も取り付けたそうだ。俺たちも行くぞ」

「美住悠、ですか?」上沼の声が上擦った。「なんで、いまさら」

「圭介からようやく面会の許可が出た。これもまた高橋のタレコミでな、娘の病状を偽っていたみたいだ。清田《きよた》の班が彼女を品川署まで連れてくることになってる。上沼、おまえ今から清田に連絡とって情報仕入れとけ」

「わかりました」

先を行く神原の背に目を向けながら、上沼は端末に指を這わせる。「清田さんですか。上沼です。美住悠は――……」すぐに通話が繋がった。電話越しでも向こうの空気は重いことがわかった。上沼はどうしたのかと訊ねた。

『今、美住悠の病室にいるんだが、彼女の病状について、高橋の言う通り、主治医や両親の報告と大きく食い違う点があってな……』

曰く、美住悠は精神疾患で隔離されていたわけではなく、義体化していたのも足だけではなかったらしい。美住夫妻は提携病院を囲い込んで、娘の病状を偽っていた。それは警察側にとって驚くべき情報だった。

『まあ、聞いていたよりも元気ではあるんだがな』

先輩の清田が重たい息を吐いた。『なんと言えばいいか……』

それから清田の発した言葉に、上沼はかちりとなにかがはまる感覚がした。気が付けば思考が溢れ出していた。濁流のような疑念や推測が上沼の脳内で音を立てる。奥平が海の底へ沈めた想い。他人に血を流させてまで、守ろうとした関係。不法投棄を頑なに認めない理由や、有村康生を手助けした理由。それらすべてが組み上がり、ひとつの歪な形となった。

上沼は死ねないもみの木を探して首を回した。手に入れた真実の重さと、彼女を不法投棄の容疑者として起訴せねばならない事実に、鈍い頭痛と眩暈がした。

○

私は私。それは何年経っても変わるはずのない事実だ。

千鶴は今も、そう思っている。私は私だ。悠が悠であるのと同様に。

はじめて悠を見た時も、千鶴は後ろ向きな意味合いで、その呪文を唱えていた。私は私。びっくりするくらい肌がキレイで、人望があって、家がお金持ちで、笑顔が可愛い彼女ではない。私は私。憎たらしいほど完璧な悠ではない。

最初は、その残酷な事実に傷付いていた。悠みたいな人間に、千鶴はなることができない。悠の周りは、有村含め、留学も親の金で行くような人間ばかり。そのうえ早熟で、恋や遊びもたくさん知っている。にもかかわらず、文化資本に裏打ちされた教養のおかげで下品にみえない。そんな人間に、千鶴はなれない。

だから反骨精神ばかりが肥大化して、私だけは変わってやるものか。環境に恵まれただけの馬鹿どもと一緒になってたまるか、と意固地になっていた。

けれど、悠と過ごすなかで、千鶴は、私は私のまま変わっていくこともできるのだと知った。悠のように美しくはないけれど、有村たちみたいに豊かではないけれど、私には私だけの利点がある。悠は悠自身と親友にはなれないし、裕福な有村には、千円でどれだけたくさんのお菓子が買えるか諳《そら》んじて、悠を笑わせるなんてことはできない。

そしてどちらも、病院のベッドで泣いている悠の背をさすることはできない。

千鶴は、前向きにその呪文を唱えることを知った。何を得ても、何を捨てても、私は私。悠の一番の親友で、替えの利かない私自身。悠が悠であるのと同様に。

いつからか、千鶴の周囲を歩く名もなき敵は、明確な人間になっていた。私と同じ人間。ただ趣味嗜好が違って、憎くて、嫌いで、一生仲良くなることのない人間。なんてことない。互いの差に怯える必要なんてそこにはない。

悠を救うために、千鶴はそんなやつらと話すことも増えた。共通の話題がなくても話は続くことや、それはたいてい居ない人の悪口だということを学んだ。

恋愛の話なんかもした。かつては気後れして聞けなかったようなこともすらりと聞けるようになった。適当に話を振って、適当に相槌を打てば、相手は恋人の良いところと悪いところを交互に言って盛り上がる。「私の彼もさぁ」と反応は連鎖し、会話は勝手に繋がっていく。化学反応と同じだと知った。適切な話題を適切な人に振れば、狙った反応が起こる。それに、恋人や友人なんていうのは普通の、所詮たいしたことない関係で、自分や悠のように特別ではないことも知った。

彼らは同じ人間。だけど私ではないし、私の大切な悠でもない。

だから千鶴に罪悪感はなかった。使えるものを使ってなにが悪いとさえ思っていた。

きっと、千鶴が悠のためにそこまではしないと警察も高を括っているだろう。関係性に勝手な序列をつけ、恋は友情に勝るのかなどと考えている。千鶴と悠の間にのみ存在する繋がりを、この胸で燃える無二の感情を、彼らは決して理解し得ない。

わかってもらう必要もない。この世界で、千鶴と悠だけが知っていればいいことだ。

「義さん、ここは自分が」

ふいに、まどろみが破られた。「義さんは美住のところへ」と続けて聞こえる。

ああ、また刑事が来たのだ。

千鶴は手が濡れていないかを再確認し、そっと背筋を伸ばした。留置所から取り調べ室に移る間に、留置管理官に頼んで手洗いに行かせてもらっていた。

「入ります」

ノックとほぼ同時に入って来た若い刑事の顔色は、案の定、青ざめていた。

彼は席に着くなり細い息を吐いた。目元は強張り、手も震えている。

「奥平さん」声すら震えていた。

「もう一度聞きますが、あなたは有村がどうして暴動を起こしたのか、その考えまではわからない。そうですね？」

ええ。千鶴は頷いた。嘘は言っていない。千鶴は有村康生が有村康生で居続けるためのヒントを与えただけだ。結局、行動に移したのは彼自身にほかならない。

「そうですか」

若い刑事はそれきり口を噤んだ。狭い部屋の静寂は耳に痛い。窓の向こうの散りゆく枯葉に、千鶴が口を開こうとすると、若い刑事が先に切り出した。

「では、聞き方を変えます」

嫌な予感が脳裏をよぎる。千鶴は空になったズボンのポケットをそっと撫で、息を整えた。

「あなたは、あなたの考えのもと暴動を計画した。自爆テロの首謀者は有村ではなく、奥平千鶴さん、あなたではないですか」

若い刑事の言葉に、千鶴は目を細めた。

「奥平さん、あなたは以前、有村康生は生きているか、と私に尋ねましたね。あれは彼を気遣った発言などではなく。むしろ、彼の死を願うものだったんじゃないですか？　美住悠の両親の生死を確認してきたのも、同じ理由なんじゃないですか？」

千鶴はただじっと、目の前の男を見ていた。彼は千鶴の積み重ねた時間の意味に気付いているようだった。

「もうひとつ質問です。あなたは、高橋風助という男を知っていますね」

その質問に、千鶴は静かに顎を引いた。

「シナプスコネクトの研究員です。彼の脳内インプラントから、シナプスコネクト本社ビルのセキュリティをハックしたものと同様のプログラムが発見されました。彼のインプラント内で実際に使用された形跡はありません。つまり、団体関係者の誰かに渡した可能性が高いということです。ですが、我々が調べたなかでは、あなたを含め、プログラムの使用履歴を持つ団体の構成員はいなかった」

「そうですか」

「先日、あなたの実家へ行きました。妹さんにお菓子を送ったそうですね」

「はい。喜ぶと思って」

「大学進学を巡って、妹さんが親御さんと争っていることを知っていますか」

「はい。電話で聞きました」

「あなたが下ろしたお金は、団体の活動資金ではなく、妹さんの進学資金ですね。妹さんからの見返りは、なんだったんですか？」

千鶴は感心した。彼の瞳には哀れみの色が濃く滲んでいる。それは千鶴が隠した真相に気付いていなければ出ない色だった。

「奥平さん、改めて聞きます。あなたはたしかに、有村の考えなど知らなかった。そもそも有村の考えなんてどうでも良かったんです。あなたは、あなたの考えのもと――いや、美住悠の願いのもと、有村に爆弾をかかえさせた。反機械運動さえ、実のところどうでもよかった。無関係の高橋や妹さんまで巻き込んで、あなたがあの暴動を計画したのは、美住悠さんのためだった。違いますか？」

――ああ、ようやくばれたんだ。

思うと、張り詰めていた糸が少し緩んだ。

「奥平さん、あなたは間違いなく愛情深く、献身的な人間だ。起こした行動のすべてが、美住悠さんのためだった。不法投棄だけを否定する理由も、おそらくは――」

「刑事さん、私は可哀そうですか？」

その問いに言葉は返ってこないが、千鶴は満足していた。若い刑事の視線と、室内に訪れた沈黙が答えだった。奥平千鶴は、他人から見て、ちゃんと可哀そうな人間のままだ。

――よかった。さっきお手洗いに行かせてもらっておいて。

千鶴は安堵した。ポケットに隠していた弾丸は、今はすでに胃の中にある。

「悠は、馬鹿な男と、可哀そうな女が好きなんです」

千鶴はゆっくりと息を吐いた。

「他の人にどう見られようが、なんと言われようが、証明したかった。私はなにも変わらないって。この気持ちは揺るがないって。そのためなら、なんだってできた」

千鶴はぐっと唇を引き絞り、こみあげてくる熱いものに蓋をした。

「私たちを思い通りにできると思っている親が嫌いで、自分の役割から逃げようとする有村が許せなかった。だからです。私は信じるという行為を信じていません。私は有村を、悠の両親を、この世間を信じられなかった。悠を奪おうとするすべてが許せなかった。それだけです。いけませんか？　私はただ守りたかっただけです。私は――」

悠と過ごした最後の時間が、喉の奥にたしかにある。

それを吐き出すには、まだもう少しだけ、猶予がほしかった。

一年前――２０４３年

一年前――２０４３年　５月

「どうぞどうぞ。こちらの席に」

おどけた調子で椅子を引くと、彼女は苦い表情を見せた。

そんな顔しないでよ。と有村は軽口を叩きたくなったが、彼女にはそうした振る舞いは逆効果だと知っていた。肩をすくめて反省の色だけを示す。彼女は、重たいため息を吐いた。

昨年末の幹部メンバーの逮捕に伴い、団体は一度解散の憂き目にあった。有村自身もほとぼりが冷めるまでは反機械運動を休止するつもりだったのだが、そこに現れたのが彼女、奥平千鶴だった。千鶴は失意の有村を呼びつけるとすぐ、「今、団体の活動を止めるべきではない」と強く進言した。

「ここで止めたら、悠が怪我をしただけで終わってしまう」

当初は彼女の言葉を素直に受けとめられない有村だったが、何度も強く言われることで、いつしか千鶴の言葉が正しいと思うようになっていた。いや、正確には動き出す言い訳をようやく呑み込めたのだ。世間からのバッシングに心が弱った有村は、千鶴の言葉に背を押されないと動き出せないほどには疲弊していた。

有村は自らを奮い立たせ、彼女の提案のとおり団体名を変え、ロゴやＨＰもリニューアルし、団体を再始動した。それが三カ月前――二月のことだ。

「さて、今日もやっていこうか」

顔を上げ、室内を見渡した。キャンパス内の貸会議室は以前よりも空白が多い。しかし落胆している暇はない。数こそ減ったが熱のある人材も残っている。一部そうでない者もいるが、今はとにかく声を上げてくれる人手が欲しい。上っ面の熱量でも構わなかった。

たとえば、有村の対角線上に座る近江穂香という女性は、その最たる例だ。

有村には言い寄ってくる女が複数いるが、近江穂香もそのうちの一人だった。近江のような有村に言い寄ってくる女の多くは、彼の行動の恩恵にありつこうとする残飯喰らいに過ぎない。それは有村自身も理解している。みな苦労しているパートナーを助ける自分に酔っており、目標や能力のない自分の人生を有村に仮託している。無論、彼が一発当てれば、その恩恵に与かる目算だろう。自分には能力がないとわかっているから寄生する。

有村は彼女らのそういう怠惰な貪欲さに感心したし、呆れもした。他人に寄生してまで空虚な自己実現を望み、社会からの空疎な承認を求める姿は滑稽ですらある。

今思い出してもやりすぎだろうと笑ってしまうのだが、近江は団体に加わる時の面談で、目を潤ませながらこう言ったのだ。

「高校を出て、世間を知っても自分たちはそれなりに無敵で、代わりなんていないと信じていました。けど就職を控えた今思うんです。自分たちの代わりは、飽きるくらいに存在しているって。それも人じゃなくて、血の通ってない機械なんだって。私、悔しくって」

有村は、良い心意気だと思ったし、浅はかだとも思った。きっと優しい人間に囲まれて暮らし、社会の競争や刺激を知らずに生きてきたのだろう。

　こうした純粋さは武器になる。支援をしてくれる上の世代は、こうした純粋無垢な若さの暴走を期待している。有村は近江を受け入れた。ちょうど一年前のことだ。年末の解散の折に近江との縁も一度切れたが、「君の力が必要だ」と声を掛けたらすんなり舞い戻って来た。

　近江は今も欠かすことなく、それも自発的に、日々の活動をＳＮＳで発信してくれている。もちろん、被写体として「頑張る私」を映すことも忘れない。

　有村はこうした人材の扱いに長けていた。自分も一度は通った道だからだ。

「かつてロンドンの法廷弁護士がこんなことを言った。残念ながら政治家の発言は魂のないロボットのもののように聞こえることが多い。そして今や、魂のないロボットが政治家のように話している、と——。それでいいのかな？　ぼくらの未来を、そうした魂のない人たちに任せちゃっていいのかな？　俺は、よくないと思う」

　今日も近江のような人間が奮い立つ甘い言葉をかける。生簀《いけす》の中の魚に餌をやるように、肥えすぎないよう痩せすぎないよう、適切な熱量《カロリー》をばらまいていく。

　演説が佳境に差し掛かったあたりで、後方の席のひとりがほくそ笑んだ。彼女は、奥平千鶴は有村のそうした策謀や浅はかさを見抜いているようだった。

「結局は、ジョブ《仕事》とタスク《作業》の問題なんだ。機械はジョブ《仕事》自体を破壊することはなく、タスク《作業》のみを補完する存在と言われていた。けれど今はジョブ《仕事》自体を奪ってきている。僕の父親は弁護士なんだけど、昔やっていたような書類の整理は機械任せになっていて——その方が利益率がいいからなんだけど、今はほとんど出廷するのみになっている。かつて整理を任せていた新人弁護士は雇用を失った。つまり、タスクを補完することは、究極的にはジョブ自体を殺すことになる。言いたいこと、わかるかな。かつては人の代わりが機械だった。今は機械が代替できないお零れを人がもらう状況になっている」

喋っていると、千鶴の表情が気になってしかたがない。彼女は弁が立つ。頭も切れる。言葉の暴力性や脆弱性を深く理解している。出逢った当初は、思春期の脱出に失敗した冷笑主義者だと信じて疑わなかったが、いまは違う。彼女は冷静で理知的だ。

有村はそんな千鶴のことが苦手で、自分よりも聡明な彼女に焦がれてさえいた。

「それだけじゃない。回答エンジンの登場により、知識の価値すら下がった。そのせいで、勉強しても無意味、考えるだけ無駄という思想が広まってしまっている。今、支配階級にいる人間は笑いが止まらないだろうね。ぼくらは武器である思想や言葉を、自ら投げ捨ててしまっているんだから」

強い言葉で問いかける。千鶴の表情がなおも気になった。

「そんな状況において、資本家たちは仕事の属人性を剝ぎ取って、道具である機械に生産性の中核を担わせようとしている。するとどうだろう。多くの労働者はスキルも身に着けられず、気付けば低賃金の仕事しか得られなくなる。この流れはこれからもっと大きくなるだろう。そしてその流れに最も影響を受けるのは、これからの世代。学生であるぼくたちだ」

千鶴の顔を見ないようにして話を続けた。

「だから、今、声をあげなくちゃならない。たしかになにも変わらないかもしれないし、ぼくらの活動を間違っていると言う人たちからの視線は痛いだろう。でも、胸の内に抱えたわずかな違和感を、声にせずに死んでいくのは健全じゃない。正常じゃない。だから、今、声をあげるんだ。たとえバッシングを受けようとも、あげなくちゃいけないんだ。こんな話を周りにしても、笑われるだけだろう。すでに笑われた経験もある人がいるはずだ。ばかげていると。そんなことはないと。でもはたして本当にそうなのかな」

有村は大袈裟に右の拳を握った。

「ネットで僕らの活動を嗤う人たちに、なぜ反機械が間違っていると思うんですかと、訊ねる。すると多くの人はこう答える。ネットのみんなや、社会の空気、回答エンジンがそう言っていたからと。つまり、人々はもう、自ら思考できていないんだ。回答エンジンから得る情報や、それによって醸成された世論が世界の真実だと思っている。でも、そうじゃない。ＡＩに学習させるデータを偏らせることで、回答エンジンに特定の答えしか返さなくなるように調教することもできる。僕らのような反機械派は悪だと答えさせることもできる。これは紛れもない思想誘導だ。僕らはすでに誰かが選んだ情報しか手に入れられない状況にいる。これはまさにジョージ・オーウェルが描いた真理省に他ならない！　いまここが、紛れもないディストピアなんだ！」

　空いていた左手で、机の上に置いていた小説を掲げた。

「取り戻そう。自由と尊厳を。文化と労働を。ぼくらの手に」

　有村はいつものように声を震わせ、演説を締めた。

　自然と拍手が沸き起こる。

　その熱を受け取っていないのは、千鶴だけのように思えた。


　定例会の終わりに、一本の電話が入った。発信者は会を欠席したメンバーのひとりで、電子工学に長けた院生の男だった。有村は端末から流れてくる彼の声を聞きながら、「ああ、なら、しかたないですね」と唇を噛んでいた。今日は支援団体のお偉方との食事会があるので彼の知見を借りたかったのだが、彼は「外せない用事があるから」と断りを入れてきた。

「こっちは大丈夫ですから。はい。気にせずに」

　有村は責めたい気持ちを抑え、通話を切った。少し前までは熱心に活動してくれていた人物だった。それが就職活動云々で逃げようとするなんて……。

　最近は連絡のつかない者も多い。関わりを断たれているのではないかと不安になる。彼らが悪いわけでもない。もしかしたら自分のカリスマ性が低いせいかもしれない。それでも「なんでだよ。ふざけんなよ」という虚しい怒りばかりが湧く。自分よりも頭の良いやつが抜けていくのが怖かった。まるで自分の無力を見透かされ、見捨てられたようで――……。

「また逃げられたんですか？」

肩を落とす有村に、千鶴が声を掛けてくる。

「ああ、うん。まいったね、人望ないのかな、俺」

「そんなこと、前からわかっていたことじゃないですか」

いつもの明け透けな物言いに、有村の口からふっと息が漏れた。

「わかってるんだ、周りがなんて言ってるか。焦り過ぎだとか、そこまでしなくていいとか。有村には我慢が足りないとか。でも世の中には百点じゃないと零点とみなすやつがたくさんいるからさ。こっちも必死なんだよ。たとえ九十九点でも世間は取れなかった一点を叩くんだから、やれること全部やらないと」

「なんか、怯えているみたいですね」

「いや、もうハラは括ってるよ、ただ空しいだけ。みんな最初はさ、真剣に聞くふりをしてくれるんだ。でも結局、彼らは運動そのものの理念じゃなくて、運動に加担することで得る利益を見ているんだよね。人脈を広げるとか、なんか世界を変えている気になれるとか。それこそ誰かさんみたいに、ＳＮＳで応援されて承認欲求を満たしたいだけってやつもいる。利益の出ない泥臭い話をすると、めんどうそうな顔をするし、利益がなくなったら離れていく。なんだかな、ほんと」

壁にもたれて項垂れる有村に、千鶴は「当たり前でしょ」と苦笑した。

「あなたのいう利益の出ない泥臭い話は、あなたが利益を得るためにみんなに苦行を強いているということなんだから」

「まあ、たしかに」

有村は言い返せず、またも息を漏らす。

「じゃあ、奥平さんがこの活動で得る利益も知りたいな。俺が強いる苦行の果てに、君は一体なにを手に入れるのかな」

有村としては反撃のつもりだったのだが、彼女はまるでなんてことのないように「私は別に苦行を強いられていると思っていないので」と淡白に答えた。

「そうかい」

有村は言葉の真意が摑めないまま、わかったふりを装った。悪い癖だった。小さな自尊心は、いつだって有村の視野を狭めてやまない。

「そんなことより、人がいないなら私がいきましょうか」

「え、いいの？　奥平さん、飲み会に顔を出したことなかったけど」

「いいですよ。活動のためなら。それに今日はシナプスコネクトの人も来るんですよね」

「ああ、うん。シナプスコネクトのやり方に不信感を抱いている中堅の研究員でさ、俺も初めて会うんだけど、なかなか気難しい人らしくてね。どう口説こうか迷っていたところなんだ」

「そうですか。でも、引き込めたら心強いですね」

千鶴の横顔を見つめながら、有村は今一度、その真意を推し量ろうとした。

なぜ彼女は自分の手助けをしてくれるのだろう。悠の怪我を無駄にしたくないという理由だけで動けるものだろうか。彼女は一体、俺になにを求めているのだろう。

有村には結局わからなかった。わからないことも認めたくなかった。


支援団体との会合は新宿の会員制バーで行われた。

白髪の老人は未だかくしゃくたる様で、若者たちに熱弁を振るっている。

「政府は機械化の影響で失業した者への補償を持ち出した。でもいいか、そもそも政府が機械化を推し進めなければ補償なんてものは必要ないんだ。私の好きな作家がこう言っている。政府が得意なことはたったひとつ。それはあなたの足を折って松葉杖を渡し、政府がいなかったら歩けなかったでしょうと手を差し伸べることだ、とね。そしてその松葉杖のレンタル料は年々あがる。どうだい？　許せるかい？」

「もちろん、許せません」

有村はいつものように優等生の返答をする。だが、自分だってそこまで馬鹿じゃない。支援団体の思惑は簡単に推測できる。彼らがネオ・ラッダイト運動を強く後押しするのは、ネガテイブイメージによりロボット工業業界の景気を下げ、発生した大量の失業者を自らの福祉団体に取り込むためだ。困窮者支援の実績を作り、更なる助成金や募金をかき集めることが可能になる。また、廃棄された機械を仲の良い企業に回収させ、海外に売り飛ばすことで利益を得ることも可能だろう。

　有村とはそもそもの目的が違う。そのことをわかっていながら、お酌をしている自分がいる。なぜ自分の志を通すために他人の力を借りないといけないのだろう。利用されることを受け入れなければいけないのだろう。有村は現実に虚しさを覚えてしかたがなかった。

「有村くん、頭脳労働の多くがＡＩに取って代わられるなか、なぜ政治家だけは消えないか。その理由がわかるかい？」

　老人の酒臭い息が、有村の首を横に振らせた。

「簡単なことだ。地方自治なり民主主義なりの現場で議論しなければならないのは、常に不透明な未来についてだ。これを考えるのが政治であり、行政であるわけだが、ＡＩからはそうした要素は逆立ちしても出てこない。なぜなら、現行のＡＩは計算機の発展形に過ぎないからだ。その性質上、経験論でしかモノを語れない。政治は合理的に未来を考える生業《なりわい》ゆえに、政治家という職業はなくならない」

　詭弁だ。有村は本音を噛み潰して呟いた。「勉強になります」

「有村くんが出馬する時が来たら、ぜひ声を掛けてくれ。応援させてもらうよ」

有村は空いた瓶ビールを脇に避けながら、横目で千鶴の姿を探した。店内には琥珀色のテーブルが数脚並んでいる。大人の話にうんうんと耳を傾ける仲間たちの向こう側に、ひっそりとグラスを傾ける千鶴の姿があった。

彼女の前には男がひとり座っており、それはシナプスコネクトの研究員だった。どうやら千鶴は首尾よくやっているようだ。有村は千鶴の熱心さに改めて驚かされた。

最近は飲食店と介護ケアのバイトを掛け持ちし、その隙を縫って産業機器メーカーの就職面接や、インターンシップにも参加して情報収集も行っていると聞く。彼女が介護のバイトをやっていることにも驚いたが、その積極性自体が、有村には予想できないものだった。

「すまない、有村くん。仕事の電話だ」

「どうぞ。お気になさらず」

白髪の老人が席を立ったのを見計らい、有村も千鶴たちの卓に加わった。彼女がなにを話しているか純粋に興味があった。

「どうも。『ＳＡＶＥ Ｒ６２』代表の有村です。席、ご一緒しても？」

「あ、た、高橋です。高橋風助。風に助けるで、風助です。シナプスコネクトに勤めています」

知ってるし、そこまで聞いてないんだけどな。思いつつ、有村は笑みを絶やさない。

目の前に座る高橋は、いかにも勉強や研究に人生を捧げてきたような、孤独な雰囲気を纏っていた。撚《よ》れたシャツと、皮脂のついたメガネ。伸ばしっぱなしの髪や、こけた頬のせいもあるかもしれない。視線は落ち着かず、常に次の言葉を探して半開きになっている口元が、ひどく脱俗的だった。

「ふたりは、いまなにを？」

「高橋さんにヒューマノイドの壊し方を聞いていました。——やっぱり、内側から壊すのがいいんですよね？」

「そう、ですね。外からの衝撃で壊すのもいいですけど、き、記憶メモリが残る場合がありますから、一番は電気回路を壊すことです。不純物を多く含んだ水、たとえば海水とかで腐食させたりするのが確実——確実は言いすぎですね。確度が高いです。はい」

　一度も目を合わせない高橋に、千鶴は愛想良く相槌を打っている。「なるほど。そうなんですね」と空いたグラスを口に運び、柔らかに笑んだ。

「はい。そうです。可能であれば、な、内部に水がしっかりと沁み込むように外部端子の防水蓋を剥がしたり、機体の一部に穴を空けた方がいいです。その方がいいです……そ、それより飲みますか、奥平さん、このワイン」

「ええ、いただきます」

　高橋は手近にあった赤のボトルをひっつかむと、千鶴のグラスに勢いよく注ぎ込んだ。有村はその様に、ビールを注ぐんじゃないんだからと呆れた。高橋はこうした飲み会での所作を知らないらしい。なみなみと注がれたグラスの赤は、そのまま高橋の緊張と、千鶴への好意を表しているようだった。

「どう、ですか」

「うん。悪くない」

「悪くない、ですか」高橋はしゅんと眉を曲げた。

「良いって意味ですよ」千鶴は酒で湿った唇で、薄い笑みを零す。

その様子に有村は違和感を覚えた。いや、なにも不自然な会話じゃない。だからこそ気にかかった。千鶴にはそうした社交性はなかったと記憶している。

それだけじゃない、妙な既視感すらあった。相槌やしぐさ、話の引き出し方、こうした場での笑い方、その端々から彼女の——美住悠の影が感じられた。

「有村くんも、どう？　本当にいいよ、このワイン」

振り向いた千鶴の笑みに、有村はぞっとした。

千鶴は、悠を演じることで疑似的な社会性を獲得したのだ。

なにもおかしなことじゃない。人は他人を模倣することで自分になっていく。職人が技を盗んで一人前になるのと同じだ。話術も、見た目も、立ち振る舞いも、人は誰かから情報を盗んで生きている。模倣した情報は年齢を重ねるごとに複雑な模様になり、それがその人の個性になる。有村だって多くの指導者を参考にし、「学生活動家の有村康生」を作ってきた。

奥平千鶴にとって、その模倣元が美住悠なのだ。彼女は今、美住悠一色だった。二十年余り生きてきて、美住悠しか知らないような混じりけのない色味で、社会とのつながりを育んでいた。

　有村はその卓からしばらく動けなかった。幸いにも、最初に話していた白髪の老人は電話のあとにすぐ店を出ていってしまったらしく、戻る理由もなかった。有村は千鶴の観察を続けた。なにがそこまで彼女を駆り立てるのか知らなければならないと感じていた。

「高橋さんは、なんでシナプスコネクトを嫌っているんですか？」

　千鶴が高橋に身を寄せた。「もしよければ、私、聞きたいです」

「利益しか考えてないんですよ、あ、あいつらは」

　高橋は目を赤らめながら言った。どうやら酒は強くないようだった。

「倫理観だって、なっちゃいない。もちろん科学技術の発展にはお金も大事です。でも、それ以上に心象だって、だ、大事じゃないですか。所詮人間なんて、感情でしか物事を判断できないんだ。これ以上、利益重視の経営を推し進めて、機械の心象を悪くしないでほしい」

　高橋の口から飛んだ飛沫が数滴、机を濡らした。

「いまのこの状況だって、本当は機械が悪いわけじゃないんですよ。ＡＩに限らず、技術の進歩は技術を巧く使える人と使えない人の格差を生みます。でも、それは技術の性質上しかたのないことなんです。だからその中で、より多くの人が幸せに生きていくにはどうすれば良いか、個人の生産性の格差をどう埋めればいいか。そういうことを考えて、営利目的だけじゃなく、社会に貢献をするようなプロダクトを産み出すのが、本当に正しい企業の在り方なんだ。格差の解消や、科学の恒久的な発展に繋がるんだ。それを上層部の人間、特に美住夫妻はわかっていない！」

　高橋から香る濃い酒のにおいに、有村は反射的に洟を啜った。

「こ、こんなことを言うと、君たちの活動を否定するようだけど、雇用を奪っているのは、機械でもＡＩでもないですよ。金持ちばかりが得をして、庶民に利益を分配しようとしないシステム自体に原因があると僕は思ってます。共産主義への恐怖が限りなく薄いからって、資本主義のねじれを放置して。結局、資本家と政治家の怠慢なんですよ、いまのこの状況はっ！」

「高橋さん、飲みますか。お水」

「ああ、奥平さん。すみません。いただきます。どうも言いすぎました。つまり、話を戻すと、なんでしたっけ、シナプスコネクトは危ない、と僕は思ってますよ、ええ」

　渡された水を呷る高橋に、有村も思わず訊ねていた。

「でも、シナプスコネクトは辞めないわけですよね？」

　高橋は充血した目をぐるりと回した。

「そりゃ、国内で医療科学の先進研究が存分にできるのは、もうここくらいしか残ってないですから。それに、田舎にいる母を置いてまで海外にいきたくないのもある。でも、せめて正したいんだ。自分の勤める会社くらいは、まっとうに」

「素敵」

有村は耳を疑った。それは千鶴が吐いた言葉だった。

「素敵です。高橋さん」

千鶴が高橋の手を握る。高橋は一瞬身体を強張らせた。千鶴は手を離さなかった。そのまま身を寄せ、逃げ惑う高橋の瞳を捉えようとした。アルコールに潤んだ千鶴の瞳は蠱惑的な輝きを放ち、それは高橋のみならず、有村をも搦め捕るほどの色香を含んでいた。

やりすぎだ。有村は叫び出しそうになった。悠はそこまでしない。そんな下品な誘惑はしない。誤った学習をしたＡＩを見ているような気持ち悪さが、腹の底から湧いて出た。

「奥平さん、ここだけの話です」高橋が意を決したように千鶴の手を握り返した。「あの会社で一番やばいのは美住瞳だ」

「……そうなの？」

「うん。シナプスコネクトの竜骨は圭介さんじゃない。瞳さんだ。圭介さんなんて、いなくなってもどうとでもなる。別にシナプスコネクトは続く。でも、瞳さんがいなくなったら、たぶん機能しない。圭介さんは瞳さんの操り人形なんだ。みんな、い、陰謀論って笑うけど」

「笑わないですよ。私は」

千鶴がまた蠱惑的な笑みを浮かべると、高橋は鼻息を荒くした。

「奥平さん、実は年末に大掛かりなバックアップ作業があるんだ。やばい研究データも移すから、その時僕は、いくつかデータを盗みだしてやろうと思ってる。それが終われば、社長の講演会がはじまる。そこに僕も出席するんだ。その時に、だから、してやろうと思ってる」

「してやるって、なにを?」

問われ、高橋はひとつ息を呑んだ。「……その、告発、とか」

「素敵」

千鶴の囁きに、高橋は満足そうに目を見開いた。

有村は眩暈と吐き気を覚えた。酒は強いと自負していた。

途中、千鶴がさりげなく席を立った。その時は追わなかったが、なかなか戻ってこないことが心配になり、有村はついに様子を見に行くことにした。高橋は数分前にすでに酔いつぶれていた。

店の奥へ行くと、ちょうど女子トイレから千鶴が出てきたところだった。共用の洗面所で鏡を睨み、口元を拭っている。

どうやら吐いたらしい。

「奥平さん」

有村は咄嗟に声を掛けた。「大丈夫? その……」

「大丈夫です」

「でも……お酒、苦手なら言ってくれればよかったのに」

「このくらい、平気ですから」

千鶴は有村を一瞥すると、化粧ポーチから口紅を取り出し、唇に這わせた。それは悠が好んで使っていたブランドのもので、パールの入った淡い赤色も、最後に指の腹で紅を広げる塗り方も、まったく同じように見えた。

「本当に大丈夫？　全然、先に帰っても平気だからさ」

「大丈夫って言いましたよね、私。それに肝臓のひとつやふたつ問題ないでしょ。今は臓器の代わりなんて簡単に作れるんですから」

千鶴は鏡越しに有村に微笑みかけた。有村はぞくりと肌が粟立つ感覚を覚えた。鏡に映る千鶴の顔には、悠の影のみならず、仄暗い狂気が滲んでいた。

「それより、今は高橋です。彼には利用価値があります」

「それは……そうかもしれないけど」

「それにあの男は、私程度なら自分でも落とせるんじゃないかって思ってます。私、わかるんですよ。能力があるくせに自分に自信のないああいうタイプの人間は、自分より下の人間をとことん見下す傾向にあるんです。だから、私みたいな女なら落とせると、駄目な自分を無条件に好いてくれると、心のどこかで思ってる」

今日、私が来て正解でしたね。彼を引き込むチャンスですよ。

化粧ポーチの口を閉じ、千鶴は小さく肩を揺らした。

「やっぱり、良くないよ」

有村は千鶴の肩を引いた。真正面から向き合うと、彼女の鼻梁に走る石榴色の傷跡はやけに生々しい。もしかしたら、彼女の顔をしっかりと見るのは、有村にとって初めての経験かもしれなかった。感情のない暗い目が、有村を見つめていた。

「有村さんは、たとえば」

紅の塗られた唇の奥から饐《す》えた臭いがする。

「人の記憶を、あなたと過ごした記憶を持った機械を殺すことに、躊躇う気持ちはありますか？」

「……それ、どういう意味？」

「あなたを想う機械がいるとしたら、殺せるのかって聞いているんです」

「さっきから殺すって……機械なんだろ？　じゃあ、殺すじゃなくて、壊すだろ」

有村は千鶴にこれ以上呑まれたくなくて、わざと論点をずらして顔をそむけた。それでも千鶴の視線が絡みついてきて、息が苦しい。短い沈黙がふたりの間に流れた。遠くから熱と酒のにおいを帯びた声だけが聞こえてくる。

「どういう意図かわからないけどさ、機械相手なら、俺はできるよ」

胸に巣食う小さな自尊心が、有村に挑戦的な声を出させた。

「記憶は人の本質じゃない。複製できるものだ。日記を見る、昔話を聞く、複雑な技術を使わなくても、目や耳で擬似的にコピーできる。無論、最近の脳科学なら丸々コピーもできるって話も聞く。つまり、思い出や感情はその人をその人たらしめる主たる要素にはならない」

　有村は酔い任せに吐き出していく。

「試したいなら無駄だよ。俺は俺と友達、もしくはそれ以上の関係だった人間の記憶をコピーした機械でも壊せる。なぜなら、そいつは人じゃないからだ。奥平さんがなにを言いたいのか知らないけど、俺は俺なりに、覚悟を持ってこの活動に取り組んでいる」

「そうですか。安心しました」

「安心って。ちょっと、どこ行くの」

「席に戻るんです。まだまだ知らなければならないことがあるので」

「本当に無理はしない方がいいって！」

　再三の引き留めに、千鶴はついに眉間に深い皺を作る。

　その表情を見た有村は反射的に、軋轢を嫌う笑みを浮かべていた。

「ねえ、奥平さん、やっぱり俺のこと苦手？」

「うぬぼれないで」

　千鶴は振り返らずに言った。「苦手じゃなくて、嫌いなの」

○

自分の病状を調べると、更新が止まっているブログばかりが出てきて、気が滅入る。書いてある内容も、陰鬱かつ、どこか悟ったふりをしていて目障りだ。

特に野鳥観察が趣味だというこの人物のブログは見苦しくさえある。

エンタメ系のニュースサイトに逃げてみると、香港《ホンコン》の女性が長寿世界一になったという記事を見つけた。その女性は人工臓器の他に、悠と同じような電子義体を使用しているらしい。コメント欄では、サイボーグは長寿とみなしていいかの議論が延々と行われていた。

悠は、まるでおまえは人間じゃないと言われているようで哀しくなった。死ななければ人ではないのか。であるならば、もう死んでしまった方が幸せなのかもしれない。だが死んで忘れられるくらいなら、野鳥観察の人物のように、機械となってしぶとく生き延びたいとも思う。

そうした問答が、悠の頭蓋の内側で何度も繰り返される。

不毛だ。答えなど出るわけがない。

今日も千鶴が来てくれた。昨日夜更かしでもしたのか、顔は浮腫《むく》み、目も赤い。それでも、どれだけ体調が悪くても見舞いに来てくれる千鶴はとても優しく、愛おしい。

あまりにも愛おしいものだから、渡された手土産に悠は言ってしまう。

「嬉しいけど、無理しなくてもいいよ」

「なんで。別に無理してない」

千鶴は案の定、眉根を寄せた。けれど心は素直だ。人を喜ばせるのにモノをあげることしか知らない彼女の頬は今、羞恥に染まっている。出逢った時からそうだった。彼女は捨て猫のような存在で、人とのコミュニケーションに疎い。出逢ったばかりの頃は威嚇ばかりされていた。それがみじめで、いじらしくて、可愛かった。

今では、悠が唯一、素の自分でいられる人間だ。しがらみもなにもない。悠がどれだけひどい姿を見せようが、縋りついてくるか弱い存在。歪んだ愛情だと自覚はしている。それでも、愚かな千鶴をいじめるとぞくぞくする。

「ねえ、千鶴。私さ」

千鶴をもっと困らせたくて、悠は胸に溜まった憂鬱を度々ぶつけた。

「口から飲み物飲めなくなっちゃった」

かろうじて血の通っている喉を震わせる。言葉が出たことに安堵して、そんな当たり前のことに感情を揺さぶられる自分が情けなくなった。愚かな千鶴をいじめて遊ぼうとしただけなのに、窓際に置かれたマグカップが視界に入ると声が震えそうになる。

「義体さ、新しいモデル、出るっぽいんだよね。なんか老いた気分。ねえ、千鶴。私、老けて見える？」

「ううん。そんなことないよ」

「うそ」

「うそじゃない」

「ああ、でもそっか。型落ちになっても、見た目変わんないもんね」

言ってから後悔した。声はすでに震えていた。

「ごめんね。千鶴。ごめん」

「謝ることじゃないでしょ」

可哀そうな千鶴は、大切な友人である悠を決して否定しない。その事実を何度も確かめたくなってしまう自分がここにいる。その状況すら、情けなかった。

涙を堪えるために上半身を丸めた。胸部が痛んで、思わず声が出た。

「大丈夫？　どこか痛い？」

身を寄せてくる千鶴に、悠は「おかしいよね」と呟いて、目を擦った。

「調整したから痛むはずがないんだって。でも、たまに痛いんだ」

医者の使う冷たい専門用語と、この身に這う生々しい痛みはまったくの別物に思える。それを訴えたところで誰にわかるでもない。これは悠にしかわからない痛みで、千鶴が背中をさすってくれることでしか解消のできないものだ。

「千鶴、これ見て」

悠は呼吸を整えたのち、引き出しからピアスを一対取り出した。それはアリアドネのロゴの形を模した特注品で、中には真珠色の砂粒が入っている。

「綺麗だね、これ」と、千鶴が口の端を持ち上げた。「中に入ってるのは、砂？」

「ううん。私の骨」

掌にあるのは、切断肢を火葬した際に出た骨粉を詰めたピアスだった。

どうにかもう一度くっつけられないかと、切除した四肢を冷凍保存していたのだが、見込みがないので先日焼いた。名残惜しい気持ちになるかと思ったが、そうでもなかった。

自分から切り離されて随分経つ身体は、義肢よりも愛着がわかなかった。

「凍らせた脚を火葬する時、葬儀場の職員さんが運んでくれたんだけど、その人めちゃくちゃおじさんでさ。ちょっと嫌だった。でも、セクハラとかにはならないんだよね。――知ってる？　切除した私の身体ってさ、どこ触っても強制猥褻《わいせつ》にならないんだよ」

もうモノだから。と悠は冗談めかすけれど、千鶴は眉を曇らせるだけだ。

言葉を失ったままの千鶴に、悠は「手、出して」とねだる。おずおずと差し出された小さな掌に、ピアスを片方だけ載せた。悠がもらったピアスと同じ、右耳のピアスだ。千鶴が左耳にだけピアスをつけているのが、ずっと気になっていた。

「ほら、これでふたりともバランスとれる」

悠は穴の塞がりかけた自身の左耳に、骨粉の入ったピアスを刺した。

「お墓にはさ、こっちの骨の方いれるんだって。不思議だよね。じゃあ、今のこの身体なんなんだろうね」

言いながら、千鶴の顔が見られないことに気が付いた。願望や愚痴を押し付けられ、曖昧に笑む千鶴の顔なんて見たくなかった。自分のせいなのに、見たくなかった。それでも取り換えが決まっている喉は止まってくれない。

「もしかしたら、自分で自分の墓参りするのかなとか。だったら身体全部取り換える前に死んだ方がいいかなとか。もう、生きるのいいかなって。最近さ、たまに思うんだ」

「もう少しだけ頑張ってみようよ。ね？」

「千鶴、変わったよね。前は頑張れとか、絶対言わなかったし。そんな顔、しなかった」

「そんなこと……」

「あるでしょ！」

悠は苦しまぎれに、両の掌で千鶴の身体を突き飛ばした。反動で、自分の身体の軸がぶれる。転倒防止用のシステムが作動し、身体がむりやり起き上がった。

悠は、勝手に動く身体が憎くて、四肢をばたばた波打たせて抗おうとした。

「もうやだ――！」

心から叫んだ。その叫びすら、自分のものではない気がした。

千鶴の顔がひどく悲しそうに歪んでいた。悠は自分の苛立ちをぶつけてしまったことに嫌悪感を抱く。「ごめん」とすぐに謝って逃げ出す自分も嫌だった。

「ううん。私の方こそ、ごめんね」

謝らせてしまう自分も嫌いだった。

「不安なの。最近、お母さんたちがよくくるの。なんでか知らないけど。私、疑っちゃって、私の身体で実験してるんじゃないかって、怖くなって」

悠は思いの丈を吐き出した。

「眠ることすら怖い。起きたら私じゃなくなる気がする」

「大丈夫。どうしても怖かったら、私が横で一緒に寝るから。看護師さんも許してくれるよ、きっと」

千鶴が抱きしめてくれて、悠はようやく嗚咽した。

「ねえ、千鶴。私は、いつまで私でいられるのかな」

「悠は、ずっと悠だよ」

「このままだと、有村くんの敵になっちゃうよ、私」

千鶴に抱きついたまま、悠は泣き続けた。自分をここまで生き長らえさせた技術が憎い。有村の嫌う機械になりたくない。生身の心はすでに限界だった。

「大丈夫。私がどうにかするから。もう悠が泣かなくていいように、これ以上なにも変わらないようにするから。悠のお願いは、なんでも聞くから」

千鶴の言った言葉を抱いて、悠は眠った。

一年前―２０４３年　８月

平井万里香はふぅと息を吐いた。海洋資源学の講義の準備がようやく終わったところだった。非常勤講師になって数年経つが、未だ慣れない。それでも手を抜くことはできなかった。非常勤の雇い止めはいつ来るかわからないから、少しでも周囲からの印象を良くしておかなければならない。

――私の代わりはいくらでもいるんだから。

最初はもう少し純粋な熱意で働いていた気がする。学生に知る喜びを与え、自身も教える喜びに浸って生きていた。半期ごとに交わされる契約更新の喜びがそれを上回ったのはいつからだったか。もう覚えてすらいない。

自分の代わりはいくらでもいる。それはなにも人に限定した話ではない。教育学と海洋資源学を集中的に学んだＡＩを用意し、学習カリキュラムを考案させて教壇に置きさえすれば、平井の役割は簡単に代替できる。むしろ人件費がかからないぶん、その方が大学にとっては都合が良い。

なにせ昨今の大学は貧しい。学術機関への助成金は一時期と比べてさらに減った。学生への給付奨学金はもうほとんどなく、貸与奨学金は金利が上がり続けている。平井は今、実家が太くて良かったと心から思っている。国内の学術機関は、もはや余裕をもって生活できるだけの給与を職員に与えてくれる存在ではない。

現代社会において、大学はすでに不要な存在なのかもしれない。平井はそんなことを考えることがある。ＡＩが疑問に答えてくれる回答エンジンの登場により、知識や教養は経済から切り離されてしまった。学歴はすでに価値を持たず、一部の学閥のみが、資本主義社会のなかでかろうじて機能しているばかりだ。

平井が若い頃は、とりあえず大学まで出ておけという風潮は強かった。今はそれもかなり希薄で、聡い若者は大学進学ではなく、ビッグテックが経営する専門学校——通称、スクールへの入学を志して久しい。スクールは人工知能時代において有用な知識の習得や、職業訓練を積ませてくれる。枠は少ないが、成績が良ければそのままビッグテックに就職できることもあり、人気は非常に高い。仮に成績が振るわなくとも、提携企業へ就職を斡旋してくれる。

既存の高等教育機関への入学者は、これからさらに減るだろう。そうすれば、職員の削減も必然で——……平井は頭を左右に振った。暗い考えを払い落としたかった。

ドリップパックのコーヒーを取り出し、お湯を沸かした。こういう時、平井は祖母の背中を思い出すことにしている。魚類の研究者だった祖母は、幼い頃の平井にありとあらゆることを教えてくれた。魚のこと。海のこと。コーヒーの苦さや、色恋の甘さ。祖母のように生きる楽しさや、学ぶ尊さを教えられる人間になりたい。それが平井の何物にも代えがたい夢だった。

――そうよ。頑張らなくちゃ。

マグカップに淹れたコーヒーを片手に、ニュースサイトに目を通す。昨日から同じような記事が多く流れてくる。ネオ・ラッダイト運動が失敗続きであることを喧伝するものだ。

再始動した有村の団体は、夏前に大規模なデモを起こしたが反響はよくない。昨年末の解散騒動が尾を引いていると記事には書いてある。かつて若き革命家を絶賛していた人たちも、掌を返し、今は有村の活動を非難していた。

ネットでの延焼を恐れ、支援団体も減っているそうだ。

先日、学食でみかけた有村は見るからに憔悴《しょうすい》していた。可哀そうだなと思いつつも、平井は関わらないと決めていた。あのような活動をする人間と親しくすると、周囲の視線が痛い。

このご時世に、再就職は考えたくない。

それに、彼にこれ以上言葉を与えたくもなかった。彼は既に、いろんな思想を細切れに取り入れた結果、自己同一性を失っていた。街に揺れる多くの国旗やブランドロゴを見た時のような統一感のなさを覚える。自分たちは何者なのか、何をしたいのか。有村はそれがわかっていないようだった。

海洋資源学の教室に行くと、既に学生がひとり座っていた。奥平千鶴だ。彼女は二年時に単位を取り終えているものの、最近よく聴講に来てくれる。理由を聞くと、この分野に関心があるからだという。熱心で素晴らしいなと思う。千鶴のような学生は平井の好みだ。

「この前の発破漁の話、役に立った？」

平井が訊ねると、千鶴は「はい。勉強になりました」と顎を引いた。

「それより、今日も質問いいですか。講義の前に」

「また難しい質問じゃないのぉ。私、答えられるかしら」

「いえ、お手間はとらせませんので」

千鶴はそれから、東京湾の海流について尋ねてきた。東京湾に落とし物をしたら、どこへ流れていくのか、あるいはその場にとどまり続けるのか。

知識を総動員して答えた。彼女は度々こうした不思議な質問をしてくるが、その理由は教えてくれないことが多い。いつしか平井も鬱陶しがられるのを恐れ、訊くことをやめていた。自分を慕ってくれる人を手放すなんて、平井には恐ろしくてできやしない。

「ありがとうございます。自分でも、少し調べてみます」

「そうするといいわ」

平井が笑うと、千鶴も薄く笑みを浮かべた。

「実は私、後期から就職活動であまり来られなくなるんです」

「そうなの。寂しくなるわね」

「はい。なので……良かったら記念に写真いいですか？」

「写真？　ええ、いいけど」

突然の申し出に驚きはしたが、平井は受け入れた。学生にここまで好かれている自分が誇らしかった。千鶴は「ありがとうございます」と頭を下げると、手に持ったタブレットをかざし、ピースサインを作った。

「ピース、懐かしいわね」

「ええ、母の影響でついやっちゃうんです。指紋盗られるからあんま良くないとか言われてますけど、私はそれより、好きなポーズで写真を残したいので」

「たしかに。じゃあ、私も久しぶりに」

平井も倣ってピースを作る。

平井は幸せに思っていた。自分を慕ってくれる学生がこんなに素敵な子で良かったと。雇い止めに怯えている場合なんかじゃない。私がいなくなっても海洋資源学の講義は誰かに引き継がれて続いていく。なにも変わったことなどなかったかのように、この教室で行われていく。ならば、私がここで教え続けたい。千鶴のように、素敵で熱心な学生に出逢えるのなら、その価値がある。学生に好かれる私は、まだ頑張れる。

「はい。チーズ」

懐かしい掛け声に、平井は決意を固めた。

今年も契約の更新を勝ち取る。ここで教え続ける。

以前よりも空白の増えた講義室に、シャッターの音が鳴り響いた。

○

痛みを感じ、ナースコールを押そうとしたはずだったが、気が付けば隣の昇降装置をいじっていた。もう一度押そうとする。指はベッドを昇降させる。うまく動かない。そう思っていると、いつしかベッドに背を預けていた。違う。看護師を呼びたいのだ。そう思っても、身体は一仕事終えたかのように、背の持ち上がったベッドから窓の外を眺めていた。

悠は混乱した。ベッドから飛び起きようとしたが、身体は言うことをきかなかった。叫びを上げようとするも、声が出ない。そのくせ腕は勝手に前髪を掻き上げたりする。おかしい。シーツの感覚も、前髪を触っている感覚もある。しかし、そこに自分の意志だけが存在しない。

身体はまたも勝手に、左肩に乗った糸くずを払いはじめた。

考えつく理由はひとつだった。脳の手術をした。二週間前だ。〈Ｂｕｒｋｅ《バーク》〉という脳を生体機械化するナノマシンを注入したのだ。頭に埋め込んだそれらが悪さをしている。そうに違いない。

時計の針が進む。悠は心で叫んだまま、口では欠伸《あくび》をしていた。発狂しそうだった。息苦しさに殺される。まるで人型の乗り物に乗せられ、沈んでいくようだ。もがくことも、逃げ出すこともできない。肉体という空虚な容れ物の中で、決定権のない自我だけが暴走している。

悠はそこで、最悪な考えに至ってしまった。

——もしかして、私がその注入されたナノマシンなのではないか？

今思考している私は、美住悠の思考だけを模倣した機械脳なのではないか？　つまり、記憶だけを引き継ぎ、これから美住悠になる新しい自我なのではないか？　美住悠から美住悠を奪い、何もかもを変えてしまう、名もなき侵略者なのではないか？

考えると死にたくなった。しかし、その術はないし、決定権もない。

一体どこまでが私で、どこからが私だったのか——。

「悠」

呼び掛けられて、我に返った。身体は思うままに動いてくれた。夢だったのか。けれどシーツは記憶の通り乱れている。あるいはこの記憶も、私のものではないのかもしれない。

「悠、大丈夫？　なにかあった？」

悠は声を出そうとして、躊躇《ちゅうちょ》した。ちゃんと声が出るのかという恐怖もあったし、術後の影響を受けた声を聞かれるのが怖かった。

「この、前ね」

電子声帯が悠の声を模した音を鳴らした。ひとりで抱え込む不安には勝てなかった。

「〈Ｂｕｒｋｅ〉、っていう、浸透型の機械、頭に打ったの。同意した記憶は、あるし、ちゃんとサインも、したんだけど。でも、この記憶が、本物なの、かも、わからない。おかしい、よね。これ、がさ、浸透したら、私の脳みそ、コンピューターと、変わらなく、なるんだって」

もしかしたら、もう、なってるのかも。言いながら、泣きそうになる。

ピアスの開いた耳も、来月には取り換えられてしまう。年内には機械化の進む脳だけを残し、首から上の機能のすべてを取り換えることになっている。怖い。恐怖が目を瞑らせる。

美住悠という存在は、いつ人間という枠組みから外れるのだろう。〈Ｂｕｒｋｅ〉による機械化は、インプラントのような限定的な脳機能の拡張ではない。ヒトの言語体系によらない機械の言語で、コンピューターと会話することまで出来るようになる。母がそう言っていた。そんな難しい話はわからないはずなのに、なぜか理解できてしまう自分がいた。

「脳みそだけはね、時間、かかるんだって」

喉の使い方がわからず、むしゃくしゃした。

「まだ、神経の接続が、完璧じゃなく、て、だから、少し、喋りづらい」

継ぎ接ぎの言葉で言い訳を紡がなければならない事実に胸が痛む。ぐっと目に力を込めるも、雫は一滴も頬を流れない。制御された身体は、痛みを排出してはくれない。

いまの私はまるで、機械の腹話術師に操られる人形だ。なによりつらいのは、その機械の腹話術師が自分自身かもしれないことで、そして、それを証明する手段が存在しないこと。

「もう、本当の私、は、この世界、にいないの、かも」

俯いていると、千鶴が心配そうにのぞき込んでくる。

そんなことないよ。私の大切なもののままだよ。

そう言って、鼈甲の手鏡を差し出してくる。

「見たく、ないっ」

悠はその手を弾いた。

「言葉も、涙も、うまく、出てくれない。自分で、決めたこと、なのに。その自分が自分なのか、自信が持てない。私が、うまく、喋れているのかもわからない」

切除した四肢や臓器を掻き集めた肉の塊に、私の思考をまねた人工知能を載せたものと、今の機械の身体の私は、どっちが本当の私なのだろう。

「この言葉、すら、私の本音か、わからない」

考えると吐き気がするのに、考えるのをやめられない。

「千鶴、前に、なんでも、お願い、聞いてくれる、って言ったよね」

私は息を吐き、言った。「殺、して」

「私が、ぜんぶ私じゃなくなる前に、殺して」

言ってから気付いた。なぜ私は千鶴に選ばせるのだろう。死ぬのなら一人で死ねばいい。親や主治医にでも頼んで、安楽死が合法化されている国に行けばいい。

知っていて千鶴に選ばせる私の狡猾《こうかつ》さに嫌気が差した。

私は忘れられたくないのだ。千鶴が願いを拒絶するにしても、受け入れるにしても、人生の最期を過ごす相手に命を握らせて、その胸に呪いの楔を打ち込みたいのだ。私は死んでなお、千鶴を私に依存させることを望んでいる。

千鶴が私を抱きしめ、耳元でささやく。またフェスに行こう。アリアドネの曲聴いて、ふたりでたくさん歩いて、それでまた一緒に寝よう。

「うん」

私は頷いた。けれど、変わりゆく永遠に耐えるより、変わらない今と心中する方がいいのではないかとも思う。千鶴がどこかに行ってしまう前に、彼女の歴史に深く名を刻めたら、どれだけいいだろう。

――その夜、私は夢を見た。夜の田舎道を走る夢。とても良い気分だった。千鶴の前を走る彼女が私だとわかると、深い安らぎに包まれた。

一年前――２０４３年　10月

朝になると、わだかまっていた感情が薄くなっている。それが嬉しくもあり、哀しくもある。なにか大切なものを夜に置いてきたような気分だ。

有村は後ろ髪をがしがしと掻き上げ、周囲を見渡した。ベッドの下にはビールの空き缶がいくつも転がっており、部屋の隅に置いてある間接照明は、ガラスの一部が割れていた。

「……くそ」

酒臭いため息がまろび出る。物事に感動するのは日々、難しくなるのに、怒りをまき散らすのには慣れていく。ままならないものだ。心は残酷なまでに自分勝手だ。

昨夜、北京《ペキン》で機械の打ち壊しがあった。有村たちとは全く関係のない、向こうの学生団体が、現地の農業機器製造会社を狙って起こしたものだ。

打ち壊しの最中、社屋に投げられた火炎瓶を弾こうとした警備ロボットの動きに巻き込まれ、北京の大学院に通う日本人留学生が死亡した。警備ロボットの製造元にも、そのロボットを雇っていた企業にも言い分はあった。前提として、打ち壊しが行われなければ死亡事故は起きなかったのだ。

しかし、企業側の声は詭弁だと一蹴された。機械による労働生産の代替に多くの人が疑問を抱いている世の中において、ネオ・ラッダイト運動はすでに市民権を得てしまっていた。機械に反抗する労働者を納得させられない資本階級側に責任があり、まずもって反抗する人々を生んでしまった社会システム自体に問題がある。権力批判を含んだこれらの論調は強い。

そもそもの話として、資本階級と労働階級で、今回の死亡事故を生んだ前提条件は大きく食い違っていた。一方は打ち壊しを起こした労働階級を悪とし、一方は打ち壊しを起こさせるようなシステムを作った資本階級を悪としている。

また、これらの議論を冷静に見定めることのできる知識や忍耐力を持つ人々は、思いのほか少なく、ネットにはニュースの見出しだけを見て「機械が人を殺した」と騒ぐ人々だけが数多くいた。それらの人々にとっては、結局は誰が悪いだのという議論は重要ではなく、センセーショナルな真実こそが世界を見る窓であった。

ネットから響く声も後押しとなり、北京のネオ・ラッダイト運動は軌道に乗った。報道規制も空しく、匿名の正義を振りかざす者の手でネットには被害者の顔写真すらリークされた。

その写真を見た有村は、束の間呼吸を忘れた。髪の長さこそ違えど、それは悠に違いないと思えた。実際は姉の彩であるのだが、見間違えてしまうほどに動揺していた。

おかげで昨夜は大変だった。北京は成功した。日本の運動家はダメだ。散々な叩かれ方をした。暴力と批判は違うと有村がＳＮＳで発信しても、負け犬の遠吠えと見做されてしまった。

有村はその光景に恐怖した。昨年末、自分たちが暴力沙汰を起こした時、彼らの声によって団体は一度解散にまで追い込まれている。だというのに、海をひとつ隔てたところで行われた暴力行為は鮮やかに映ったらしい。島国だからだろうか。海の向こうで起こる出来事をやたらと神聖視する人たちがいる。

自分の国のために動かずに、海の向こうの事情ばかりを気にする人たち。挙句、国が悪くなると文句だけを言う。船頭は自分たちなのに、船体を浸す水すら掻き出そうとしない。竜骨まで腐った船は沈むほかないというのに。

「……くそっ」

枕を殴りつけ、両手で顔を覆った。誰に怒っていいのかわからない。顔のない影に怒りをぶつけている。政治という空想に、世間という虚像に、文明という荒波に。そこに明確な人がいないから、有村は身近なシナプスコネクトに怒りの矛先を向けたのだと、今になって思う。

有村は自分の怒りに負い目がある。それでも自分より悪いやつや、くだらないやつがいるから、自身の怒りを正当化することができた。相対的に見たら自分の怒りにはまだ正義があるのだと言い聞かせ、ここまでやってきた。

――とんだ自己正当化だ。くだらない。

仰向けで寝転がる。定例会があることを思い出し、天井に息を吐いた。

歴史の教科書に載っている革命や運動に対し、「なんでもっと平和的な解決ができなかったのか」とか、「なぜもっと賢い手段を選ばなかったのか」と、冷めた視線を向ける時期は、有村にもあった。それら過去の愚行を嫌っておきながら、その歴史の複写が、繰り返される争いが現実として現れた時、正しく見つめることのできる人間は、どれほどいるだろう。

有村はできない側の人間だった。目の前の現実が許せなかった。ゆえに、反機械を掲げ、未来の人間にせせら笑われる覚悟を決めたのだ。今より数年だけ、幼かった頃の話だ。

大学の貸会議室に向かいながら、己の愚かさを呪った。すれ違う学生や教員の口の動きがやけに気になった。嗤われているのではないか、呆れられているのではないか。イヤホンや音楽で耳を塞いで道を歩く。教科書に向けられるような冷ややかな眼差しが、既に今、有村を突き刺している。もっと賢い方法があったのなら教えてくれよ。胸の内で、情けなく吠えた。

「今日も早いね、奥平さん」

会議室の片隅に千鶴を見つけ、有村は力なく手を挙げた。

彼女は今日も、タブレットでなにかを読んでいる。覗くと自動運転車の仕組みをまとめたウェブサイトだとわかり、随分勉強熱心だなと感心した。

きっとまたなにかの壊し方でも考えているのだ。

「この前はありがとね。悠、喜んでた？」

有村は彼女に笑みを向け、隣に腰掛けた。

「まあ、ほどほどに」鋭い流し目と、短い言葉が返ってくる。

先日、ふたりで池袋に行った。悠にまた紅茶を渡したいと言ったら、千鶴がひどい剣幕で睨んできたため、ではなにを渡せばいいのかと、プレゼント選びに付き合ってもらったのだ。

結局、秋用のストールを買った。飲食物は今後一切、悠の見舞い品にしないと千鶴が言った。未だ面会すら許されていない有村には、その理由がわからなかった。

「それで、高橋さんとはどう？」

「どう、とは」

「あの日も、彼のためにネクタイを買ってたじゃないか」

　悠のプレゼント選びに付き合う代わりに、有村は高橋へのプレゼント選びに付き合わされた。千鶴は最近、高橋と親交を深めている。千鶴は活動のための情報収集だと言っているが、有村はなにか嫌な予感がしてならなかった。

「ああ、あれですか。ちゃんと嬉しそうにしてましたよ。声だけでしたが」

「声だけ？　直接会って渡したんじゃないの？」

「団体の関係者である私と会うことは、彼の立場を危うくしますから。直接会うことも、履歴の残るやりとりも極力しないようにしています。ネクタイも、コインロッカーに入れて渡しました」

「それは……じゃあ、普段はどうやってコミュニケーションをとってるの？」

「匿名性の高い、海外製ＶＲゲームのチャット機能を使っています。仮想通貨やＮＦＴ《非代替性トークン》も絡んでいるので、日本の公安でも、ログイン履歴以外の個人情報は簡単には引き出せません。そんなことより」

　千鶴は視線を落としたまま言った。「北京の運動、成功したそうですね」

「……ああ、うん」

「どうしたんですか。暗い顔して」

「いや、別に」

有村が肩を竦めると、千鶴はきゅっと目を眇めた。

「まさか、怖気づきました？」

落ち着きのある、それでいて挑発的な声色だった。ばれている。これ以上他者と比較されたくないという有村の願望を、彼女は見透かしていた。

「別に、怖気づいちゃいない。ただ考えてたんだ。自動人形のような群衆を、どう先導するのがいいのかってね」

有村の精一杯の抵抗に、千鶴は「先導、ね」と意味ありげな笑みを浮かべた。

わかっている。有村だって操り人形に過ぎないのだ。利益を求める政治家の先生方。変化を望む沈黙の圧力。そして隣にいる――、

「力を示さなければ、人はついてきませんよ」

きっぱりと放たれた言葉に、有村は束の間目を閉じた。

わかりかけた意味を呑み込んでしまうのが恐ろしかった。

「奥平さん、やっぱりだめだよ。この運動は、そういう運動じゃない。俺たちが目指すゴールは、暴力のうえに成り立つものじゃない」

「ゴールにたどり着けなければ、そもそも意味がないでしょう」

「違う。そうじゃない。君はこの運動の意義をどれほど知っているって言うんだ」

有村が問う。千鶴は短く息を吸ってから言った。「あなたには理解できないほど深く」その

瞳は、有村を刺すような鋭さだった。

「ほら、怖気づいてる。やっぱり怖いんですね」

「……ああ、そうだよ。怖いよ。これ以上失望されるのが、すごく怖い」

有村は観念した。彼女に嘘は通じないと学んでいた。

「なにをそんなに怖がる必要があるんですか？　あなたはあなたの活動を――」

「トラウマがあるんだ」

はじめて、有村は千鶴の話を遮った。

「小さい頃、成績が振るわなくて、親に呆れられたことがある。殴るとか、罵るとかじゃないんだ。ただ一言、失望したって言われたんだ。他の子ができることを、この子はできないって。そんなことを言ったくせに、次の日にはいつもと変わらず接してきたんだ。それが本当に怖かった。今でもたまに夢に見る」

　細く息を吐き出して、有村は続ける。

「それから、何度か同じことがあった。一度だけ、学校から家に帰らず、泣いて走ったこともある。逃げたかったんだ。成績しか見ない親とか、勉強ができない自分から。それでも逃げられないってわかっていたから、近くのアパートから鉢植えを盗んで線路に投げた。なにかぶっ壊してやりたかったんだ。そしたら近くから悲鳴が聞こえて、怖くなってまた逃げた。良い子で通ってたからさ、勉強以外でも失敗したって思われたくなかったんだ」

有村は前髪を掻き上げ、ため息を吐いた。

千鶴の表情が微かに強張った気がした。

「俺、いつもそうなんだ。自分の愚かさがばれる前に逃げるんだ。だから本当は、今だってあの日みたいに逃げ出したい」

全てを吐き出した有村が探るように顔を上げる。

千鶴はなんの感情も浮かんでいない目で、有村を見下ろしていた。

「あなたのトラウマはわかりました。でも、そんなことどうでもいいです。誰が傷を負ったとか、泣いたとか、今の私たちには関係ないことでしょ」

千鶴は淡々と紡ぎ、「これを見て」とタブレットを有村の眼前に押しやった。

「奥平さん、これ……」

その画面を見て、有村は目を見開いた。

「爆弾の作り方です。今からあなたにこれを教えます。リーダーのあなたから、みんなに作り方を指導してください」

「ちょっと、それは――っ」

「黙って聞いて。今しかないの。シナプスコネクト側の協力者も確保できた。行動を起こすにあたり、手助けしてくれると言質もとった。やらない理由がどこにあるの？」

「待ってよ、高橋さんからは情報をもらうだけだろ？」

「最初はそのつもりだった。でも、彼が私のために動きたいと言ったの」

「言わせた、の間違いじゃないのか。奥平さん、分かっているんだろう？　高橋さんは、きっと本当に君のことを……」

「もたらす結果に違いはないと思うけど」

千鶴は有村から目を逸らすと、タブレットを机に置いた。代わりに鞄から銀色の小さな包みを取り出し、有村の前に差し出した。

「決起の日は、美住圭介の講演会が開かれる十二月二十八日。そこには妻の瞳も来る。この包みを開くだけで、シナプスコネクト本社の正面玄関が開く仕掛けになってる。まだ調整中だけど、足がつかないようにもしてもらってる。――つまり、機を見てこれを開き、セキュリティを無効化する役が必要なの。あなたが人員を見繕って。近江さんとかそのへんでいいから」

千鶴が開いた銀色の包みには、シール型の通信装置が入っていた。団体のロゴが刻印されていないだけで、有村たちが広報活動で使っているのと同種のものだ。アルミで包んでいるのは、通信環境下だと自動で行われる行動検知を防ぐためだと思われた。

「なんで、そこで近江さんが出てくるんだ」

「あなたの人望で動かせるのなんて、あの子くらいのものでしょ？　まあ無理なら、代わりを探すだけですが。正直、誰でもいいんですよ。でもあなた、部外者は巻き込みたくないんですよね？　なら近江さんが適任だと思いますけど」

有村はなにも言えなかった。ただ立ち尽くしていた。変わってしまった。奥平千鶴は、ここまで過激な思想の持ち主ではなかった。

「ねえ、なりふり構ってる場合？　あなたの求心力が底をつく前に、行動を起こさないと、本当にただの道化のままよ？」

「でも、それは――……」

「あなた、前に私に言ったでしょ」

鋭く尖った目が、有村を睨んでいた。

「叫びだけじゃ届かない物事があるって。たとえ血を流してでも、戦わなきゃいけない時があるんだって。あの発言からも逃げるの？」

有村は立ち眩みを覚えた。あれは自身を奮い立たせる言葉で、いわば装飾品に過ぎない。内部にいた熱の高い連中が消え、この運動が続くのかと不安になった時に吐いた戯言だ。周囲に集う酷薄な働き蜂を嘆いた泣き言だ。

「必要なのかな。なにかを変えたいってだけで、変えたい人が血を流す必要って本当にあるのかな」

今の有村には、そうは思えなかった。なぜこれ以上傷付かねばならないのだろう。なぜこうもすべてうまくいってくれないのだろう。

「なんで苦しんでる人がさらに苦しまないと、世の中は良くならないと、みんな思うのかな」

有村は、今の自分が抱えるありのままの言葉を吐き出した。

世の中が変わらなくても、叫ぶことに意味がある。意思表明をすることが今を生きる人々の義務だと、この活動を通じて伝えたいだけだった。有村はそれを今、千鶴に伝えたかった。

しかし、目の前の彼女は瞳の奥に濃い失望を湛えるだけで、わかってくれる素振りもない。

「そんな簡単なこともわからない？」

千鶴は短く言って、有村に迫った。

「世間を真に動かすのは強者が振り上げた拳じゃないし、勇敢に雄叫びを上げる弱者の姿でもない。強者が振り下ろした拳に泣き叫ぶ弱者の姿なの。世間はね、弱い者が虐げられる様を見ないと理解できないの。多くの人間は、活劇よりも悲劇に感情移入するの。特に、勇敢だった弱者の死は世間に動く理由を与える。たとえ殴っていたのが自分たちであっても、勇敢な弱者の死は、彼らの心にこう思わせるの――このクソったれな世の中を変えなければってね」

「でも、そんなことをしたら」

「したら、なに？　ばかな大衆を動かすのは事実なんかじゃない。心証なの。このままズルズルとひとりずつ活動家が減っていっても意味ないの。百人が百日かけて消えていくくらいだったら、一日に百人を消すことを選びなさい」

「選べって……俺には、そんな……」

「恋人の脚を機械に奪われ、実の姉のように慕っていた人物も機械に殺された。あなたには復讐する理由も、同情の余地もある」

「待ってくれよ。俺と彩ちゃんはそんな仲じゃ――……」

「事実はどうでもいいの。耳心地の良い真実があればいい。世間があなたに同情する理由があればいい。復讐という大義を掲げて死ねば、きっと誰かは、あなたの志に共鳴する。臆病なあなたは他人に正義を与えればいいの。正義は人をどこまでも残酷に、そして愚かにする。あなたはただ、その触媒になればいい」

「でも、俺は――」

「いまさらあなたに機械が愛せるの？」

有村は喉の苦しさを覚えた。千鶴が有村の襟首を摑んでいた。

「あなたはもう後戻りできない。なぜって、あなたは自分の信念を曲げられない臆病者だから。それに、悠に約束したんでしょう？　絶対に運動を成功させるって。その約束まで破ったら、破るような人間になったら、あなたはもう悠の好きだった人じゃない。あなたが有村康生だってことを示すためには、必ずこの運動を成し遂げなきゃいけないの。賢くなったふりをして逃げるなんて、私は絶対に許さない」

壁に身体を押し付けられて、有村はようやく千鶴の言葉を理解した。

――彼女は俺に、社会を変えるため、変わらぬ正義に殉じろというのだ。

○

近江穂香は大学の正門を抜け、大きなもみの木を見上げながら歩いた。クリスマスになるとこの木がクリスマス用の装飾で輝き出す。高校生の頃、ＳＮＳで見たその光景に憧れて、上京することを決めた。親は地元の国立を勧めたが、断固として譲らなかった。骨にまでしみついた地方のにおいに飽き飽きしていた。内臓から小さな細胞に至るまで、すべて取り換えてしまいたいと思っていた。

親に言うことはなかったけれど、たしかに感じていた鬱屈。だから交換留学制度を引き合いにだしてまで説得した。留学する気なんてさらさらなかったが、両親はそれで納得すると知っていた。母も父も、不況から抜け出せない日本を嘆き、海外への憧れを度々口にしていたからだ。口だけで、実際に海の向こうに行こうとしない両親にもうんざりしていた。

五号館の貸会議室に着くと、もう何人かが席に着いていた。重たい空気が流れている。きっと昨夜の北京の件だろうと思うが、自分から口に出すことはない。

「あ……近江さん」

メンバーのひとりが声を掛けてくる。近江が勧誘した同じ学部の女の子だ。人数が減ったと有村が嘆いていたから、先日適当に見繕って声をかけたところ、彼女だけがついてきてくれた。一番ダサい子を引いちゃったな、と内心ため息モノだったが、有村が褒めてくれたので、近江は彼女に感謝していた。

近江はいつもみたいに「今日も暑いねー」と、軽い挨拶だけして席に着いた。声を掛けてきた子は、近江の傍に立ったままなにか言いたそうにもじもじと指を弄んでいる。

——言いたいことあるなら言えよ。

思うが、言葉にはしない。首だけ傾けて「ん？」と彼女の言葉の先を促す。

「近江さんは、この活動やめないよね？」

出てきた言葉に、近江は心中で舌打ちをした。

「どうだろう。わからないや」

「わからないって、辞める可能性もあるってことだよね？　でも近江さんが私を誘ったんだよ？　絶対最後まで戦い抜こうねって。あれも嘘だったってこと？」

「嘘ってわけじゃないけど……」

感情なんてすぐに移ろうものなのに、なぜいちいち嘘だと言われなくちゃならないのだろう。たとえば昨日、甘いものを食べたいと言っても、今日がそうとは限らない。それと同じだ。好きも嫌いも、やるもやらないも、ひとつとして同じ形をしているなんてことはない。

なんでこんな簡単な理屈がわからないのだろう。

結局、その場は適当にあしらった。近江はどっと疲れを感じ、自分がこの空間に辟易していることに気が付いた。会議がはじまってもうわの空のまま、壁の汚れを見つめていた。

「年末にもう一度デモを行います。これが最後のデモです」

だから最後と聞いても驚かなかった。最近の有村はどこかおかしいと近江は感じていた。昨年末、中枢にいた幹部メンバーの多くが捕まってから、以前のような輝きがない。負け犬の匂いがするのだ。格好いいと思える時間は目減りし、正直、この活動自体にも飽きてきた。

「ぼくら『ＳＡＶＥ Ｒ６２』の覚悟を、世間に示します」

新しい団体名も気にいっていなかった。機械社会を危惧した日本の古いＳＦ小説をもとにしていると有村は言っていたが、近江はそんな由来には興味がない。『嘆きの葡萄』の方がロゴも含めて可愛かった。いつの間にか、すべてが変わってしまった。居心地のよかった団体は、気が付けば知らない顔ばかりで、活動内容も近江が求めているものではなくなっている。

「でも、勘違いしないでください。最後というのは、この団体として最後という意味です。反機械を訴える運動自体は終わらない。終わってはいけない。何度でも言いますが、ぼくらは正しいことをしてきたと、いえ、これからも変わらずし続けると思っています」

近江はぼうっと話を聞きながら、留学にでも行こうかと考えている。親に言えば、お金も出してくれるだろう。綺麗な場所、たとえば北欧なんかがいいな、とぼんやり思った。

「僕はこのデモを通して、絶対にこの運動を完成させます。ここでの完成とは継続を指します。この団体がなくなっても、この運動が絶えないように、メンバーや指導者が変わっても、誰かが叫びを上げ続けられるように火種を作ります。だから今回の活動は――」

今回の活動は過激なものになる。有村がそう言ったところで、近江の意識は引き戻された。煌《きら》びやかな活動ならいいが、危ないことには巻き込まれたくない。沈むとわかっている船に乗り続けられるほど愚かではない。

「機械社会に、またそれを先導するシナプスコネクト社に、一矢報いましょう」

有村はそう言って、会議を締めた。

会議の終わり、近江は有村に駆け寄った。「有村さん」と呼ぶと、憔悴したような彼の表情が近江の目を焼いた。

「どうしていきなりあんな……もっと穏やかな方法があるんじゃないですか」

「いきなりなんかじゃないよ。俺は前から、ぶっ壊してやりたいと思ってた」

有村の手が拳を象る。

「機械社会だけじゃない。自分の生活や立場が大切なくせして、刺激や変化だけを求める潔癖でクソったれな傍観者どももぶっ壊してやりたいと思ってる」

「そういう物騒なことは言わない方が……いくら嫌なことが多いからって」

近江がなだめると、有村は「俺はっ」と強く吐き出した。

「クソったれな事が多いことに怒ってるんじゃない。クソったれなことにクソったれって言えないこの世の中に、言えなかった俺自身に、怒ってるんだ」

顔はやつれているのに、目だけが炯々と火を灯している。

「近江さん、頼みがある」

有村に手を握られ、近江は「え？」と後退りした。

「デモの当日、俺が合図をしたら、これを開けて欲しい」

有村は空いた左手で、銀色の包みを差し出した。小さなアルミの袋だった。

「なんですか、これ」

「大丈夫。安全なものだよ。ただ開けるだけでいいんだ。三秒だけでいい。ほんの少しだけ中のシールを露出させたら、後は破って捨てていい」

「いや、そう言われても、私……」

「頼むよ、近江さん」

有村は情けない声音で言った。「もう君しかいないんだ」

近江は頭を下げる有村を見つめながら、自分の気持ちが急激に冷めるのを感じていた。

もうこの人は、私の好きだった有村さんではない。

「ごめんなさい。失礼します」

「ちょっと、近江さん！」

近江は有村を振り払うようにして鞄を肩に引っ掛けた。会議室を出る際、とある女と目が合った。そうだ。この女だ。有村の隣にいるのが、美住悠からこの女に変わってから、すべてがおかしくなった。たったひとり、この女が入ってから変わりはじめた。こいつが有村と団体を腐らせたんだ。

――でもまあ、いっか。私、もう関係ないし。

近江は、この日を境に団体を去った。デモの当日まで有村からの連絡は止まなかったが、すべて無視した。どうせ他の人間が代わりを務めるから構わないと思った。

一年前――２０４３年　12月

玄関前で緑色の光がぼんやりと光っていた。宅配ボックスに配達物が届いている合図だった。朱里はスクールバッグを担ぎ直すと、ため息まじりにボックスの蓋を開けた。

大型の宅配ボックスには、今日も多くの品が届いている。怪しげなサプリメント。オーガニックの美容液。安売りしていたインスタントコーヒー。すぐに使わなくなる一点特化の調理器具や、見るのもうんざりのスキンローション。ネットスーパーのポイント目当てで買ったであろう洗剤や不織布マスクなんかも入っていた。

朱里は慣れた手つきでそれらを取り出した。配達物の仕分けは、もっぱら朱里の仕事だった。朱里はドアノブを捻ると、ただいまも言わず、黙って家の中に荷物を運んだ。母の寝室から、ぴちゃぴちゃという音とともに、嫌な声が漏れ聞こえていた。どうやら母は仕事をしているらしい。朱里は舌を打ちたくなった。

「あれ、これ……」

運び込んだ荷物の中に、めずらしく朱里宛の荷物を見つけた。

「お姉ちゃん？」差出人を見ると、姉の千鶴からだった。

朱里はコートを脱ぎ、学校指定のジャージのまま、急いで荷物の封を切った。中には個包装のスナック菓子が四袋入っていた。のりしお味が三袋と、コンソメ味が一袋。一番上には、畳まれた便箋が置かれていた。

朱里は、こくりと唾を呑んだ。姉の意図が摑み切れない。秋口に電話をした時は、冷たくあしらってきた姉が、なぜ今になってお菓子とともに手紙を送ってきたのだろう。

朱里は便箋に指を伸ばした。紙の端に触れたところで、「朱里？　帰ってるの？」と廊下の奥から母の声がした。朱里は咄嗟に手紙を摑み、ジャージのポケットにしまい込んだ。どうしてか、この手紙だけは、母にばれてはいけないと直感していた。

「なんでそんなところに突っ立ってるの？」

部屋から出てきた母が怪訝な表情を浮かべる。

「いや、別に」朱里は首を左右に振った。

「まあ、別になんでもいいけど。で、なに、その荷物？」

「ポテチ。なんかわかんないけど、お姉ちゃんから」

「千鶴から？　あんたが頼んだの？」

「ううん。頼んでない」

朱里は言いながら腰を屈めた。「ねえ、これ食べて良い？」

選んだのはコンソメ味だった。母の千里はのりしお党で、他の味はほとんど食べない。朱里はそれを知っていた。姉も知っているはずだった。だからひとつだけ送られたコンソメ味は、なにかのメッセージだと思った。

「いいでしょ。お母さん、コンソメ食べないんだし」

「ううん。だめ」

意外にも、母は朱里の申し出を拒否した。「私今日、コンソメが食べたい気分なの」

「うそ。お母さん、いつものりしおしか食べないでしょ」

「今日は気分が違うって言ったでしょ。ああでも、もし朱里がそんなにコンソメ食べたいなら――そうね。取引しない？」

「取引？」

「そう。簡単なこと。今夜の仕事、かわってほしいの」

朱里は顔をひきつらせた。母はコンソメ味を食べたいのではない。朱里に嫌がらせをしかけたいだけだ。母が口に浮かべた笑みからそれを読み取ると、胸の奥がいらいらした。

「新しいお父さんがね、今日デートしないかって。だから、わかるでしょ？」

「……やだ」

「じゃあ、お母さんがそれ食べちゃうけど。いいの？」

「やだ」朱里はなんとか意思表示をした。「そんなの、おかしい」

母のこういうところが嫌いだった。選ばせているふりをして、その実、選択肢を与えてはいない。朱里がやると言った。朱里がそれでいいと頷いた。そうした言質を取るためだけに、悪辣な取引を持ちかけてくる。憎かった。うんざりしていた。

「やだやだばっか言って、あんたもう高校生になるんだから、もう少しものわかりよく生きなさいよ。それにそう嫌がることでもないでしょ？　直接触るんじゃないんだし、アバターで顔もわからないんだから、別にいいじゃない」

「それでも嫌だ。だいたいそれ、お母さんのお客さんでしょ」

　朱里は怒りから泣き出しそうだった。

「どうせバレないわよ。適当に喋りながら手を動かしてればいいの。こういうのね、いまのうちに慣れておいた方がいいのよ。だってね、機械で孤独を紛らわせない人がいる限り、この仕事の需要は絶対に無くならないんだから。画面越しでも、生身の人間がいいって人はたっくさんいるし、これからも消えないの。お母さんなんて昔はリアルでやってたんだからね。そう考えると、いまは恵まれてるわ」

「私」朱里は吐き出すように言った。「私も、お姉ちゃんみたいに大学行きたい」

魂の叫びだった。勉強をしたい。自立したい。この家を出たい。あんたなんかと一緒に暮らしていたくない。しかしそれを聞いた母は、一瞬目を丸くしただけで、すぐにけらけらと嗤いだした。

「なに言ってんのよ。行ったところで就職できるわけでもないし、お金の無駄よ。頭を使う仕事なんて、いまはＡＩがやるんだから。知識なんかより、経験を積んだ方があんたのため。私ね、これでも朱里のために言ってるのよ？」

　母は知識や教養を無価値だと信じている。幼い頃に姉から聞いた話によれば、偉そうだった銀行勤めの父――朱里たちにとっての祖父が、ＡＩ失業に巻き込まれたのがきっかけだという。

「ねえ、朱里。そもそも、なんでお姉ちゃんが私立の大学にいけたかわかる？」

　問われ、朱里はそっと目を伏せた。耳も塞ぎたかった。

「あの子、物わかりは悪かったけど、ばかじゃなかった。私もね、ばかじゃない子にはちゃんと見返りを渡すことにしてるの。たくさん手伝ってくれれば、私立の大学にだって――」

　そこまで言いかけた千里が、突然舌を鳴らした。

「あー、それ嫌い。私、泣けばいいと思ってる女って大っ嫌いなの」

　睨みつけられ、朱里は「え？」と声を漏らした。

　いつの間にか、頬に涙が伝っていた。まったくの無自覚だった。

「わかったわよ。それあげるから、代わりに家事くらい手伝って。洗濯物、乾燥機の中に入ったままだから。ちゃんと畳んでしまっておいて。それくらいはやってよね」

　母は前髪を掻き上げながら言った。拭き切れていないスキンローションが指の間で光っていた。朱里は咄嗟に母に背を向け、洗濯乾燥機のある脱衣所へ向かった。「ちょっと、朱里」背中に尖った声が刺さる。朱里はゆっくりと振り向いた。

「あんたは、お姉ちゃんみたいにならないよね」

　質問ではなく確認だった。朱里はわざと答えなかった。母を一瞥し、そのまま歩き出した。背後から再び「朱里っ！」と呼ぶ声が聞こえるが、それも無視した。

　朱里は洗濯乾燥機から乾きすぎてごわごわに乾いた衣類を取り出して、リビングで静かに畳み始めた。ほとんどが自動化された生活のなかで、それでも人の手が必要なところは多い。結局そうした些末事が面倒だったりする。面倒な仕事はすべて朱里の担当だった。家事くらい手伝ってなんて、あの人には絶対に言われたくなかった。

　リビングに洟を啜る音が響いた。またも無自覚だった。

「もう、やだ」

　涙とともに弱音が零れる。もうたくさんだ。早くこの家を出たい。私は、お母さんの人生の部品じゃない。「もう、やだ」再び言っていた。

　手の甲で目元を擦る。腕を上げた拍子に、紙の擦れるかさかさという音がした。そうだ。姉からの手紙をまだ見ていなかった。朱里は半分ほど畳み終えた衣類の山の上で、便箋を開くことにした。

「お姉ちゃんと取引をしましょう」

一文目に記された取引という文字に嫌な予感を覚えるも、朱里は手紙を読み進めた。

今日の午後六時、指定のチャンネルのライブ配信を見ること。画面の中央に立つ浅黒い肌の男が青い光で合図をしたら、コンソメ味のポテトチップスを開封すること。これらの指示は他言無用なこと。

手紙の内容は、たったそれだけの簡潔なものだった。

「それをしてくれたら、私が朱里の逃亡資金をだしてあげる。簡単でしょ？」

手紙はそう結ばれていた。

「逃亡、資金」朱里は口の中で呟いた。それは数カ月前、朱里が姉に頼み、一度は断られた願い事だった。

「お姉ちゃん、今日、池袋にいたでしょ」

その話をしたのは、二ヶ月前、今年の十月のことだ。街頭でデートしている姉を見かけて、居ても立っても居られなくて電話を掛けた。当時の朱里は、心がひどく疲弊しており、藁にも縋る思いだった。原因は、母との生活にあった。

母は新しい男との関係に浮かれ、元々の散財癖に輪をかけて、化粧品や交際費に多額の金を遣っていた。無論お金が足りるはずもない。

母は朱里が小学校に入学するまで、会員制ラウンジや個人接待を行う派遣型ホステスとして働いていた。稼ぎは非常によく、贅沢な暮らしに慣れた母は、生活水準を落とせずにいた。年齢の影響でそれらの仕事で稼げなくなってからは、VR空間を使用した夜職へ移った。顔も声も年齢も自由自在なため、朱里もなにかにつけて、仕事に付き合わされていた。

友達と寄り道をすることで、母の仕事から逃れようともした。しかし、寄り道するにもお金が要る。付き合いが悪いと、友達も減る。友達が減れば、家だけでなく、学校でも生きづらくなる。そこを母につけこまれた。朱里の小遣いは姉と同じ歩合制になった。

一回仕事を手伝っては、数日間の自由を得て寄り道をする。それが朱里の日常となった。

ただただ、息苦しかった。

「一緒にいたあの人、彼氏？」

「……見てたの」

「うん。見てた」

だから姉を見かけた時は、一筋の光明を見た気がした。頑固で、暗く、他人の悪口しか言わなかった姉がデートをしている。完璧な自由がそこにある気がした。姉のことは苦手だったが、久しぶりに話してみたかった。話して、自由な世界へ飛び出す術を与えて欲しかった。

「ねえ、お姉ちゃん」

「……なに？」

朱里は意を決して言った。「私も、家を出たい」

「お母さんと、これ以上いたくない。また引っ越すの。知らない人と暮らすことになるの。私もお姉ちゃんみたいに家を出たい。高校出て、大学に行って、勉強して、自由に暮らしたい」

「すればいいじゃない。勝手に」

「なんでそんなこと言うの？　わかってるでしょ？　お母さんが許してくれない。お姉ちゃんは私がいるからお母さんが見逃してくれたけど、私はそうはいかない。お母さんが私みたいな便利な雑用係を手放すわけない。それに私、逃げるためのお金だってない。お母さんの仕事の手伝いなんか、もう、やりたくない」

「朱里、あの人の仕事を手伝ってるの？」

千鶴が息を呑むのが電話越しでもわかった。「だってあなたまだ中学……」

「やらないとお小遣いもらえないの」朱里は涙声で言った。「ねえ、私どうすればいいの。助けてよ、お姉ちゃん。画面越しでどうせばれないからって、私……」

心の傷が疼いて言葉が出なかった。手袋型の端末をつけ、ＶＲゴーグルを被り、好きでもない男が喘ぐ声を聞く。それは朱里にとって痛みにほかならなかった。手袋の触覚再現機能《ハプティクス》は切っている。行為の最中は目を瞑っている。それでも生ぬるい手触りや湿った吐息は悪夢のようにまとわりつき、朱里を苦しめる。顔も声も身体も、自分を構成する要素をいくら入れ替えて臨んでも、替えの効かない心は痛む。

「……そう。でも悪いけど、私にできることなんてないから」

姉は淡白な言葉を残して電話を切った。朱里はウェアラブル端末を手首から引き剝がし、壁に投げつけた。枕に顔を埋めると、これまでに言ったこともない罵詈雑言が湧いて出た。気分は少しも良くならなかった。血も涙もない機械のような姉が、ただ憎かった。

あの日は冷酷な機械のようだった姉が、どういうわけか、救いの手を差し伸べてくれている。なぜかはわからない。けれど、これで家を出られるのだと朱里は思った。身勝手な母親とも別れられる。気分は自然と高揚した。自分も姉のように、捨て台詞を吐いてやろう。「とっかえひっかえで気持ち悪い」母に向かって、姉と同じことを言い捨て、この家を出よう。そう誓った。

当時の朱里は、姉の言葉に肯定も否定もできずにいた。する材料さえ持ち合わせていなかった。それに、姉が出ていき、母と二人暮らしになるうえで、家庭に無用な軋轢を生みたくなかった。

それでも、今なら言える。とっかえひっかえで気持ち悪い。子どもからしたら家庭は世界の半分だ。その大切な構成要素である父を家庭の部品としか見ていないあの女を今度こそ否定することができる。朱里はひどく興奮していた。

顔を上げ、時計を見た。約束の時間はもうすぐそこまで迫っていた。まだ畳み終わっていない母の衣類を端に追いやり、朱里は急いで壁掛けのモニターのスイッチをONにする。画面に映る光景に、朱里は衝撃を受けた。

黒く染まった人々がひと塊になり、三本線のロゴが入った白いビルを取り囲んでいた。どうやら反機械派が大きなデモを行っているらしい。彼らの攻撃はなにかに似ていた。朱里は気になり、すぐに映像検索をした。出てきた結果に眉が自然と曇る。漢字が読めない。ルビを探して視線を漂わせる。ねっさつ、ほうきゅう。どうやら蜜蜂が敵を殺す方法らしかった。

「なにこれ。ひどいわね」

キッチンでコーヒーを淹れていた母が、嘲笑する声色で言った。

「ああ、息苦しい。社会への復讐だかなんだか知らないけど、こうやって押し付けないでほしいわね——というか朱里、まだ畳み終わってないの？」

母の声が背中に掛かる。さっき険悪な空気になったにもかかわらず、こうして話しかけてくる厚かましさも嫌いだった。

「ねえ、朱里。サボるなら配信消すよ」

母の声を無視する。朱里はモニターに齧りついたまま頑に振り向かない。「朱里っ！」母の呼ぶ声がうっとうしくて、朱里はついに「うるさい！」と声をあげた。

「私もお姉ちゃんみたいに家を出る！　だから干渉してくんな！　くそ女！」

朱里は母に衣類を投げつけた。コーヒーの入ったマグカップが倒れ、母は悲鳴をあげた。熱い、熱い、と言いながら浴室へ走っていく母の背中を、朱里はどこか冷静な面持ちで眺めていた。どうやら足にコーヒーがかかったようだ。良い気味だ。

朱里は再び画面を見上げた。浴室からは流水の音が聞こえてくる。動きのなかった画面の中の光景が急に騒がしくなった。中央にカメラがズームしていく。以前、姉と出歩いていたスポーツマンが拳を掲げていた。あ、あの人――朱里が思うや否や、男の手首が、ちかっ、ちかっ、と青い光を放った。

合図だ。朱里は瞬時に理解した。

両手に力を込めて、届いたポテトチップスの袋を開く。袋に詰まっていた空気がぱんっと音を立て、茶色い破片が畳んだばかりの衣類の上に散らばった。朱里はため息を吐いてから、袋の中に視線を落とした。内側はアルミの銀色に眩しく、ポテトに紛れるように、広告シールと折り畳まれたメモ用紙が埋もれていた。

突然、シールの外縁が微光を帯びた。なんで袋を空けた途端に？　と朱里は戸惑うが、見当もつかない。回答エンジンに訊こうとしても、なんて訊けばいいのかもわからない。そうこうしているうちにシールは中央に一瞬だけ、〈connected〉という文字を浮かべてから、光を失った。朱里もその英単語は知っていた。どうやら、なにかとの接続が完了したらしい。

不意に、モニターの向こうが騒がしくなった。固く閉ざされていたセキュリティゲートが開き、群衆がわっと雪崩れ込んでいく。朱里は、ポテチの開封とセキュリティゲートが連動しているような錯覚を覚えてから、そんなわけはないと気を取り直した。こんなくだらない偶然、友達との会話の種にもならない。今は姉からの贈り物に集中しなくては。

折り畳まれたメモ用紙を摘まみ上げる。ひとつ息を吐いてから、それを開いた。

「袋の底に鍵があります」小さくて綺麗な文字が並んでいた。「コインロッカーの場所はこの紙の裏側を見てください。そこにお金があります。家を出て、好きに生きてください。奨学金を借りれば、国立の大学ならたぶん通えます」

さっきの便箋と同じ、微かに覚えている姉の筆跡だった。

「ですが、あなたはまだ中学生です。知っているとは思いますが、大学に行くなら高卒認定が必要です。それ用の試験もありますが、今は十代を雇ってくれるバイトもあまりなく、受験までの生活費の確保は難しいです。どこか全寮制の高校を探してください。家の事情を話せば国や自治体から支援金が出るはずです。そうすれば、来年からでも家を出ることができます」

理路整然としていて冷たい語り口も、姉のものだった。

「私が送ったものは、このメモを含め、すべてすぐに捨ててください。他言無用です。誰かになにか訊かれたら、秋に電話したきりだと答えてください。私と朱里の関係は、それですべてです。　千鶴」

淡白に綴られた手紙は、そう結ばれていた。

朱里はポテトチップスの袋の奥から鍵を取り出した。自由への切符は脂に汚れ、ひんやりとしていた。意外にも、姉に対する感謝の気持ちはさほど湧いて出なかった。自由になれるという実感だけが、ただぼんやりと胸を占め、それもすぐにどこかへ消えた。高揚していた心は、驚くほどあっさりと、これまでと同じ色に戻っていった。

朱里は再びモニターを見上げた。黒い群衆が熱を帯び、白いビルを押しつぶしている。突然、鋭い閃光が画面に走り、炸裂音が轟いた。身体がびくりと硬直しただけで、朱里は涙も叫びもひとつとして零さなかった。誰か黒い人たちにもっと良いやり方を教えてあげなかったのかと、失望さえしていた。

画面が暗転した。中継が切れたようだった。朱里は脂まみれのロッカーキーを机に置いて、代わりにポテトチップスを一枚つまんだ。全寮制の高校を探す方法だけじゃなく、仲の良い友達をその高校に誘う方法も、誰かがそっと教えてくれればいいのにと思った。

○

海の底で眠っているのかと錯覚するほど、静かな夜だった。身体を起こし、悠は人差し指を目頭に当てる。目やになどつくはずがないと気付いて、独りで笑った。

また眠ってしまった。最近、どうも眠い。医者曰く手術の影響らしいが、原因なんて悠にとってはどうでもよかった。一日が短いという事実だけが、脳神経に悲しいという感情を発火させていた。

窓の近くに吊り下げられたハンガーに、秋口に千鶴が持ってきてくれたストールがかけられている。有村が選んだものらしいが、ふたりが一緒に出歩いている光景を想像すると少しだけ嫉妬してしまう。

この自我が、はたして継続する自分の自我なのかを確認したいが、確認のしようがない。記憶は脳に刻まれた電気信号に過ぎない。パソコンのデータと同じで改竄《かいざん》が可能だ。記憶は自分が自分であることの証にならない。

思えば、怪我をする前から、自分が継続している確証なんてどこにもないのだと考えて気を休める。自分が自分である確証とはなんだろう。枕元のハイデガーやデカルト、パルメニデスの言葉が載っている本に手を伸ばす。自分が自分の存在を知りたがっているという欲求が継続していることがわかる。しかし、この本も誰かが置いたもので、今手を伸ばした行為も、昨夜本を読んだ記憶も、作られたものかもしれない。そう考えると恐怖は拭えないままだ。

気休めにシトラスマリンの香水をゴムくさい肌にかけてみる。この匂いをいつもの匂いと感じるのも、自分を肯定する材料にはならない。そうした記憶を与えられたと言われればおしまいだ。

そもそも思い出すという行為は、新しく記憶を作る行為だとどこかで読んだ。記憶は固定されるものではなく、改変され、維持されるものなのだ。であるならば、このシナプスの発火が〈Ｂｕｒｋｅ〉によって再現されたものなのかと考える必要はない。人間は誰しも、新品の思い出に郷愁を覚えているのだ。古くからある本当の思い出なんて、誰も持っていない。

怯え続けるのが、愚かなことだと思えてきた。生まれてから二十余年。私は日々新陳代謝をし、脳の神経細胞《ニューロン》の破壊と再生を繰り返し、生きてきた。言ってしまえば、美住悠という個体が、まったく同一の状態を保ったことは、一マイクロ秒もないのだ。ゆえに、不変の私がいると主張するのは、そもそも間違っているのだともいえる。

それでも求めてしまうのはなぜだろう。

変わりゆくこの個を私と認め、愛し、傍にいてくれる彼女のことを。彼女だけが、私を証明してくれる。千鶴が「悠は悠だよ」と言ってくれて、私ははじめて完成する。私という曖昧な自我は、奥平千鶴という他者によって保障されている。

千鶴に会えるまで、あとどれくらいだろう。それまであと何度、この恐怖と戦わねばならないのだろう。面会謝絶は、もう飽きてしまった。

以前録音した会話を流した。音の響きの中には、たしかに私と彼女がいた。

［昔のＳＦ、結構いいよ。時間あるから、いま結構読んでる］

録音データから、私の声がする。

「未来予測が意外と当たってたり、全然外れてたり。今って、科学が怖いとか言われてるけどさ、やっぱ人間が生き延びるためには科学は重要で、問題解決には必要なんだって教えてくれるし――それに、知ってた？　昔の本って、ちゃんと全部、人が書いてたんだって」

「昔はそれが当たり前だったんじゃないの？」

「当たり前、だったのかな」

束の間、私は押し黙った。「……そうだ。これ、千鶴に貸してあげる」

「ありがと」

短く言って、千鶴が受け取る。

「連作短編なんだけどね、簡単に言うと、死んだはずの恋人が別の星で待っていることがわかるの。それでそこに向かう途中に、太陽風で進むヨットが出てきてさ。いろいろあって、死んだ恋人と再会するって話」

「それ、ネタバレ」

スピーカー越しでも千鶴がむくれているのがわかる。

「うん。ネタバレ。でも、読んで」

私が悪戯に笑っていることも。「読んで、考えて」

「なにを考えるの」

「それは千鶴次第。千鶴の答えが聞きたいから」

録音データは続いていく。私はそっと指を組んだ。

——千鶴、私が貸した本、読んでくれたのかな。

先日、千鶴を試す意味も込めて、一気に六冊も貸した。太陽風ヨットが出てくる話。少女が親友のために冴えたやり方を思いつく話。ネズミのアルジャーノンが出てくる話。頭の中に埋め込まれた宝石が自我を持つ話。違う身体に接続されて恋をする女の話。あとは、意固地な猫が夏へと繋がる扉を探す話。

最初の五冊は家にあったもので、最後のものだけ私が気まぐれで買ったものだ。結局それが一番のお気に入りになった。千鶴がどれを選ぶのかも気になっていた。

突然、幻肢痛がひどくなった。神経接続の再調整をした脚は言うことを聞いてくれない。夢の中で走ろうとしても走れないような、漠然とした不自由さが身体を覆っている。考え方を変えれば、ずっと夢の中にいるから幸せではないか。この楽天的な思考すら、機械の生みだした電気信号の悪戯に思えてくる。半分機械になった頭だけが寝起きでもやけに冴えていて、気持ち悪い。

痛みに耐えている間に、録音の再生が終わっていた。——あれ、と私は首を傾げた。

あるはずのものがない気がした。千鶴になにかを宣言したはずだった。「めっちゃ大きな決断」ともったいをつけて言ったあれは、録音をはじめる前のことだったか。

——私、なにを宣言したんだっけ。

そんなことを考えていると、ぱたん。と廊下から音がした。医療用ロボットの車輪が床を滑る音ではなかった。心が躍った。不安だった私は死に、悦びと安堵に満ちた私になっていく。彼女は入って来るなり、六冊の本をヘッドボードに置いた。私が貸したものだ。それから彼女はベッドに座り、私の手を握った。私は、嬉々として喋りだした。

「千鶴、ちゃんと全部読んだの？」

電子声帯の扱いは、いつごろからか慣れていた。

「うん。読んだよ。これが一番好きだった」

言って、千鶴はひとつの小説を取り上げた。

その選択に、私の頬は自然と緩む。

「私もこれが好き。このピートっていう猫がいいんだよね。家中の扉をあけてさ、どこかに夏へ通じる扉があるんだって信じて探すの。なんか、気持ちわかる」

「悠、夏好きだったっけ？」

「ううん。暑いし嫌い。でも、うん。ちょっとだけ好き」

「フェス、あるもんね」

「うん。――ねえ、ここにもないのかな、夏に繋がる扉。私もピートみたいに、猫だったら見つけられるのかな」

「悠、いまでもじゅうぶん猫みたいだよ」

「そう？　でも、生まれ変わったら本物の猫になって暮らしたいな。楽そうだし」

「なれるよ、悠なら」

「なにそれ。じゃあ飼ってよ。千鶴が」

「うん。飼う」

「ちゃんと甘やかしてくれる？　名前、呼んでくれる？」

「甘やかす。もういいよって言うまで、名前も呼ぶ」

向けられた微笑みに、私は泣きそうになった。

「最近ね、親がよく来るの。なんでかね、お母さんが急に優しくなったの。私のこと嫌いだったはずなのに、お姉ちゃんにしてたみたいに優しくなったの。服も、食べ物も、好きなの選ばせてくれて。たぶん、お姉ちゃんが死んだから。私は、お姉ちゃんじゃないのに」

不安を言葉の形にする。そうすることで自分がなにに恐怖しているのか、客観的にとらえ直す。私は今、姉の代わりにされることに恐怖していた。

いや、はたしてそうだろうか。もっと前から私は姉のスペアに過ぎなかったのではないか。親は姉の改訂版として、私を用意したのではないか。違う物語でいたつもりなのは、私だけだったのではないか。

考えると、喉の奥が締まる感覚がした。

「千鶴、私ね、私を思い通りにできると思ってる親が嫌い。大嫌い。だから、前言ったみたいにこのまま機械になって生きるくらいなら……」

「悠、行くよ」

千鶴の声が、私の弱音を断った。

「どこに？」と私は首を傾げる。「海」と千鶴は笑った。

「悠が言ったんだよ。海に行きたいって。私、ちゃんと覚えてるから」

私は嬉しくなった。脳の電気信号は新しいながらも、しっかりとふたりの思い出の波長をしていた。

「歩ける？」

千鶴が聞いてくる。私は「今は上半身しか動かせない」と答えた。

すると千鶴は、ベッド脇の車椅子に手を掛けた。

「じゃあ、これ使おう。で、何着ようか」

言いながら、千鶴はクローゼットの扉を開いた。私は久しぶりにクローゼットの中に並んだお気に入りの服を眺め、あれがいい、これがいいと無邪気にはしゃいだ。

「あ、あれいいかも。紅《ホン》――」

「どれ？」

「ごめん、急に日本語飛んだ。えーっと、そうだ。あの赤いのがいい」

「うん。わかった」

お気に入りの赤いコートに袖を通すと、少しだけ気分が晴れた。ハンガーにかけられたままだった秋用のストールも首に巻く。襟元に触れる温かな感触が良い。疑似触覚でもそれは変わらないのだと知って、嬉しくなる。

ベッドの上で着替えてから、千鶴に手伝ってもらって、車椅子に腰掛けた。千鶴はいつからか、介助がとてもうまくなっていた。「まるで介護のプロだね」そう笑いかけたら、「まだ見習いだよ」と千鶴は首をすくめていた。

「そうだ。カメラは持っていく？」

千鶴がヘッドボードを指さした。「ううん。いい」私は答えた。

「大切なことは、写真がなくても覚えていられるから」

私の言葉に、「そうだね」と千鶴も頷いた。カメラの代わりに、本を一冊、内ポケットに忍ばせた。

足早に院内を出て、駐車場に向かった。隅の目立たない場所にパステルブルーの軽自動車が止まっている。どうやらこれに乗るらしい。小さい車だったため、車椅子は結局置いていくことにした。

「海に着いたら私がおんぶすればいい」

さらりと言ってのけるものだから、「頼りがいのある見習いだ」と私は笑った。

千鶴が指をかざすと、指紋認証が解除されてドアが開いた。

「というか、千鶴、車持ってたの？」

助手席に担ぎ込まれながら、私は訊ねる。

「持ってない。免許もない」

「大丈夫なの、それ」

「どうせ勝手に進むでしょ、これ」

豪胆な発言に、たしかにその通りだと、ふたりで笑った。

ただひたすら東へ向かった。新宿区から千代田《ちよだ》区へ。自動運転システムはそのさらに南の品川区を目指している。車窓を眺める。窓ガラスに女の顔が映っている。もう二十年以上見てきた顔のはずなのに、どうしてか見慣れない。なにか変わってしまった気がする。けれど、多くのものが変わり過ぎて、そのなにかがわからない。

近くで結んでいた焦点を遠くへ伸ばした。通りに新しいマンションが建っていた。好きなブランドのロゴはいつしか街中から消え去り、知らないブランドのロゴが至る所に掲げられている。あの角にあったはずの喫茶店もつぶれたみたいだ。

それでも、変わらないと思えるのはなぜだろう。どれだけ多くのものが変わっても、東京は東京のまま人々に受け入れられている。それをうらやましく思う私は、やはりどこかおかしいのかもしれない。

「骨をさ」

流れゆく車窓を眺めながら、千鶴がぽつりと言った。

「悠の骨を溶かしたインクでさ、タトゥー、いれようと思ってた」

「へえ」

「……重い、かな」

「ううん。実は私も考えてた。人工皮膚でもタトゥーいれられるし」

「うん」

「お揃いで同じところにいれたら、なんかいいよね」

「うん」

「けど、やめといて正解」

「……なんで？」

「ピアスと違って、まじで痛いらしいよ」

私が言うと、千鶴も口の端を上げた。「なら、いいや」

大井町付近で車が止まった。「どうしたの？」と私が訊ねる。千鶴は「バレたみたい」と肩をすくめ、座席の下に手を伸ばした。ナビパネルには赤い文字で『盗難警告。警察が向かっています』と躍っていた。

「車の旅はここで終わり」

千鶴はそう言って、座席下に仕込んでいた六角レンチで窓をたたき割った。「すごいばか力」私が言うと、「閉じ込められた時のために割れやすくなってるの」と千鶴は反論した。私はそれにくすりと笑った。盗難警告だけが空しく声を張り上げていた。

「悠、ほら、乗って」

先に車から降りた千鶴が、助手席の方に回り込み、地面にしゃがみ込んでいる。どうやら私を背負おうとしているらしい。嬉しいが、遠慮した。モーターの類《たぐい》が多く詰め込まれたこの身体は、年末太りの比じゃないほど重い。

「気にしないよ、そんなの」と言う千鶴に「私が気にするの」と唇を尖らせる。

千鶴はきょろきょろと周囲を見渡し、「ちょっと待ってて」と駆け出していった。

「じゃあ……」

私はその背に「よろしくねー」と声をかける。

それにしても驚いた。千鶴がこんな大胆なことをするなんて。

私が千鶴を理解していると思っていたのは、結局のところ、千鶴が私の理解の範疇からでない「たいしたことのない人間」だと思い込みたかったからだろう。友人という立場に甘んじて、勾配のある歪んだ関係性にあぐらをかいて、千鶴の可能性から逃げていたのだ。

助手席に残された私は、久しぶりに町の景色を楽しんだ。白い壁のショッピングモール。赤い暖簾《のれん》の焼き鳥屋。青い看板のコンビニ。この時季でも冷たいジュースを売っている自動販売機。ひび割れた灰色のアスファルト。背の高い信号機。声をあげる人々。

世界は全然変わらない。空を舞うドローンからも、聞き慣れた演説が垂れ流されている。

『今日をはじまりとさせてください』

芝居がかったその声も変わらない。

『今日が、機械革命に反旗を翻《ひるがえ》したぼくらの物語のはじまりです。無意識に現状に満足し、無関心に日々を生きる多くの人々にとっては、今夜のぼくらの行為こそが暴力として映るでしょう。けれどぼくらからすれば、政治家やビッグテックといった権力機構が仕向ける機械による社会支配や、みなさんの沈黙による社会肯定こそが、真に暴力性を孕む行為に思えてほかなりません』

どうやら今日も、あちらこちらでデモが行われるらしい。そこに集った人々はみな、「NO ROBOT」のワッペンやキーホルダーをつけ、まるで自動音声のように、反機械を繰り返し叫んでいる。

「すごいなぁ。今もまだばかやってる」

憎まれ口を叩くも、彼が変わらず活動している事実に、私の胸は高鳴ってしかたがない。

感慨に浸っていると、千鶴がなにかを押して戻って来た。「これしかなかった」と眉をひそめる千鶴の前には、無人スーパーから攫ってきたのだろう、手押し式のショッピングカートがあった。

私は思わず笑った。これで私を運ぼうというのだ。

「うん。悪くないね」

言いながら、子どもの頃、母に叱られたことを思い出していた。

――スーパーのカートに乗って遊んじゃダメ。

幼い私にはその理屈がわからなかった。隣にいる姉が困ったように笑うのも理解できなかった。カートの上段に買い物カゴを乗せて、その上にすっぽりと座ったら、ジェットコースターよりも楽しい乗り物になるに違いなかったからだ。

買い物カートに乗せられて、私は夜の町を運ばれてゆく。どろりとした街灯の光が顔にかかる。夜風になびいたストールが、ぱたぱたと音を立てている。幼い頃の私が今の私を見たら、絶対に指をさして悔しがるだろう。「お母さん、私もあれやりたい」って。お高くとまった姉だって絶対、羨ましがるはずだ。

「千鶴、もっとスピード出してよ」

「だめ。これ以上は危ないから」

息を弾ませながら、千鶴が窘《たしな》める。私は「えー」とむくれながらも、必死にカートを押して走る千鶴を想うと、なんだかおかしくて、似合わなくて、最高で、思わず両手を高く上げていた。

「いぇーい」

東大井町の細い坂道をショッピングカートに乗って駆け抜けていく。怪訝な目を向けてくる周囲の人たちには手を振って応えた。みんな「NO ROBOT」のTシャツを着ている。お揃いの服を来た人たちが口をあんぐりと開けてこちらを見るのは、痛快だった。

「ねえ、千鶴」

カートの車輪がごとごととうるさい。向かい風が音を弾く。

私はそれらすべてに負けないように声を張った。

「私がサイボーグだってバレたらさ、壊されちゃうかな」

「そんなわけないでしょ」

「そうかな」

「そうだよ」

「そっか」私は声を上げて笑った。「今の私たち、最強って感じするしね」

街の灯りは遠のき、潮の薫りが濃くなってくる。肌をちりちりと掻く海風が、弾む千鶴の吐息が、私が今ここに存在していると肯定してくれている。

千鶴が立ち止まる。「ねえ、なんで止まるの」私が言う。

「信号、赤」

息を切らせながら千鶴は答えた。こんな時でも信号を守るのか。私は呆れながらも、そうした千鶴の生真面目さが好きなのだと改めて理解した。

信号待ちの最中、ふぅと一息つく。静止した景色の中にケーキ屋が見えた。

私は不意に「ねえ千鶴」と後ろに呼びかけた。

「池袋のあの店覚えてる？」

「うん。覚えてる。悠のおすすめの店」

「あの時、チーズケーキがなくなってて、千鶴にあわせてチョコレートケーキ頼んだけど、本当は私、ミルフィーユ、頼みたかった」

車が一台、目の前を駆ける。押された空気が前髪を揺らした。

「でもたぶん、ぼろぼろ零しちゃうから頼めなかった。千鶴の前でかっこ悪いところ見せたくなかったから」

思い切って白状すると、後ろから「私も」と気恥ずかしそうな声がした。

「私も同じ。だからあの時、頼めなかった」

なんだ、千鶴も同じ気持ちだったんだ。気付くと、私も千鶴も大きく肩を揺らしていた。

信号が変わった。千鶴が小さく「グリーン、ゴー」と呟くのを、私は聞き逃さない。貸した本を本当に読んでくれていた。そんな些細なことがあまりに嬉しくて、私は子どもみたいに前を指さした。

「グリーン、ゴー！」

もっとたくさん自分たちのことを話せばよかったと、いまさらながらに後悔した。きっとアリアドネ以外にも、私たちを結びつけるものは多くあったのかもしれない。

見晴らしの良い、開けた道路まで来た。冷たくて鋭い風が吹いた。本物の痛覚なんてもうないのに、鼻の先がつんと針に刺されたみたいで煩わしい。でも、それがなんだか心地良くて、ひとりでくすくすと笑っていた。すると、千鶴が急に減速しはじめた。どうしたのだろう。私は訊ねるように首を回した。

「悠、耳をすませて」

息を弾ませたまま、千鶴が私の耳元でささやいた。「くるよ」

次の瞬間、炸裂音が響いた。誰かが強く叫んだみたいな音だった。思わず視線をそちらに送ると、まるで花火のような閃光が夜空を照らしていた。

「すごい。なにあれ」

「あれ、有村くんがやったの。悠のために」

「へえ、有村くんが」

街の只中から伸びた、細い雄叫びのような火柱はすぐ消え、代わりにのっぺりとした黒煙が夜空に立ち昇っていく。振り向くと千鶴は目を細めたきり動かない。音はそれきり止んでしまったが、ちょうどいい演出に思えた。

「行こうか」私から言った。「そろそろ眠くなってきたし」

またカートに揺られて、とうとう海辺の公園に着いた。本当になにもない、小綺麗なだけの寂しい空間。少し前までは人がいたのだろう。酒の空き缶や、紙コップがそこかしこに転がっている。金属バットも捨て置かれていた。

「ねえ、あれ」

私《い》は公園の隅に、一体の影がうずくまっているのを見つけた。どうやら観光案内ロボットらしい。かろうじて機能が生きているのか、関節の軋む音が聞こえる。ひびの入った胸のモニターには『こんにちは、私は東京湾周辺の野鳥情報を提供する観光案内を行っています。ぜひなんでも訊ねてください』と、状況にそぐわぬ呑気な文面が表示されていた。

回路が故障して、画面を切り替えられないのだろうか。滑稽極まりない。

「私《い》たちもぶっ壊そうか、ひとつくらい」

私《い》はカートに乗ったまま言った。

「でも悠、動けないでしょ」

「うん。だから、千鶴がやってよ」

振り返り、千鶴を見上げる。

千鶴は一瞬困惑を顔に浮かべてから、「わかった」と歩み出た。

鈍い音がした。千鶴は近くに落ちていた金属バットを手に取り、野鳥観察が得意なロボットを滅多打ちにした。『やめてください！　すぐに警察がきますよ！』と掠れた音声が洩れても、手を止めることはなかった。

私はひどく高揚していた。千鶴が私のためになにかを壊している様が、これほどまでに私を高揚させ、満足させるとは思いもしなかった。

「これでいいのかな」

四肢が折れ、光を失い、動かなくなったロボットの前で千鶴は目を伏せている。

「いいんだよ。気に食わないものはぶっ壊せば――だって、私はこれ以上を望んでない。勝手に来たセールスマンを家に上げないのと一緒だよ。勝手に来る変化は拒絶してもいい。受け入れる義務なんてない。機械もＡＩも新しい文化も、私はこっちに来てなんて一言も言ってないもん。だから、壊してもいいの。そうじゃない？」

「……うん。そうだね」

公園の隅に溜まった枯葉の上に、鈍く光る右腕が落ちていた。辺りには砕かれた頭部や、鳩尾がぺこりとへこんだ胴体が、無様に打ち捨てられている。

ざまあみろ。心中、そう呟いた。顔も知らない誰かだけど、機械になってでも生きようとするから、望まぬ変化を受け入れるからそうなるのだ。

――やっぱり、私の下した決断は正しかったんだ。

それからしばらく、千鶴とベンチに並んで座った。片耳ずつのピアス型端末から、ふたりの好きなアリアドネの曲が流れている。次第に洟を啜る音が交じってくる。なんだかこそばゆくて、私は空を見上げた。街から放たれる光で、夜だというのに雲は鈍い白さを保っていた。あの夏に見たような星は、ひとつも浮かんでいなかった。街灯の垂らす明かりだけが、ゆらゆらと、ふたりの座るベンチを照らしていた。

「ねえ、千鶴」

白い息を吐き出して、千鶴を見つめた。「そろそろ準備しようか」

千鶴はひとつ洟を啜ってから、「うん」と小さく顎を引いた。

「じゃあ、開けていくね」

「よし、どんとこい」

私の前に千鶴が跪《ひざまず》く。右足首、左足首。千鶴の指が私の皮膚を撫でていく。くすぐったくて、気持ちが良くて、私は鼻歌まじりに言葉を紡いだ。

「随分前にも言ったけどさ、人類はやっぱ、文明を愛しているんだと思うんだよね。できの悪い子どもみたいに」

「うん。言ってた」

「そんで、文明ちゃんは今反抗期真っ盛りでさ。自我も出てきて、できることも増えて、親なんかうぜー、いらねーって思ってる頃だよね。だからちゃんと考えて接してあげないと、私たちみたいな親不孝ものになるよ、たぶん」

「それ、絶賛親に反抗中で、勢いで機械までぶっ壊した私たちが言っていいの？」

「当事者だから言うんだよ。私たちみたいになって欲しくない、みたいな」

腰椎、左脇腹。防水蓋が取り払われて、外部端子が露わになる。

「じゃあ悠は、文明ちゃんが、どんな子に育つのがいいと思ってるの？」

「そりゃ、いつか人類の介護をしてくれるような、そんな文明？」

「説得力ない」

「ないかぁ」

わざと眉根を寄せる。すぐに破顔して、肩を揺らした。

否応なく選択を迫ってくる世界に、「ちょっと待って」が言えたらどれだけ良かっただろう。心の準備ができていなくとも、必要な知識を持っていなくとも、判断をしなければならないのは、やはりつらい。やみくもに拒絶しているだけでは立ち行かなくなると、頭のどこかではわかっている。変化を喜ぶことのできる余裕を、私はどこで失くしてしまったのか。

「悠、これでいい？」

「え、なに？」

「寝支度。はい。これで全部だから」

「ああ、うん。ありがと。なんか、気持ちすーすーするかも」

両腕、うなじ。すべての外部端子が剥き出しになった。街灯の光が揺れるなか、私は改めて自分の身体を流し見た。ピアスの穴なんか気にならないくらい、身体の各所に穴が空いている。義体を使っている人でも、多くて二、三か所だろう。私は七か所も開いている。これではぱっと見、人間と思えと言う方が難しい。

空いた穴に、千鶴が爆薬の詰まった小さな杭を打ち込んでいった。

「千鶴、なんで泣いてるの」

白い光の波間から、私《い》が問いかける。

「泣いてない。人前で泣くなんて、それはもう私じゃない」

「なにそれ。どんなプライド？」

目元を拭う千鶴を見ながら笑うけど、たしかにそうだ。私《い》の千鶴は人前では泣かない。衆目に痴態を晒すような真似はしない。

「千鶴は、やっぱそのままでいいよ」

私《い》は彼女の顔を見つめて言った。

「ほんとに？」

「ほんとに」

「悠は、優しいね」

「別に、優しさで言ってない」

千鶴は口をへの字に曲げる。私《い》の身勝手な愛撫のような言葉に、千鶴はいつだって卑屈な反応を返す。それが楽しくて、苛立たしくて、愛おしかった。

「あの人も」千鶴がしゃくりあげるように言った。「有村くんも、そのままだよ。悠のことをずっと好きで、空っぽのままで、あのままだよ」

「そうかな」

「そうだよ。いろんなものが変わっていったとしても、人の気持ちだけは、そう簡単に取って代わられやしない。私も……私もそう」

「なら、よかった」

　私はやっとのことで身体を動かし、海に面したフェンスを指さした。「ねえ、千鶴」名前を呼ぶと、目の前の彼女は顔をくしゃくしゃにしていた。それがなんだかおかしくって、私は口の端を思わず上げてしまう。

「旅行の時みたいにベッドにばーんって寝転がってさ、また一緒に寝ようよ」

うん。頷く彼女は、もうほとんど泣いていた。人前で涙を見せない彼女の泣き顔は、きっと忘れてあげた方がいいのだろう。

　でも、忘れてやらない。忘れてやるもんか。

　これは私が愛されていたという、たしかな証だ。

　私は千鶴の助けを借りて、フェンスに腰掛けた。のっぺりした水平線、燃え立つような都市の光、鈍く輝く黒い海が眼前に広がっている。私は首からストールを外し、私の手と彼女の手を結ぼうとした。

　その時、びゅうと強い海風が吹いて、私の手からストールを攫っていってしまう。

「あーあ」

呟くと、千鶴は上着から一枚の赤いハンカチを取り出した。広げると、毛糸玉のロゴが窺える。笑みを浮かべながら「いいでしょ」と言う千鶴に、私は「うん。悪くないね」と返した。

それは、あの夏のフェスで並んで買った、アリアドネのハンカチだった。

私たちは真っ赤なハンカチで互いの左手をきつく結んだ。離れないように、見失わないようにしっかりと。コートの内ポケットに忍ばせた一冊の小説が、私たちを縛り付ける重りになってくれますようにと祈りを込めて、空いた右手でハンカチを縛る。

縛り終えた時、千鶴の頬にはついに光る粒がひとつ零れて、ああ、申し訳ないことをしたなと今更ながらに自省した。

自分勝手だとわかっている。けれど思ってしまう。もし、変化を恐れず受け入れていたら違う未来もあったのだろうか、と。罪悪感の鎖で千鶴を縛るのではなく、対等に手を繋ぐ世界もあったのだろうか、と。

たとえば、明日の朝、今日のことを後悔して、千鶴に泣かせてしまったことを謝ったり。お詫びにミルフィーユを奢って、ぐずぐずに零したパイ生地を笑い合ったり。帰りにお酒を買って、一本だけ飲んで「やっぱりそんなに美味しくないね」なんて言って、倒れるように並んで眠ったり。起きたら「頭痛いね」って顔しかめて、音楽聴いて、図書館に行って――。

そんな未来もあったのかもしれない。私のわがままな願望だ。

「おやすみ。悠」千鶴が微笑む。

私も頷いて、言葉を返す。「おやすみ。千鶴」

私たちは抱き合ったまま、暗い海に飛び込んだ。

――その夜、私は夢を見た。夜の田舎道を走る夢。とても良い気分だったのに、千鶴の前を走る彼女がはたして誰なのか、それだけがわからなかった。

現在——2044年

現在―２０４４年　１月

「私は――」

　心が決壊したように、千鶴は語りはじめた。「私が犯した罪は不法投棄ではありません。私は、人を殺したんです。私が、悠を殺したんです」

　静かに、細く、しかし吠えるような声が取り調べ室に響いた。上沼は言葉が出てこなかった。彼女の目元に涙は浮かんでいない。ただ憐憫を拒む感情だけが瞳に滲んでいた。「機械を捨てたんじゃありません」彼女は言葉を吐き出すのが止められないようだった。「私は悠を殺したんです」言うたびに、彼女の中の何かが壊れていくのを上沼は感じていた。

　それでも社会の形や法律の文脈上、彼女の行為を殺人と言ってあげることはどうしてもできない。冷蔵庫や電子レンジ、使わなくなった掃除機と同じ重みで人の命が処理されてしまう。それが正しいことなのか。彼女を殺人犯として非難することができないこの現状に、上沼も歯嚙みする。

「なぜ言ってくれなかったんですか。あなたとともに海に沈んだのが、機械ではなく、美住悠だったということを」

　――言ってくれれば、自分たちももっと違う動きができたのに。

　上沼は言外に意味を込める。

その問いに、奥平はひどく冷めた目で答えた。

「悠を引き揚げた時、誰かひとりでも彼女を人間だと思ったでしょうか」

放たれた彼女の言葉に、上沼は頬を打たれたと錯覚した。

「いえ、きっと思わなかったでしょう。だから病院には運ばず、すぐに業者の——シナプスコネクトの引き渡しの要請に応じたんです。私がなぜ海に飛び込んだかを語らなかったのはそれが理由です。認めたくなかったから。誰かが言わないと、悠が人間とみなされないこの状況が、たまらなく悔しかったから」

千鶴の声は震えていた。「あなた方には、私の心の欠片も理解できない」

上沼は己の言動を悔いた。周囲が彼女を正しく見ていないと思っていたが、自分さえ彼女を正しく見ていなかった。挙句、自分だけは寄り添っているつもりでいた。

「刑事さん。お教えします。なぜ私がここまで念入りに計画を練ったのか。お察しの通り、それらはすべて悠のためです。有村を首謀者に仕立て上げたのも、高橋や朱里を使ったのも、すべて悠のため。余った爆薬を悠の身体に打ち込んだのだって、理由があります。美住悠という存在を、彼女の顔や体を、誰のものにもさせないためです。あなたにはきっとわからないでしょうが、すべて悠のためでした」

千鶴の目を上沼は直視できずにいる。視線を逸らしたまま、「無関係の高橋や、妹の朱里さんまで巻き込む必要があったのですか」そう訊ねることで精一杯だった。

「もちろんです。悠を辱めたあの女に近付くには、会社のゲートを開ける必要がありました。その時、有村は最後の演説中でしたし、高橋も社内にいたため自由に動けないことが想定されました。なので、任意のタイミングで確実に扉を開けてくれる人間が不可欠で、それが朱里でした」

「奥平さん。あなたは先ほど、他人を信じていないと言っていました。妹さんが袋を開けない可能性は考えなかったのですか？　いくらお金を積んだところで、深い信頼関係がなければ、そうした依頼はできないと思いますが」

「あの子が開けなかったら、私が開けたまでです。予備のシールは持っていましたし、指定の時間は現場を目視できる場所にいるようにしていました。ただ、悠との最後の時間を楽しみたかったので、朱里がやってくれるのが私にとっての最善だったのは事実です。そういう意味では信頼なんてものはありません。お金にしてみても、これから先、使い道がないと考えたので渡しただけです。だからあの子が大学に行こうが行くまいが、私の知ったことではありません」

　千鶴は続けて言った。

「近江の代役にあの子を選んだ理由も、扱いやすいからという一点につきます。あの子は学校の勉強をおろそかにしていましたから、万が一にも仕掛けに気付くことはないと踏んでいました。あの子があの袋とシールの意味に気付いていれば、刑事さんももっと早く事の真相に気付いていたかもしれないですね。そもそも、袋を開けた瞬間になにかを察することができていたら、ゲートのハッキングも成功しなかったかもしれません」

痛い言葉だった。回答エンジンに頼りきりで、知識や判断力を奪われた人は、知らず知らずのうちになにかの悪事の片棒を担がされる可能性がある。千鶴の言葉にはそうした含意があった。

「この先、お金の使い道がないとあなたは言いましたが、罪を償い、出所したあとには再び社会生活が待っています。その時、必要になるとは考えなかったのですか」

上沼は食い下がった。せめて妹の将来のためにお金を渡したのであれば、奥平千鶴にそうした人間らしさがわずかにでも残っていれば、更生もできるのではないかと考えていた。

「ああ、出所後」

千鶴は目を丸くした。「考えたこともありませんでした」

もうなにも言えなかった。上沼は打ちひしがれ、目を伏せた。千鶴はこの社会のほとんどをとうの昔に見限っていた。家族への愛情や、他人への興味、贖罪の意識すら感じられなかった。彼女の細い体の内側には、美住悠に紐づいた感情以外、なにも残っていない。まるでひとつの目的しか与えられなかった機械が、役目を終えたようなむなしさばかりがあった。

「朱里さんのことは、わかりました。では高橋は？　なぜ彼を巻き込んだのですか」

「単に、シナプスコネクト内部の人間で使えるのが彼だけだったからです。それ以上でも以下でもありません。先に言っておきますが、特別な感情はありませんでした。彼がどう思っていたかは知りませんが、少なくとも私にはなかったです。彼は、悠の代わりになり得る人間ではありませんでした。いえ、そもそも、そんな人いないのですが」

ふふっと笑みを零し、千鶴は口に手を当てる。

「……そうですか。高橋には、美住悠さんのことは話していたのですか？」

「いえ……――話す必要がありますか？」

率直な問いに、上沼は返す言葉が見つからない。もし彼女が、高橋に美住悠のことを相談していれば、道具を扱うようにではなく、人として高橋と付き合っていれば、もうひとつの悲劇は防げたかもしれない。

思うも、後の祭りだ。いまさら酷な真実を告げて、なにになる。

「奥平さん、最後に訊ねます。なぜ、有村を首謀者に仕立て上げたのですか」

「刑事さん。その前に私の質問にも答えてください。有村は、生きていますか」

以前はぐらかした問いを今一度突きつけられ、上沼は一瞬口ごもった。言う必要はない。しかし、どうせすぐ知ることになる。であれば、自分が言っても構わないだろう。

上沼は意を決したように口を開いた。

「彼は、有村は死にました。今回の事件で死んだのは、有村だけです」

「そう、ですか」

上沼の答えを聞いた千鶴は目を伏せ、小刻みに肩を揺らした。

「あの人は、最後まで自分を曲げなかったんですね。他人を殺すことまではできなくて、だから爆弾も途中でいくらか捨てたんでしょうね。ああ、おかしいと思った。だからあの時、外まで爆炎が見えたんだ。日和《ひよ》って外で自爆したのかと……でもこれ、悠が聞いたら喜びそう」

彼女の様子に、上沼は微かな違和感を覚えた。さきほどから口数がやけに多い。声もどこか弾んでいる。それでいて目の奥は冷たく、焦点はふらふらと覚束ない。奇妙な興奮が彼女の身体を満たしているようだった。

「奥平さん、大丈夫ですか？」

「ああ、すみません。つい、嬉しくて。それで、なぜ有村を首謀者に仕立て上げたのか、ですね。簡単なことです。私は、ただの可哀そうな友人でいいんです。ばかな英雄だけは、彼じゃないとダメなんです。それが悠の願いですから」

「有村は決して英雄なんかではありません。ただの、犯罪者です」

上沼は咄嗟に否定した。それだけは認めてはならなかった。有村の凶行は断じて許されるものではない。その行為への同情や留保はまったく必要ない。神原の言うとおりだ。

けれど、凶行に及んだ責任のすべてを個人に押し付け、思考停止することも許されたものではないのではないか。千鶴の枯れた姿に、そんなことを考えてしまう。

「奥平さん。社会に爆薬を押し付けて、ここはあなたの望む世界になったんですか」上沼は自分に言い聞かせるように言った。「誰かの犠牲のもとに成り立つ世界は、本当に理想の世界ですか。あなたがしたことは、ただの暴力にほかなりません」

「ええ。まったくそのとおりです。刑事さん、あなたは正しいと思います。おそらく私がなにを言っても、誰が見ても、一番悪いのは私です。たぶん三年前の私が今の私を見ても、おまえが悪いと言うでしょう。でも、これだけは知っておいてください――悠は、なにも悪くない」

　吐き出された悲痛な叫びを前に、上沼の舌は痺れた。

「悠はなにも悪くなかった。それなのに、人体実験の道具にされて、苦しんで泣いて、死にたいとまで願って――……その事実は変えられないんです。理想の世界なんて、どう足掻いたって生まれるわけがなかった。きっと、はじめから間違っていたんです。私たちが生まれる前から、どこかで、誰かが、なにかを、少しずつ少しずつ間違えて、この最低な世界が生まれたんです」

「たしかにこの世界は最低かもしれません」上沼は千鶴を見据えて言った。「ですが、それはあなたが最低な選択をしていい理由にはならない」

「わかっています。それでも私は、この社会を認めたくなかった。それだけです。――どんな罰でも受けますよ。覚悟はとっくにできています。もう泣き言もいいません。悠がいないこの世界に生きていることに比べたら、なんてことはありませんから」

　千鶴も真っ直ぐに上沼を見つめていた。

上沼は、もうなにも言い返せなかった。

「刑事さん、最後にひとつ、教えてください——望んでもいないのに勝手に来る変化を、人は受け入れなくてはいけないんでしょうか」

ひどく静かな問いかけだった。上沼はなにを言っても正解ではない気がして、しばし口を噤んでいた。誰かが代わりに答えてくれとさえ思った。そんな自分を卑怯だと恥じた。正解がわからずとも、自分の言葉で、彼女の問いに、彼女の犯した罪に答えるべきだった。

「必ずしも受け入れる必要はないと、僕は思います」なんでも答えてくれる回答エンジンはここにはないのだ。「ただ、それを拒絶することで、他人を傷付けるのは、やはり間違っています。息苦しさは、誰かの人生を奪っていい免罪符にはならないんです」

「そうですか。ならやはり、この世界で生きるのは私と悠には少し難しかったです」

千鶴は残念そうに眉尻を下げた。その表情に、上沼は胸が詰まった。

「刑事さん。もう終わりにしましょう。私を、殺人の罪で裁いてください」

もうなにも届かないと思えた。千鶴の顔には清々しささえ滲んでいた。その顔をこれからまた崩すことになるのだと考えると、上沼はやるせない気持ちになった。

「奥平さん、この国には——」

上沼はやっとの思いで声を吐き出した。「この国には、あなたの犯した罪のすべてを正しく裁く術がありません」規則に則った発言がやけに安っぽく感じられた。

「あなたは殺人幇助及び自動車窃盗、そして不法投棄の罪で起訴されます」

ですが――。上沼は逡巡の末、言葉を紡いだ。

「私たちがあなたを殺人の容疑者といえないのは、法律的な解釈だけではないんです」

千鶴が顔をしかめる。上沼は口を開き、二の句を継ごうとする。扉の向こうから、「時間だ、上沼」と神原の諫める声がした。

上沼は深く呼吸をし、真実を告げる準備をした。

「奥平さん、あなたには知る権利がある。知って、反省し、またやり直すことができる。これを言うのは酷なことかもしれません。あなたが高橋をただの道具とみなさなければ、彼をひとりの人として信頼し、美住悠さんのことを相談していれば、結末は違ったかもしれない」

上沼は唇を噛み締め、席を立った。「――奥平さん」

舌がやけに重い。職責に口が閉じそうになる。ノックの音が終わりを急かす。

「忘れないでください。美住悠さんが、あなたを地上に突き返したことを。独りで沈むことを選んだことを。それはきっとあなたに、過去に囚われずに生きてほしいと願ったから――」

「刑事さん、もういいんです」

上沼の決死の告白に、千鶴は静かに首を振った。

「悠の考えは、悠にしかわかりませんから……――それよりも、刑事さんにひとつだけ、お願いがあります」

上沼を見上げたまま、千鶴は口元に薄い笑みを浮かべる。

「もし私が死ぬことがあれば、そのときは骨を東京湾に撒いてもらえますか」

散骨を規定する法律もないですよね？　そう告げた千鶴の顔はひどく晴れやかで、上沼はどうしようもない無力感を覚えたまま、取り調べ室に立ち尽くしていた。


取り調べ室に入ってきた神原に連れられ、上沼は部屋を出た。俯いたまま廊下を歩いていると、千鶴を移送する留置管理課の人間とすれ違う。その後ろに彼女が立っていることに、上沼はその時もまた気が付かなかった。

○

廊下に射し込む陽が眩しくて、千鶴は目を細めた。陽の束が白いこと。開いた窓から吹き込む風の冷たいこと。変わらない事物に心は安堵する。

ひどく晴れやかな気持ちだった。胸の内で潮が満ち引きするように、寂寥感と多幸感が行き来している。生まれて初めてだった。ここまで生きていると思えた日々はなかった。彼女の笑顔。渚のような呼吸音。それらを思い返すと、これまでの人生すべてが間違っていないと信じられた。

千鶴は他人が嫌いだった。他人もそうであればいいと思っていた。

悠に声をかけられたあの日、そんな嫌な者だらけの世界から去ろうとしていた。死ぬことが唯一、このくだらない世界への反抗だと思っていた。けれど出逢ってしまったのだ。千鶴が一番憎み、憧れ、触れたかった存在に。悠はそんなつもりではなかっただろうけれど、千鶴はあの日、たしかに美住悠という鎖に巻かれ、この世界から逃げ出せなくなっていた。

今にして思えば、多くの人と喋ったなと思う。悠ひとりといるために、悠以外を必要ないと自覚してから、多くの人々、物事に触れた。それは困難の連続で、それゆえに悠への想いの証明になると思った。困難を乗り越えるたびに、悠と自分の関係が補強される気がした。

悠と千鶴、ふたりで築いた歴史はこれから先も揺らぐことはない。ふたりの関係はふたりの歴史によって保障されている。遺伝子に縛られる性欲や、社会的地位に巻き付くような承認欲求ではない。ただ一緒にいたい。隣を歩きたいと思わせてくれる人だった。

——溶ける溶ける。

——待って。お酒、炭酸。

頭のなかに、あの日の音が木霊《こだま》する。

千鶴は短く笑い、膝からくずおれた。弾丸を打ち込んだ胃の奥から無二の情が湧き上がり、脳を悠との思い出でいっぱいにする。駆け寄ってくる警察官たちも気にならない。

——待ってよ、悠。

千鶴はいま、コンビニ袋を揺らして走ったあの夏の夜にいる。砂利の鳴る音。乾いた口の味。首筋を這う汗の冷たさ。千鶴を置いて先を行く彼女の背中を、たしかに追っている。

――またなーい。

彼女の悪戯な声が耳に届く。

後悔はなかった。代替可能なものばかりの世の中で、この愛だけは不変だと、唯一無二だと信じ、それを証明するために行動した。未練も心残りもない。

ただ、もし運悪く生き延びてしまったら、猫を飼おうと思った。とびきり綺麗な猫を一匹。名前はもう決めてある。代わりにはならないとわかっている。それでも、きっと彼女は生まれ変わって、私のもとへ来るのだと――……。

「――千鶴」

声は背後からした。おかしい。後ろには誰もいるはずがない。

急に身体が浮遊感に囚われる。身体を揺する刺激で千鶴は正気に返った。

脇に差し込まれていた留置管理官の腕を千鶴は身をよじって振り払い、なんとか自力で立ち上がった。声のした方を振り向いても、やはり誰もいない。病院の受付で使われるような汎用型ヒューマノイドが一体立っていて、その向こう側に、先ほど取り調べを担当した若い刑事がいるだけだ。

千鶴は目を眇めた。誰が自分の名前を呼んだのか。考える間に、右耳にぶらさげたピアス型端末から、接続を示すメッセージが流れはじめた。

瞬間、千鶴の瞳は強く揺れた。

シリコン製の白い肌だった。無機質で熱のない瞳が千鶴を見つめていた。焦点を合わせるため、レンズを絞る動きをしている。マイクの埋め込まれたずんぐりと丸い耳に千鶴の視線が引き寄せられた。

千鶴はそこで、すべてに気が付いた。

「あぁ……」とか細い声が勝手に喉から溢れた。

咄嗟に脳が否定を試みる。違う。あれは違う。そんなはずはない。飾り気のない汎用型のヒューマノイドは、けれど、その右耳に毛糸玉のロゴが入ったピアスをぶら下げていた。養生テープで無理やり貼り付けられたそれは、たしかに見覚えのある形をしていた。

——実は年末に大掛かりなバックアップ作業があるんだ。

高橋の言葉が今になって形を成した。千鶴は口に手を当て、嗚咽を抑え込んだ。無情にも左耳のピアスは電子音を放ち、同期をはじめていた。それはたしかに、目の前で揺れるピアスがかつて千鶴のものだったことを示していた。

「なんで。なんで」

縋るように言葉を零す。認めたくない気持ちが身体を沈めた。こんな罰は望んでいなかった。どこかでなにかを、致命的に間違えてしまった。

千鶴は膝立ちになり、骨粉が入ったピアスを握り締めると、ついに嗚咽した。千鶴を見つめる無機質な目は、ちらちらと光を反射するばかりで、閉じたり、開いたりすることもない。

「なんで、こんなはずじゃ……」

千鶴は両手で顔を押さえた。なんで。なんで。砕けた心の欠片が言葉として吐き出されていく。「悠は、私がこの手で、ちゃんと」吐き出すも、言葉は意味を持ってくれない。絶望と失望が綯い交ぜになった叫びだけが廊下に響いた。

見かねた留置管理官が千鶴を引き摺って行こうとする。若い刑事がその手を止めた。千鶴は今もなお床に伏したまま、両手で顔を押さえて叫んでいる。

自制を知らぬ幼児のような慟哭《どうこく》だった。千鶴の口からぼたぼたと垂れ落ちる音の塊は意味をなさず、しかし聞く者すべての心を締め付ける悲痛さを含んでいた。叫びは長く続いた。若い刑事には、千鶴がその身のすべてを音に換え、なにか別のものになってしまうように思えた。

「千鶴、なんで泣いてるの」

白い光の波間から、彼女が優しく問いかける。

本作品は書き下ろしです。

また、作中には一部、ＧＰＴ－４によって生成された文章が使用されています。

新馬場新●しんばんば あらた

1993年神奈川県生まれ。明治大学法学部卒業。2020年『月曜日が、死んだ。』にて第3回文芸社文庫NEO小説大賞を受賞しデビュー。2022年『サマータイム・アイスバーグ』で第16回小学館ライトノベル大賞優秀賞を受賞。他の著書に『町泥棒のエゴイズム』(文芸社文庫NEO)、『グッバイ、マスターピース』(双葉文庫)。

沈没船《ちんぼつせん》で眠《ねむ》りたい

2023年8月21日　第1刷発行

著　者——新馬場《しんばんば》 新《あらた》

発行者——箕浦克史

発行所——株式会社双葉社

東京都新宿区東五軒町3-28 郵便番号162-8540
電話03（5261）4818〔営業〕
03（5261）4833〔編集〕
http://www.futabasha.co.jp/
（双葉社の書籍・コミック・ムックが買えます）

印刷所——中央精版印刷株式会社

製本所——中央精版印刷株式会社

落丁・乱丁の場合は送料双葉社負担でお取り替えいたします。
「製作部」あてにお送りください。
ただし、古書店で購入したものについてはお取り替えできません。
［電話］03-5261-4822（製作部）

定価はカバーに表示してあります。

ISBN978-4-575-24661-2 C0093